LIZ ROSEN

KING of DEATH

DU KANNST IHM NICHT ENTKOMMEN

Enthält sensible Themen

Eine genaue Auflistung aller in diesem
Buch enthaltenen Triggerthemen findest du auf:
www.federherzverlag.de/trigger

KING OF DEATH
Du kannst ihm nicht entkommen

Bildmaterial: Shutterstock, Freepik
Korrektorat: Anna Schlutter

ISBN: 978-3-98595-367-7

Druckerei Smilkov Print Ltd
Pokrovnishko shose
2700, Blagoevgrad

Federherz Verlag
Süntelstraße 70
31848 Bad Münder
www.federherzverlag.de
Instagram: @federherz.verlag

Für alle, die sich darum sorgen, was andere von ihren Entscheidungen halten könnten: Zu wissen, was man unbedingt will und es nicht zu tun, ist die größte Feigheit. Und auch das wird am Ende des Tages jemand an euch bemängeln.

TRIGGERWARNUNG

Bist du bereit, Miezekatze? Denk lieber noch einmal darüber nach, ob es wirklich das ist, was du willst. Du kannst die Krallen ausfahren, fauchen und nach mir beißen, aber sobald du deine Entscheidung getroffen hast – sobald du dich für *mich* entschieden hast – gibt es kein Zurück mehr. Dann gehören du und deine Seele mir allein und ich kann damit machen, was immer ich will. Dir die Krallen ziehen, deinen schlanken Hals in meinen großen Pranken so lange zusammendrücken, bis du keine Luft mehr bekommst, oder dich zum Schreien bringen. Auf die eine oder andere Art. Bist du dem gewachsen? Mir? Lauf lieber weg, wenn du daran auch nur den geringsten Zweifel hegst, denn ich werde dich Dinge tun lassen, die du für immer bereuen wirst. Und ich werde dafür sorgen, dass du jeden Moment davon liebst, bis dir klar wird, dass du ein genauso großes Monster geworden bist, wie ich es bin. Oder glaubst du an das Gute im Menschen? Denkst du, unter dieser harten Schale aus Muskeln und Blut verstecke ich irgendwo ein Herz? Du irrst dich. In meiner Welt regiere ich mit eiserner Faust und meine Waffe ist mein bester Freund. Jeder Tag ist blutiger als der letzte und wenn du mir begegnest, musst du damit rechnen, dass du in einem Leichensack landest.

Läufst du schon, Miezekatze? Hörst du mein Lachen, während ich dich verfolge? Dachtest du wirklich, du hättest eine Wahl und ich würde dich gehen lassen? Du wirst klüger werden müssen, wenn du überleben willst. Es gibt nur eine Art, wie du mich verlassen kannst. Tot. Bis dahin werde ich dir bei jeder Flucht auf den Schwanz steigen und dich an deinem Fell nach Hause zerren. Zu dem Ort, an den du jetzt gehörst. Zu mir. An meine Seite. Und Mieze, es gibt nichts, was du dagegen tun kannst. Aber keine Sorge, ich verspreche, dass es nicht allzu sehr wehtun wird. Na ja, zumindest wenn du brav bist.

PLAYLIST

Made To Die – Dorothy
Cry Little Sister – Marilyn Manson
Shot In The Dark – AC/DC
Glitter & Gold – Rebecca Ferguson
Live Forever – Oasis
Brother – NEEDTOBREATHE
Broken Needle – Marilyn Manson
Bad Girl – Avril Lavigne (feat. Marilyn Manson)
Enemy Fire – Bea Miller
Downfall – Neoni
Cry Baby – Melanie Martinez
Free Bird – Lynyrd Skynyrd
Horror Movies – Neoni
Creatures – Shinedown
Some Die Young – LALEH
Amen – Halestorm

PROLOG

REED

Sie war nicht annähernd so hässlich, wie ich erwartet oder mir gewünscht hatte. Nein, das genaue Gegenteil war der Fall. Sie war ... Mir fehlten die Worte. Makellos? Rein? Ich konnte es nicht genau sagen. Zwar konnte ich in ihren Gesichtszügen die Ähnlichkeit zu ihrem Bruder erkennen, auch wenn ihre deutlich weicher waren und nicht dieselbe Arroganz ausstrahlten. Aber durch die wilden Locken, die sie umrahmten, wirkte Claire Garcia wie ein gottverdammter Engel. Überhaupt in dem weißen Arztkittel und den zur Hälfte hochgesteckten blonden Haaren. Automatisch fragte ich mich, wie es aussehen würde, wenn ich genau jetzt meine Waffe ziehen, sie auf die junge Ärztin richten und sie erschießen würde. Vielleicht ein Kopfschuss, oder noch besser ein Schuss in den Bauch. Würde sich der Kittel rot verfärben? Wie viele von den anderen Menschen, die um sie herum standen und sie beglückwünschten, würden ihr zur Hilfe eilen und wie viele würden aus Angst und Panik schreiend das Weite suchen, während sie in ihrem eigenen Blut langsam verendete? Und würde mich jemand durch die vom Schuss zerberstende Scheibe entdecken, bevor ich das Weite suchen konnte, sodass irgendwer ihrem Arschloch von Bruder mitteilen könnte, wer seine verfickte Schwester auf dem Gewissen hatte? Ich hoffte es. Meine Hand zuckte. Die Waffe, die zwischen meinem Hosenbund und meinem unteren Rücken auf ihren Einsatz wartete, brannte sich in meine Haut. Ich wollte es tun. Jetzt sofort. Aber der Zeitpunkt war noch nicht gekommen. Ich musste Geduld haben, wenn mein Plan funktionieren sollte. Und das musste er, egal wie sehr mein Schwanz sich bei dem Gedanken an Claire – gefesselt und wehrlos in meinem Bett – in meiner Hose regte. Ob ich sie ficken sollte, bevor ich sie umbrachte? Wie ihrem Bruder das wohl schmecken würde? Ich unterdrückte ein Lachen bei der Vorstellung, wie Detective Garcia über der Leiche seiner Schwester stand und ihre kalte Hand streichelte, während mein Sperma immer noch in ihr klebte. Würden bei ihm die letzten Gehirnzellen auch noch durchbrennen und würde er als Folge den Verstand verlieren? Ein köstlicher Gedanke. Grinsend lehnte ich mich weiter zurück in die Dunkelheit, als Claires Augen die Scheibe fixierten. Sie ließ ihren Blick über den Garten schweifen und sah eine Sekunde sogar in meine Richtung, ohne mich wirklich wahrzunehmen. Sie schritt auf das große Fenster zu und verschränkte die Arme vor der Brust, sodass ihre perfekten Brüste noch weiter aus ihrem Ausschnitt gedrückt wurden. Wieder meldete sich mein Schwanz. Er drückte mittlerweile schmerzhaft gegen meine Jeans und füllte sich trotzdem unaufhörlich mit Blut. Ein Lächeln lag auf Claires Lippen. Für sie war die Welt in Ordnung, mit ihrem traumhaften Job, ihrem riesigen Apartment und dem beschissenen Sonntagsessen mit ihren Freunden und der Familie, das geradewegs aus einem Film stammen hätte können. Sie hatte keine Ahnung, was auf sie zukommen würde. Sie wusste nicht, dass der Teufel persönlich sie bereits beobachtete. Aber schon bald würde sich ihr ganzes Leben ändern und all das hatte sie ihrem dreckigen, verräterischen Bruder zu verdanken. Und natürlich mir. Dem Teufel. Nun stieß ich doch ein Lachen aus, während ich mich aus der Dunkelheit löste und den Heimweg antrat. Bald, Claire. Aber nicht heute. Noch nicht. Bald gehört jeder Teil deines lächerlich wundervollen Lebens mir.

EINS

CLAIRE

Sechs Monate später

Ich hätte nicht mit ihm ausgehen sollen. Niemals. Wenn es eine Liste von schlechten Entscheidungen in meinem Leben geben würde, wäre das Platz eins. Ganz sicher. Das Essen im Restaurant war bereits eine Katastrophe gewesen. Wobei, nein, damit hatte es nicht begonnen, sondern mit Stevens Zuspätkommen. Nicht, dass es verwerflich war, sich zu verspäten. Das passierte. Als Ärztin wusste ich das besser als irgendjemand sonst. Eine Operation dauerte länger, weil überraschend eine Komplikation auftrat und deshalb kam es zu Wartezeiten? Kein Problem. Oder man stellte eine tödliche Diagnose und wollte noch für seinen Patienten da sein? Völlig verständlich. Aber sein Date eine Dreiviertelstunde warten zu lassen, weil man sich zehnmal umziehen musste und dann nicht einmal den Anstand besaß, Bescheid zu geben? Absolutes No-Go. Dann auch noch über meinen Kopf hinweg für mich zu bestellen – Fleisch, obwohl ich Vegetarierin war – und zum Abschluss auch noch mit der Kellnerin zu streiten, weil man sie beim Gehen von hinten angerempelt hatte, sodass sie die Getränke fallen ließ. Die Flüssigkeit war auf Stevens teure Schuhe gespritzt und hatte den Abend damit zu einer einzigen Farce vollendet. Ich konnte es nicht erwarten, mich zu verabschieden, ohne unhöflich zu wirken, und ihn nie im privaten Kontext wiederzusehen. Gern hätte ich ihm schon vor dem Restaurant eine gute Nacht gewünscht und wäre gegangen, aber damit wären wir beim zweiten katastrophalen Fehler. Wir waren mit seinem Auto zum Nobelrestaurant gefahren und es war an diesem Abend eindeutig zu kalt, um nach Hause zu laufen. Dabei hätte ich bereits ahnen können, dass Steven ein Arschloch war. Bei jeder Gelegenheit machte er die Krankenschwestern in der Klinik nieder und scherte sich nicht um die Bedürfnisse seiner Patienten. Ihm war alles egal, solange er sich selbst Doktor nennen konnte. Er war, wie ich nie sein wollte. Und dennoch stand ich nun in meinem kleinen Wohnzimmer und nippte an meinem kalten Wasserglas, während ich darauf wartete, dass Steven endlich verschwand, nachdem er auf meiner Toilette gewesen war. Es wäre auch zu viel verlangt gewesen, im Restaurant noch einmal zu gehen, sodass ich ihn schon vor der Tür loswerden hätte können, statt ihn noch mit ins Haus nehmen zu müssen. Und damit wären wir beim dritten und letzten Fehler meines Abends, doch den erkannte ich erst, als Steven mit einem Grinsen um die Ecke kam und sich nicht verabschiedete, sondern immer näher und näher kam. Mein Telefon hatte ich in meiner Jackentasche gelassen, die an der Garderobe hing. Zu weit weg, um es zu erreichen.

Ich hätte mich nicht auf dieses Date einlassen dürfen. Egal, wie sehr Helena mich dazu gedrängt hatte. Dann war ich eben schon seit knapp fünf Jahren Single. Na und? Ich war glücklich allein. Zumindest glücklicher, als mit einem Arschloch, das alle Menschen von oben herab behandelte, obwohl er selbst im Leben noch nichts geleistet hatte. Das würde mein letztes Date sein. Am besten für immer.

Steven schritt auf mich zu, während er mich gierig mit den Augen musterte. Seine Pupillen waren geweitet – so wie schon den ganzen Abend. Ein Schauer durchzuckte meinen Körper und ich bekam eine Gänsehaut. Genau dieser Blick ließ mich wünschen, mein Handy wäre bei mir. Ich wusste nicht, was es war, aber die Art, wie Steven näher kam, gefiel mir nicht. Er sollte gehen. Sofort. Ich hatte absolut keinen Spaß an diesem Abend und wollte nur noch ins Bett – zusammen mit einem riesigen Eisbecher und meiner Lieblingsfolge von *Bones – Die Knochenjägerin*.

»Du siehst atemberaubend aus«, murmelte Steven, als er vor mir zum Stehen kam, und strich über den Stoff, der auf meinen Schultern lag. Ich schluckte und trat einen Schritt zurück. Dabei lief ich jedoch nur gegen den Hängeschrank im Wohnzimmer und stieß mit dem Kopf gegen eine der Kanten. Ein schmerzhafter Stich jagte durch meinen Schädel und ich blieb sofort stehen. Mein Herz beschleunigte sich. Verdammt! Hätte ich mich noch blöder positionieren können? Vermutlich nicht. Ich konnte nicht weiter nach hinten zurückweichen und auch Steven schien das zu wissen, denn sein Grinsen wurde breiter. Was hatte er vor? Irgendetwas musste es sein, denn er war nicht lange genug auf der Toilette gewesen, um wirklich gemusst zu haben. Er hatte also nur einen Weg in mein Haus gesucht. Und wenn es nach mir ging, würde er nicht bleiben. Doch je länger wir hier standen, desto lauter wurde die Stimme in meinem Kopf, die mir sagte, dass ich wohl in dieser Angelegenheit kein Mitspracherecht haben würde. Aber das war lächerlich, richtig? Steven war Arzt. Er hatte einen Eid geleistet, zu helfen und niemanden zu verletzen. Trotzdem wurde ich das angeekelte Gefühl nicht los, das mich den ganzen Abend begleitet hatte. Es war eine Mischung aus Wut, Aufregung und ja, auch Panik. Und darunter war noch eine andere Emotion versteckt. Ganz tief in meinem Inneren. Scham. Ich fühlte mich die ganze Zeit nackt, wenn er mich ansah. Als würde er mich mit seinen Augen ausziehen und mich berühren, obwohl ich es nicht wollte.

»Das sagtest du bereits.« Und nicht nur einmal. Bei jeder Gelegenheit hatte er mir ein Kompliment zu meinem Aussehen gemacht. Mein Kleid war fantastisch. Die Haare bombastisch und mein Körper wie ein weiteres Adjektiv mit -isch am Ende, das ich mir nicht gemerkt hatte. Vermutlich, weil ich irgendwann aufgehört hatte, ihm richtig zuzuhören. Schönheit war nicht alles und Steven war das beste Beispiel dafür. Ich setzte ein falsches Lächeln auf und sah mich zu den Seiten um, doch als ich einen Schritt nach links machte, folgte Steven mir und ließ nicht zu, dass ich neben ihm vorbeischlüpfte.

»Ich weiß.« Steven lachte auf. Es war kein schöner Laut. Es klang gezwungen und schmierig. Als wäre er bei einem Geschäftsessen und müsste über die schlechten Witze seines Chefs lachen, um seinen Job nicht zu verlieren. »Es ist dieses Kleid. Einfach der Wahnsinn.« Steven senkte den Kopf und starrte mir genau in den Ausschnitt, während er seinen Körper enger an mich drückte, sodass er auf meinen traf.

»Vielen Dank«, presste ich durch zusammengebissenen Zähnen hervor und drückte mich näher gegen den Schrank hinter mir, um von ihm wegzukommen. Sah er nicht, dass er mich bedrängte? War ihm nicht bewusst, dass ich es nicht wollte? Sollte ich ihm sagen, er solle gehen? Oder wäre ich dann unhöflich? Sicher, Steven war ein Arsch, aber seine Familie hatte Einfluss und ich wollte meinen Job gern noch lange behalten, weshalb ich seine Annäherungsversuche weiter weglächelte und versuchte, mich geschmeichelt zu fühlen, weil er auf meine großen Brüste starrte. Aber spätestens, als Steven wieder den Mund aufmachte, erstarben alle meine Bemühungen. Mein Magen verkrampfte sich, bis ich glaubte, ich müsste mich übergeben.

»Wie wäre es, wenn wir es ausziehen und sehen, was du darunter versteckt hältst?« Stevens Hände fuhren von meinen Schultern hinab über meinen Rücken und suchten bereits nach dem Zipper des Reißverschlusses, bevor ich es geschafft hatte, seine Worte und ihre Bedeutung zu verarbeiten. Ausziehen. Das hatte er gesagt. Ich hatte mich nicht verhört, oder? Es würde auf jeden Fall zu der Tatsache passen, dass er begann, am Verschluss meines Kleides zu zerren. Wieder beschleunigte mein Herzschlag. Mein Puls raste durch meinen Körper. Kalter Schweiß brach aus meinen Poren aus und mein Mund wurde trocken. Die Zunge klebte mir am

Gaumen und ich vertraute meiner Stimme nicht mehr. Mein Hals wurde eng.

»Bitte?«, krächzte ich in der Hoffnung, ihn doch falsch verstanden zu haben. Aber das hatte ich nicht. Ich war intelligent genug, um das zu wissen. Trotzdem konnte und wollte ich das nicht glauben. Ich hatte mir immer gedacht, dass so etwas nur in Filmen passiert, aber sicher keiner jungen Ärztin, die mit dem Sohn eines reichen Mannes aus der Oberschicht ausging. Aber da hatte ich mich wohl geirrt, denn Steven zog den Zipper hinunter, bis das Kleid aufsprang und fuhr mit den Händen über meine freigelegte Haut, obwohl ich versuchte, meine Finger gegen seine Brust zu stemmen und ihn wegzuschieben. Mit wenig Erfolg. Zwar drückte sich sein Oberkörper nun nicht mehr an meinen, doch ich roch weiterhin den süßlichen Geruch seines Parfüms, das in meiner Nase kratzte und spürte seine Fingerkuppen, die über meine Schulterblätter und danach meinen Rücken hinunterglitten, bis sie auf meinem Hintern zum Liegen kamen.

»Ach komm schon, Claire. Wir sind den ganzen Abend umeinander herumgeschlichen und jetzt sind wir endlich allein. Es ist also nicht mehr notwendig, dass du dich zurückhältst. Ich will es genauso sehr wie du«, säuselte Steven und seine Finger drückten sich in meine schutzlose Haut. Es tat nicht weh, dennoch wollte ich, dass er aufhörte, mich anzufassen, weil jede Berührung dafür sorgte, dass mein Magen sich überschlug, bis ich Galle im Mund schmecken konnte. Fest drückte ich gegen seinen Brustkorb, um ihn doch noch von mir zu stoßen, doch ich war zu schwach. Ein schmerzhafter Stich fuhr durch meine Handgelenke. Ich stöhnte und verringerte den Druck.

»Und was genau ist es, was ich will?«, wisperte ich und meine eigene Stimme war mir unbekannt. Sie klang viel zu hoch, beinahe schrill. Und piepsig, obwohl ich aus vollen Lungen brüllen und ihn damit einschüchtern wollte. Aber Steven schien es nicht zu kümmern, dass ich mich gegen seinen Griff wehrte. Unverändert strahlte er mich an und kam mit seinem Gesicht immer näher.

»Das hier«, flüsterte er und drückte im nächsten Moment seine Lippen gewaltsam auf meine. Zeitgleich kippte sein Becken nach vorne und er begann, sich an mir zu reiben. Etwas Hartes drängte sich gegen meinen Oberschenkel und stach durch die Stofflagen, die unsere Körper voneinander trennten. Sein Mund bewegte sich auf meinem, ehe seine Zunge hervorschnellte und über meine Unterlippe fuhr. Sein Speichel benetzte meine Haut. Die Wärme seines Atems blies mir ins Gesicht. Ich unterdrückte ein Würgen und griff blind in den Hängeschrank hinter mir, weil ich den Kopf nicht drehen konnte. Aber ich erreichte nichts, außer dass ich mir beinahe den Arm ausrenkte. Meine Schulter gab ein widerliches Knirschen von sich, als das Gelenk gegen die ungewohnte Bewegung protestierte. Verdammt, wieso hatte ich kein Buch oder Ähnliches in Griffweite, um es dem Scheißkerl überzuziehen? Denn genau das wollte ich in diesem Augenblick, und wenn er dann seinen Einfluss nutzen und mir meinen Job wegnehmen würde, dann wäre es eben so. Auf keinen Fall würde ich still und bewegungslos bleiben, wenn er sich wie ein Tier benahm. Triebhaft, unhöflich und gierig. Ich verdiente Besseres. Jede Frau tat das.

»Lass mich los!«, rief ich, als er seine Lippen kurzzeitig von meinem Gesicht nahm, damit er Luft holen konnte, und hob mein Bein an, um es ihm in den Schritt zu rammen. Doch ich verfehlte mein Ziel und traf stattdessen nur seinen Oberschenkel. Auch bei meinem zweiten Versuch schlug ich daneben, weil Steven sich wegdrehte und danach seine Hände fest in meinen Hintern krallte, um meine Hüfte an seine zu drücken und sie an dieser Stelle zu fixieren, sodass ich nicht erneut die Möglichkeit bekam, ihn zu treten. Die Panik in meinem Inneren stieg weiter an, als er den Mund wieder auf meine Haut senkte. Diesmal an meinen Hals. Seine Lippen waren spröde und die Stellen, die er küsste, fühlten sich danach unangenehm feucht an. Tränen stiegen mir in die Augen und ich konnte selbst nicht sagen, ob es die Angst war, vor dem, was kommen würde, oder die Wut auf mich selbst. Wieso hatte ich mein Handy nicht bei mir, um Hilfe zu rufen? Würde mich jemand hören, wenn ich schrie? Wann würde Steven aufhören und mich loslassen? Fragen über Fragen türmten sich in meinem Kopf auf, doch ich kannte auf keine einzige die richtige Antwort. Außerdem hatte ich keine Gelegenheit, wirklich nachzudenken. In meinem Schädel flogen Wortfetzen und einzelne Gedanken hin und her, aber nichts davon war für mich greifbar. In meinem Inneren brach ein Durcheinander aus. Chaos. Und ich konnte es nicht ordnen, weil Stevens Hände, die an meinem Hintern hinabglitten und unter den Stoff meines Kleides griffen, alles waren, worauf ich mich konzentrieren konnte.

»Zier dich nicht, Claire. Ich weiß, dass irgendwo ein versautes Mädchen in dir steckt. Hinter der Brille und dem schüchternen Lächeln.« Stevens Stimme wurde tiefer und nahm einen anzüglichen Unterton an. Vielleicht sollte es sexy klingen, doch es sorgte nur dafür, dass sich meine Nackenhaare aufstellten und ich begann, meinen Körper hin und her zu bewegen, damit er mich nicht mehr umklammert halten konnte.

»Nimm deine Hände von mir!«, befahl ich und war stolz, dass die Worte selbstbewusst aus meinem Mund kamen, auch wenn mir zum Heulen zumute war. Tränen schwammen in meinen Augen und verschleierten meine Sicht. Ich blinzelte sie hektisch weg, um mehr sehen zu können, doch irgendwann waren es so viele, dass sie über mein Lid quollen und meine Wange hinabliefen. Die einzelnen Tropfen kitzelten auf meiner Haut, doch ich konnte sie nicht wegwischen, weil ich mit den Händen lieber gegen Stevens Schultern drückte, bis ich mir genügend Bewegungsfreiheit erkämpft hatte. »Verschwinde!« Ich schlug gegen die Ansätze seines Schlüsselbeins. Nur einmal, aber dafür so fest ich konnte. Steven ächzte. Das Grinsen auf seinem Gesicht verschwand. Er zog die Augenbrauen zusammen und verzog die Lippen spöttisch.

»Es wird dir gefallen. Versprochen«, versicherte er mir und wanderte mit seinen Händen höher, bis er meinen Slip erreichte. Seine Finger waren kühl an meinen erhitzten Schenkeln und ich fröstelte. Mein Körper verspannte sich. Jeder Muskel zog sich zusammen. Ich stieß einen Schrei aus und hämmerte mit meinen Fäusten auf seine Schultern ein, bis Steven keuchend nach hinten taumelte. Er schnaubte und richtete sich zur vollen Größe auf. Wieder griffen seine Finger nach mir. Er wollte mich erneut packen und nach hinten drängen, doch ich war schneller als er und ging ein paar Schritte nach vorne, damit ich nicht wieder zwischen ihm und dem Schrank eingekesselt war.

»Nein! Ich will das nicht. Lass mich in Ruhe!« Ich stemmte die Hände in die Hüften, wobei mir der Träger meines Kleids von der Schulter rutschte, und sah an ihm vorbei zur Garderobe, an der meine Jacke mit meinem Handy hing. Der Weg war zu weit. Ich würde es unmöglich an Steven vorbei und dann Richtung Tür schaffen, ohne dass er mich festhielt. Kurz schloss ich die Augen und versuchte, ruhig durchzuatmen und meine Gedanken zu sortieren. Was sollte ich nur tun? Aber Steven ließ mir keine Sekunde Ruhe. Kühle Finger legten sich um meinen Hals und die andere Hand platzierte er an meinem Busen. Langsam begann er, meine linke Brust zu massieren und fast schon zärtlich über den schwarzen Stoff zu streichen, der mich bedeckte. »Bitte!« Ich wimmerte. Ich wollte es nicht, aber ich konnte es nicht verhindern. Der Griff an meinem Hals wurde fester. Steven drückte mir die Luft zum Atmen ab. Meine Lunge protestierte. Ich riss die Augen auf. Mein Brustkorb hob sich angestrengt, doch kein Sauerstoff wanderte durch meinen Körper. Ich japste und mein Gesicht verzog sich panisch. Was tat er da? Wollte er mich umbringen? Wieder lösten sich Tränen aus meinen Augenwinkeln. Gierig versuchte ich, nach Luft zu schnappen. Aber Stevens Hand presste meinen Hals immer weiter zusammen. Die Fingerkuppen bohrten sich in mein Fleisch. Ich schrie, aber meine

Stimme drang nur leise aus meinem geöffneten Mund.

»Hilf mir, dich auszuziehen! Ich weiß, dass du es härter magst.« Steven stieß sein Becken erneut an meine Leiste und rieb sich an mir, sodass der Saum meines Kleides nach oben rutschte. Anschließend knetete er die Hand an meiner Brust fester, bevor er sie über meine Seite wandern ließ und nach hinten zu meinem Rücken, um den Stoff von meinem Körper zu zerren. Mir wurde schwindelig. Der Sauerstoffmangel sorgte dafür, dass schwarze Flecken meine Sicht einschränkten. Ich taumelte, doch Stevens Griff hielt mich aufrecht.

Ich mochte es härter? Woher hatte er denn diesen Schwachsinn? Oder war das nur eine Ausrede, um sein unmenschliches Verhalten vor sich selbst zu rechtfertigen? Und was genau sollte härter eigentlich bedeuten? Keine Frau stand darauf, vergewaltigt zu werden. Überhaupt keine, selbst wenn sie sich sonst den Hintern versohlen ließ, um sich gut zu fühlen, oder es mochte, wenn jemand Klemmen an ihren Brüsten anbrachte. Und ja, ich liebte beides. Aber ganz bestimmt nicht unter diesen Voraussetzungen. Ich wollte einfach nur weg. Keine Faser in meinem Körper verspürte Erregung. Da war nur die blanke Angst, die mich dazu verleitete, hinter mich zu greifen und diesmal bekam ich einen schweren Gegenstand zu fassen. Er war kühl und hart.

»Nein.« Meine Stimme kämpfte sich durch meinen eingeengten Hals, doch er ließ nicht locker. Ich keuchte, winselte nach Sauerstoff, aber ich bekam ihn einfach nicht. Meine Glieder wurden taub. Das Herz in meiner Brust verkrampfte sich und ich bildete mir ein, den kalten Hauch des Todes im Nacken zu spüren, als Steven noch einmal den Griff verstärkte und ich instinktiv den Arm hob. »Steven! Nicht!«, krächzte ich, als meine Lunge sich schmerzhaft zusammenzog, und ließ im gleichen Moment die Hand mit dem Gegenstand nach unten rasen. Ein dumpfer Schlag war zu hören, gefolgt von einem Schrei und plötzlich löste sich die Umklammerung. Erleichtert gab ich der Gier nach Luft nach und atmete hektisch ein und aus. Das Brennen in meiner Brust ließ nach. Die Panik ebbte ein wenig ab. Meine Sicht klärte sich wieder. Die schwarzen Flecken verschwanden. Ich blinzelte und richtete meinen Blick auf den Gegenstand in meiner Hand. Es war ein Briefbeschwerer. Der hässliche, den ich zum Studienabschluss von Pablo geschenkt bekommen hatte. Wer hätte gedacht, dass dieses Ding doch noch einmal für etwas nützlich sein würde. Es hatte auf jeden Fall dazu geführt, dass ich die Oberhand gewann. Steven rieb sich den Hinterkopf, an dem eine Wunde prangte. Ein kleines Rinnsal Blut lief über seine Kopfhaut und befeuchtete sein blondes Haar. Gekrümmt stand er vor mir und hatte schmerzerfüllt das Gesicht verzogen. Seine Augen verengten sich zu Schlitzen, als er wieder in meine Richtung sah.

»Du verdammte Schlampe! Was soll die Scheiße! Ich werde dich …«, begann er zu brüllen und seine Wangen liefen vor Wut rot an. Wie ein wildgewordener Stier lief er auf mich zu und packte mich am Oberarm, um mich gegen die Wand zu drängen. Doch so weit kam er gar nicht und er beendete auch seinen Satz nicht. Oder ich hörte das Ende zumindest nicht, weil es in diesem Augenblick knallte. Die Eingangstür flog mit so einer Wucht gegen die Wand, dass die Klinke in den Putz hämmerte und dort einen Abdruck hinterließ. Teile der Mauer bröckelten zu Boden und die Tür wurde beinahe aus den Angeln gehoben.

ZWEI

CLAIRE

»Was zum Teufel?«, schrie Steven, ging hinter mir in Deckung und starrte zum Türrahmen, in dem ein Mann auftauchte, dessen Gestalt mich schlucken ließ. Der Typ war groß. Viel größer als Steven und breiter, sodass er beinahe den gesamten Türrahmen einnahm. Seine schwarzen Haare waren eine Spur zu lang und sahen unter der Kapuze hervor, die er über seinem Kopf trug. Sein Gesicht war in Dunkelheit gehüllt, dennoch konnte ich seine dunkelblauen Augen aufblitzen sehen.

»Das ist Sachbeschädigung.« Steven schnalzte verärgert mit der Zunge, doch seine Stimme klang nicht mehr so selbstbewusst und siegessicher wie noch vor ein paar Sekunden. Außerdem war es meine Haustür, weshalb ich nicht verstand, wieso er dachte, das zur Sprache bringen zu müssen. Ich an seiner Stelle kümmerte mich nicht um die zerstörte Wand, sondern um die Waffe, die der Typ in der Hand hielt. Ich schluckte. Wer war er und was wollte er hier?

Der Unbekannte legte den Kopf schief und setzte sich mit schweren Schritten in Bewegung. Immer näher und näher kam er. Die Pistole hielt er dabei fest umklammert und seine Augen schienen die Stelle, an der Steven immer noch meinen Oberarm festhielt, zu durchbohren.

»Halt den Mund und nimm deine dreckigen Hände von ihr!«, verlangte eine tiefe Stimme, die Steven und mich zusammenzucken ließ. Aus der Nähe wirkte der Unbekannte noch größer und als er den Kopf zur anderen Seite legte, um Steven zu mustern, rutschte seine Kapuze ein Stück nach hinten und entblößte damit sein Gesicht. Er hatte kantige Züge und geschwungene, schmale Lippen, die zu einem verächtlichen Grinsen verzogen waren, als würde er sich über Stevens Erscheinung amüsieren.

»Wer bist du denn?« Steven hob abwehrend die Hände, als könnte er den Fremden so davon abhalten, ihn zu verletzen. Aber es war sicher kein Zufall, dass der Eindringling nach Einbruch der Dunkelheit meine Tür demolierte und bewaffnet mein Haus stürmte. Nein, er wollte etwas, oder suchte irgendwen. War Steven vielleicht ein größeres Arschloch, als ich gedacht hatte, und war in kriminelle Machenschaften verwickelt?

»Ich sagte, du sollst den Mund halten«, wiederholte der Unbekannte und hob die Waffe ein Stück, um sie auf Stevens Hand zu richten. Sofort lösten sich die Finger von meinem Oberarm und Steven trat einen Schritt zurück. Ich wusste, ich sollte erleichtert sein. Ja, vielleicht sogar dankbar, dass ich endlich nicht mehr von diesem Arschloch berührt wurde. Doch alles, woran ich denken konnte, war, dass jemand mit einer Pistole auf mich zielte, und diese Erkenntnis ließ mir das Blut in den Adern gefrieren. Die Tatsache, dass ich dank Steven halb nackt war, trug auch nicht zu meinem Wohlbefinden bei. Was hatte ich getan, um das zu verdienen? Nicht nur einen, nein, gleich zwei Spinner versauten mir meinen Abend. Wieder musste ich an Helena denken und daran, dass all das nicht passiert wäre, wenn ich nicht nachgegeben hätte. Ich wollte auf keine Dates gehen, aber ich war die Diskussion leid gewesen und hatte es nicht geschafft, ihr meine Meinung, dass man auch ohne Mann glücklich sein konnte, zu sagen. Jetzt bekam ich dafür die Rechnung präsentiert.

»Ich ... ich habe ihr nichts getan.« Steven entfernte sich Stück für Stück von mir und wich nach hinten zurück. Sein Kinn zitterte panisch. Der Adamsapfel an seinem Hals hüpfte hoch und runter.

Er schluckte mehrmals, aber er bekam den Kloß nicht weg, der ihn daran hinderte, frei zu atmen. Ich wusste es, weil es mir ähnlich ging. Meine Kehle war zugeschnürt. Mit großen Augen beobachtete ich das Schauspiel, das sich mir bot und schob mir meine Brille wieder gerader auf die Nase. Sie musste wohl irgendwann zwischen Stevens sexueller Belästigung und dem Knall der Tür verrutscht sein, sodass der Bügel unangenehm gegen meine Schläfe drückte.

»Das interessiert mich nicht.« Der Unbekannte machte eine wegwerfende Handbewegung, wobei er die Waffe in seiner Hand schwenkte und dafür sorgte, dass Steven sich noch näher an die Wand drückte, als würde er mit ihr verschmelzen wollen. Stevens Brille, die er nur für die Optik trug, verrutschte in seinem Gesicht und eines der Gläser hing unter seinem Auge, das geweitet in die Richtung des Unbekannten sah.

»Alter, ich schwöre, ich wollte sie nicht …«, begann Steven erneut sich zu verteidigen, und ich fragte mich, wie er den Satz beendet hätte, wenn er es gekonnt hätte. Ich wollte sie nicht verletzen? Sie vergewaltigen und ihr wehtun? Ich wollte sie nicht einem Trauma aussetzen, von dem sie sich eine Ewigkeit nicht erholt hätte? Am liebsten hätte ich belustigt geschnaubt, aber das wäre in dieser Situation unangemessen gewesen und ich wollte keine unnötige Aufmerksamkeit auf mich lenken. Auch ich hatte Angst. Es war schließlich nicht alltäglich, dass jemand mit einer Waffe vor mir stand. Steven jedoch schien das egal zu sein und er sprach weiter, bis dem Unbekannten der Geduldsfaden riss. Der Schütze hob die Pistole ein Stück, richtete sie auf Steven und ein Knall war zu hören. Scharf sog ich die Luft ein und presste die Augenlider zusammen. Mein Herz setze einen Schlag aus und pumpte im nächsten Moment Adrenalin durch meinen ganzen Körper. Ich erstarrte und vergaß beinahe zu atmen. Ein Schrei ertönte. Er war laut und schmerzte in meinen Ohren. Was passierte hier? Ich unterdrückte ein Schluchzen. Meine Hand wanderte an meinen Mund und ich drückte sie fest gegen meine Lippen, als ich die Augen einen Spalt öffnete und auf Steven starrte, der verzweifelt sein Knie umklammert hielt und nur noch auf einem Bein stand. Das andere hatte er angezogen. Blut sickerte durch das Hosenbein seines Anzugs. Der Stoff saugte sich damit voll und tauchte Stevens Finger in ein sanftes Rot. »Verdammt!«, jammerte Steven und Tränen liefen ihm über die Wangen. Sein Gesicht war kreidebleich und er gab unzusammenhängende Silben von sich, als hätte er das Sprechen verlernt. Die Kälte in meinem Inneren verstärkte sich. Ja, Steven war ein Arschloch, aber das hier war Folter. Zu sehen, wie ein Mensch litt, war mir noch nie leichtgefallen. Ich hatte immer anderen helfen wollen. Deshalb war ich doch Ärztin geworden, verflucht noch mal. Aber ich rührte mich nicht, um die Wunde zu versorgen und ihm zu helfen. Stattdessen wanderte mein Blick wieder zu dem Unbekannten, der ein Lächeln auf den Lippen trug und den Ärmel seiner schwarzen Jacke ein Stück nach oben schob, um die Waffe besser halten zu können, ohne dass der Stoff ihn störte. Dadurch hatte ich auch eine bessere Sicht auf die Tätowierungen an seinen Händen. Jeder Millimeter seiner Haut war mit bunter Farbe bedeckt. Der Anblick war seltsam schön. Nicht die einzelnen Motive aus Spinnen, Schlangen und schwarzen Mustern, aber im Zusammenspiel war es wie ein Kunstwerk, in dessen Mitte ein Auge prangte, das mich anzusehen schien, obwohl die Pupille fehlte und durch ein umgedrehtes Kreuz ersetzt wurde. Es kam mir bekannt vor, aber mein Gehirn war so von Sinneseindrücken überschwemmt, dass ich mich unmöglich erinnern konnte, woher.

»Ich sagte, halt die Klappe. Hast du das kapiert? Oder muss dein zweites Knie auch dran glauben?« Der Fremde knurrte Steven an und fletschte aggressiv seine Zähne, wie ein Tier, das kurz davor war, seine Beute zu zerreißen. Vermutlich war Steven auch nicht mehr als das für ihn. Seine Beute, die er verschlingen konnte. Zumindest würde Steven, der gerade noch den Obermacker heraushängen lassen hatte, anscheinend nichts tun, um sich wahrhaftig zu retten. Er versuchte nicht, wegzulaufen oder sich zu wehren. Er war schwach und meine Meinung von ihm sank immer weiter. Was fand Helena an ihm? Dieser Typ war mehr Schein als Sein, aber eines hatte er mit dem Unbekannten gemeinsam: Beide waren unerlaubt in mein Haus gekommen und taten, als würde alles hier ihnen gehören. Aber das war nicht der Fall. Ich wohnte hier.

»Raus aus meinem Haus! Alle beide! Verschwindet!«, rief ich und verschränkte die Arme vor der Brust, um wenigstens Würde und Selbstbewusstsein vorzutäuschen, auch wenn ich mich verletzlich und nackt fühlte. Ich musste dringend mein Kleid schließen, oder mir etwas überziehen, aber noch konnte das warten. Zuerst musste ich diese Psychos loswerden. Keine Ahnung, was die beiden verband, oder wieso der Unbekannte Steven anscheinend tot sehen wollte, aber ich hatte damit nichts zu tun. Ich wollte einfach nur mein Leben weiterleben und in Ruhe gelassen werden.

»Süß, kleine Garcia.« Der Fremde lachte und leckte sich anzüglich über die Unterlippe. Ich schluckte. Woher kannte er meinen Namen? Sicher, er stand an der Haustür, aber nur weil ich hier war, hieß das nicht, dass ich die Eigentümerin war, oder hatte er das einfach geschlussfolgert? »Hast du sonst noch Wünsche? Ein Pony vielleicht?« Wieder ertönte ein Lachen und dann ein Rascheln, als er in seine Jackentasche griff und Handschellen herausholte. Mit langsamen Schritten ging er auf Steven zu, dessen Augen immer größer wurden. Das Zittern nahm zu.

»Nein, bitte, i-ich w-w-will nicht sterb-b-en«, stotterte Steven und sank mit dem Rücken an der Wand nach unten, als sein gesundes Bein unter seinem Gewicht nachgab. Er rieb sich über die Wangen, um die Tränen wegzuwischen, doch damit erreichte er nur, dass er das Blut von seinen Fingern in seinem Gesicht verteilte. Es bildete einen eigenartigen Kontrast zu seinem blassen Teint, und ich fragte mich automatisch, ob er genauso bleich wäre, wenn der Unbekannte ihm in den Kopf oder ins Herz schoss. Ich hatte schon Leichen gesehen. Oft. Das war als Ärztin nicht zu vermeiden. Wir konnten nicht alle retten. Leider. Aber noch nie hatte mir die Vorstellung eines Toten so viel Angst gemacht. Es war ein anderer Kontext, wenn ich im Krankenhaus war. Doch jetzt und hier betete ich, dass Steven nicht sterben würde. Ob der Unbekannte mich dann auch beseitigen würde, um keine Zeugen zu hinterlassen?

Der Fremde ging vor Steven in die Knie, schnappte sich sein Handgelenk und legte einen der Metallringe der Handschellen darum, ehe er den anderen am Heizkörper unter dem Hängeschrank festmachte. »Du wirst niemandem sagen, was passiert ist, klar? Du fährst ins Krankenhaus, lässt dich verarzten und wenn jemand fragt, hat dich irgendein Typ auf der Straße angeschossen. Du warst mit Claire essen und danach haben sich eure Wege getrennt«, trichterte er Steven ein und legte den Schlüssel für die Handschellen in einiger Entfernung auf den Boden. Gerade so, dass Steven ihn wohl noch erreichen konnte, aber gleichzeitig so weit weg, dass er Schwierigkeiten und sicherlich auch Schmerzen haben würde, wenn er sich danach streckte. Gern hätte ich den Unbekannten darauf aufmerksam gemacht, um Steven das Leid zu ersparen. Doch ich tat es nicht, weil mir in diesem Augenblick zwei Dinge klar wurden. Erstens: Der Typ wollte, dass Steven unheimlich litt, auch wenn ich nicht wusste, wieso. Und zweitens: Er kannte mich. Garcia konnte er vom Türschild abgelesen haben, aber nicht meinen Vornamen. Ich wusste nicht warum, aber diese Erkenntnis sorgte dafür, dass ich mir beängstigt auf die Unterlippe biss. Schön, er wusste, wer ich war. Aber es konnte mir egal sein, nicht wahr? Vielleicht hatte er Steven beobachtet und deshalb hatte er meinen Namen aufgeschnappt. Aber daran glaubte ich nicht. Wieso würde er Steven sonst am Leben lassen, statt ihn zu erschießen und dann auch noch verlangen, dass er niemandem erzählte, dass wir ein Date gehabt hatten?

Das ergab doch alles keinen Sinn. Verwirrt blickte ich zwischen Steven und dem Unbekannten hin und her, doch keiner der beiden sah aus, als würde er mir in naher Zukunft eine Antwort geben. Also schlich ich Schritt für Schritt weiter auf den Ausgang zu. Wenn ich abhauen konnte, würde ich Steven Hilfe schicken, aber ich würde keine Sekunde länger hierbleiben und darauf warten, dass mich eine Kugel traf.

»Alles, was du willst, nur bitte …« Stevens Mund verließ ein Schluchzen. Ich hörte deutlich, dass er Angst hatte und noch bevor er seinen Satz beendete hatte, roch ich den Gestank von Urin. Hatte er sich gerade wirklich eingenässt? »… töte mich nicht.« Wieder ein Wimmern. Es rasselte, weshalb ich glaubte, Steven hätte sich bewegt, doch ich sah nicht zurück. Schritt für Schritt schlich ich zur Tür und versuchte, so leise wie möglich zu sein. Leider half mir das auch nicht. Gerade, als ich die Schwelle zum Flur überqueren wollte, ließen mich die dröhnenden Worte des Unbekannten erneut zusammenzucken.

»Bleib stehen!«, befahl er und ein Schauder lief über meinen Rücken. Nicht vor Ekel, was mich am meisten schockierte. Nein, es war eher wie ein sanftes Kribbeln der Erregung. Absolut unpassend und unverständlich, aber da war ein Unterton in seiner Stimme, der etwas tief in meinem Inneren ansprach. Er klang kraftvoll und mächtig, als würde er über allem stehen und gleichzeitig hörte er sich erschöpft an, wie ein König, der sein ganzes Leben nichts anderes tat, als Befehle zu erteilen. Leider wollte der kleine Teil in mir, der am liebsten den ganzen Tag seiner Stimme gelauscht hätte, dass ich als seine Königin nachts in seinem Bett auf ihn wartete und ihn von all den Pflichten ablenkte.

»Danke für die Hilfe, aber ich will euch wirklich nicht stören.« Ich hielt an, drehte mich wie in Zeitlupe zu ihm um und hob die Mundwinkel leicht an, auch wenn mir eher zum Weinen zumute war. Der Unbekannte hatte sich in der Zwischenzeit wieder aufgerichtet und Steven den Rücken zugedreht. Seine ganze Aufmerksamkeit lag auf mir. Es sollte mir Angst machen, genau wie die Waffe in seiner Hand. Aber seine dunklen, fast schon schwarzen Augen hatten etwas Beruhigendes. Sie strahlten Wärme aus, während sein restlicher Körper Stolz und Kälte signalisierte.

»Dank mir nicht zu früh. Ich bin nicht wegen ihm hier.« Das Grinsen des Fremden gefror auf seinem Gesicht, was seine Züge wie eine Fratze aussehen ließ. Als würden seine Worte allein noch nicht reichen, um mich in Angst und Schrecken zu versetzen. Bisher hatte ich mir einreden können, dass ich nichts damit zu tun hatte, aber jetzt? Was wollte der Unbekannte von mir und wieso hatte er nicht einfach wie jeder normale Sterbliche an meine Tür geklopft? »Du wirst mich begleiten.« Keine Frage. Er stellte es als gegeben hin, sodass niemand seine Worte infrage stellen oder verneinen konnte. Aber das konnte nur ein schlechter Scherz sein. Warte! War es vielleicht das? Ein Scherz oder besser eine Lektion? Wie oft hatte mir Pablo schon gesagt, dass mein Haus nicht sicher genug war? Oft. Und nie hatte ich auf ihn gehört, obwohl er es als Polizist besser wissen musste als jeder andere. Wollte er mir mit dieser Farce zeigen, dass er recht hatte?

»Was?« Irritiert runzelte ich die Stirn, bis eine Falte über meiner Nase entstand und musterte den Fremden. Er sah nicht wie ein Polizist aus. Zwar hatte auch mein Bruder eine Tätowierung, aber nicht so viele und ich kannte auch keinen seiner Kollegen, der auch nur annähernd so herumlief. Vielleicht war er aus einer anderen Abteilung als Pablo? Schließlich war nicht jeder Polizist beim Morddezernat beschäftigt. Eventuell arbeitete er undercover? Das würde erklären, weshalb er sich wie ein Gangster verhielt. Aber würde so jemand wirklich auf Steven schießen, statt ihn festzunehmen? Andererseits hatte er Handschellen dabei gehabt, also konnte er doch ein Bulle sein. Vielleicht wollte er mich erst später überraschen und hatte mitbekommen, was Steven versucht hatte, sodass die Dinge aus dem Ruder gelaufen waren. Ja, das musste es sein. Oder? Eine Spur der Unsicherheit blieb und das gefiel mir nicht. Zu gern hätte ich Pablo angerufen und nachgefragt. Sollte ich dem Unbekannten einfach folgen? Das kam mir falsch vor. Irgendwas schien ich hier zu übersehen, aber ich wusste einfach nicht, was.

»Pack deine Sachen! Wir gehen.« Der Fremde warf einen letzten Blick auf Steven, der schweratmend an der Wand kauerte und anscheinend darauf wartete, dass wir verschwanden. Inzwischen musste die Wirkung des Adrenalins nachgelassen haben, sodass sein Knie unsagbar schmerzte. Sollten wir einen Arzt rufen? Was war, wenn ich mitging und er es nicht allein zu einem Krankenhaus schaffte?

»Wie bitte? Nein! Ich lebe hier.« Scherz hin oder her. Das ging zu weit. Ich musste morgen zur Arbeit und würde um diese Zeit sicher nirgendwo mehr hinfahren, nur damit Pablo mir sagen konnte, dass ich ein zusätzliches Schloss für meine Tür brauchte. Außerdem musste Steven zu einem Arzt und zur Polizei. Selbst wenn der Fremde all das mit Pablo eingefädelt hatte, würde er sonst Ärger bekommen, wenn ich nicht aussagte, dass er Steven angeschossen hatte, um mich zu beschützen. Zählte das eigentlich als Notwehr? Ich wusste es nicht.

»Jetzt nicht mehr.« Wieder keine Frage. Sein Mundwinkel zuckten und fielen nach unten. Er legte den Kopf schief, sodass ich die Tätowierung an seinem Hals betrachten konnte. Sie führten das

Muster weiter, das auf seinen Händen zu sehen war, und ich fragte mich automatisch, welche Teile seines Körpers noch tätowiert waren. Das Gesicht hatte er ausgespart, das war ersichtlich, aber was war mit dem Rest?

»Und du bist wer? Wieso glaubst du, du könntest über mich bestimmen?« Die Angst verflüchtigte sich und machte Platz für Verärgerung. Niemand sollte das Recht haben so mit mir zu reden. Schon gar nicht jemand, der mich nicht kannte und in meinem Haus mit einer Waffe herumfuchtelte. Er tat so, als hätte er das Sagen und könnte über mich bestimmen. Dabei war es doch meine Entscheidung, ob ich ihm folgte, oder nicht. Richtig? Überlegend wog ich ab, was ich tun konnte, aber je länger sein Blick sich in meinen grub, desto sicherer wurde ich, dass vor mir kein Polizist stand und er nicht nur mein Bestes im Sinn hatte. Seine Miene war ernst und ein Schatten lag darüber, der mich erzittern ließ. Ein Knoten bildete sich in meinem Magen und meine Instinkte rieten mir wegzulaufen, als würden sie etwas wissen, das mein Verstand noch nicht begriffen hatte.

»Ich bin der Mann mit der Knarre.« Seine Stimme wurde noch tiefer und eiskalt, sodass ich das Gefühl hatte, die Raumtemperatur würde um zehn Grad sinken. Ich fröstelte und zupfte den Stoff meines Kleides an meiner Schulter zurecht, damit die Kälte weniger Angriffsfläche hatte. Leider konnte ich mein Kleid nicht schließen, ohne mich zu verrenken und das würde ich vor dem Unbekannten bestimmt nicht.

»Wenn du mich erschießen wolltest, hättest du es schon getan. Also wirst du mich nicht töten.« Ich spekulierte. Das war mir bewusst. Vielleicht war er auch ein Psychopath, der sich an meinem Leid ergötzen wollte, bevor er mich umbrachte. Aber ich musste hoffen, dass meine Worte wahr waren. Mir blieb schließlich nichts anderes übrig. Oder sollte ich mich umdrehen und weglaufen? Wie weit käme ich, ehe mich eine Kugel von hinten durchlöchern würde?

»Aber ich kann dich schwer verletzen.« Der Unbekannte stieß wieder ein Lachen aus, als ich einen Schritt vor ihm zurückwich. Spielerisch drehte er die Waffe in seinen Händen und als wäre das noch nicht genug, fischte er mit der anderen Hand nach einem Messer, das an seinem Gürtel befestigt war. Er zog es aus der Scheide und rammte es in den Türrahmen, der neben ihm war. Die Klinge blieb im Holz stecken. »Kommst du jetzt freiwillig mit, oder muss ich härtere Geschütze auffahren?«

»Ich …« Mein Blick war starr auf das Messer gerichtet, dessen Griff der Unbekannte nun losließ. Was hatte er vor? Wollte er mich damit aufschneiden? Als Ärztin wusste ich, wie vergänglich das

Leben war. Der menschliche Körper war einerseits wahnsinnig robust. Wir konnten uns überfressen, mit Alkohol zuschütten, wenig Sport machen, unsere Nächte schlaflos verbringen und uns schlechter Witterung in unpassender Kleidung aussetzen, ohne dass wir gleich daran starben, weil wir gelernt hatten, uns den Gegebenheiten anzupassen. Andererseits schnitten wir uns an Papier, brachen uns Knochen, wenn wir ausrutschten, und ein einziger gezielter Schnitt mit einem Messer konnte unser Leben beenden. Darum war es kein Zeichen von Schwäche, dass der Knoten in meinem Magen immer größer wurde. Zumindest versuchte ich, mir das einzureden. Sollte ich ihn begleiten? Und wenn ja, was würde er mit mir tun? Wäre es schlimmer, als von einer Klinge aufgeschlitzt zu werden?

»Die Uhr tickt. Ich habe nicht den ganzen Tag Zeit und dein Freund auch nicht. Ihn kann ich sehr wohl erschießen.« Der Unbekannte schnaubte, blickte über die Schulter und richtete die Waffe auf Steven. Mein Atem stockte. Was? Nein, das konnte er nicht tun! Er durfte es nicht. Es war schwer genug, eine Wahl für mich zu treffen. Aber wenn er Steven mithineinzog, wurde es noch kniffliger. Ich konnte mich weigern zu gehen und mein eigenes Leben opfern, aber das von Steven? Dazu hatte ich kein Recht.

»Nein, bitte«, wimmerte Steven und zog den

Kopf ein, als würde er den Fremden davon abhalten können, ihn zu töten, wenn er sich nur klein genug machte. Oder hoffte er, der Unbekannte würde so Mitleid mit ihm haben? Wenn ja, ging sein Plan nach hinten los. Der Fremde grinste ihn kalt an und genoss augenscheinlich die Angst in Stevens Augen.

»Wohin willst du mich bringen?« Meine Stimme war leise, fast wie ein Flüstern und der Knoten in meinem Magen wuchs weiter an, bis er gegen meine Eingeweide drückte und mir das Atmen erschwerte. Zog ich es wirklich in Betracht, mit ihm zu gehen, um Steven vor dem Tod zu bewahren? Dieses Arschloch?

»Du wirst es erfahren, wenn wir da sind.« Der Unbekannte hob eine Augenbraue an und musterte mich aufmerksam, als würde er darauf warten, dass ich meine Entscheidung traf. Ahnte er etwas von dem Kampf in meinem Inneren? Hierbleiben oder mitgehen? Alles lief auf diese Frage hinaus, und ich war mir sicher, dass diese Entscheidung mein restliches Leben beeinflussen würde.

»Ich komme nicht mit dir mit«, wisperte ich und wich noch einen Schritt zurück. Ein Blick über meine Schulter verriet mir, dass die Tür und auch mein Handy weiterhin viel zu weit weg waren. Dabei hätte ich alles dafür gegeben, jetzt den Notruf wählen zu können, weil ich dann um eine Entscheidung herumgekommen wäre. Außerdem fielen Stevens Augen langsam zu. Wie viel Blut hatte er inzwischen verloren? Und noch immer sprudelte weiter rote Flüssigkeit aus der Wunde in seinem Bein.

»Doch wirst du.« Der Fremde schnaubte, griff nach dem Messer im Türrahmen und zog es wieder heraus. Ich dachte, er würde es in die Scheide zurückstecken, doch stattdessen drehte er es in der Hand und betrachtete die Klinge. Sie war nicht besonders lang, aber bestimmt rasiermesserscharf.

»Wieso sollte ich?«, fragte ich und spürte, wie der Träger meines Kleides wieder an meiner Schulter hinabrutschte. Schnell hielt ich den Stoff fest und zog ihn wieder über meine nackte Haut.

»Du bist Ärztin. Menschen liegen dir am Herzen. Auch Abschaum wie er.« Der Unbekannte wandte sich zur Hälfte um und warf einen Blick auf Steven, der seine Augenlider schwerfällig öffnete und mit verschleierten Pupillen zu uns aufsah.

»Was soll das bedeuten?« Ich fürchtete mich vor der Antwort, obwohl ich sie schon kannte. Dennoch musste ich fragen. Ich musste es hören, damit ich aufhören konnte, meine Möglichkeiten abzuwägen. Und der Fremde schien es zu ahnen, denn sein Grinsen wurde breiter, als er mit seinen Worten die Nägel zu meinem Sarg fester zuschlug.

»Dass ich ihn erschieße, wenn du nicht tust, was

ich dir sage. Oder ich ramme ihm das Messer in den Hals. Wie es dir lieber ist.«

Ich schluckte. Für eine Sekunde wurde es gespenstisch still, als Steven und ich verarbeiteten, was das bedeutete. Ich entschied nun über Stevens Leben. Es lag in meiner Hand, ob er je wieder den Sonnenaufgang sehen würde oder nicht, und in dieser Position wollte ich absolut nicht sein. Aber der Unbekannte hatte recht. Ich war Ärztin und ich würde niemanden sterben lassen, egal, welcher Herkunft, welcher ethnischen Zugehörigkeit oder sexueller Orientierung er angehörte. Das gefiel mir nicht immer – wie in diesem Fall – aber es war das, was mich ausmachte.

»Nein, bitte! Nicht schießen!« Neue Tränen liefen Steven über die Wangen und sein flehender Blick traf mich, der dafür sorgte, dass ich zur Seite sah. Ich wollte Steven nie wiedersehen. Niemals. Selbst wenn ich all das, was der Fremde mit mir tun wollte, überleben sollte, würde ich Steven nie verzeihen, was er getan und in welche Lage er mich gebracht hatte. Und Helena ebenfalls nicht. Sie hatte die besten Absichten gehabt, da war ich mir sicher, aber sie hätte wissen müssen, dass Steven und ich nicht zusammenpassten.

»Ich werde mitkommen.« Ich wischte eine Träne von meiner Wange, die sich aus meinem Augenwinkel gelöst hatte, und trat auf den Unbekannten zu, der wohlwollend nickte und endlich das Messer wieder einsteckte. Die Waffe blieb jedoch fest in seiner Hand. Es war eine stumme Drohung und nachdem er tatsächlich Stevens Knie ruiniert hatte, zweifelte ich nicht daran, dass er sie wahrmachen würde.

»Pack deine Sachen«, ordnete er an und erneut ging ein Kribbeln durch meinen ganzen Körper, als seine Stimme wieder diesen Befehlston annahm. War das normal, oder tat er das mit Absicht? Wusste er, was das mit mir machte?

»Welche?« Ich hob kämpferisch das Kinn, um ihm zu zeigen, dass ich zwar mitkommen, aber sicher nicht einfach aufgeben würde. Vielleicht bekam ich die Gelegenheit, abzuhauen, wenn Steven bereits weit weg und in einem Krankenhaus war.

»Wo ist dein Handy?« Suchend sah der Unbekannte sich um, entdeckte aber nicht, wonach er Ausschau hielt. Wie auch? Mein Handy war gut versteckt. Sollte ich lügen und versuchen, das Telefon mitzunehmen? Aber was, wenn er mich erwischte? Oder schlimmer: Er wollte irgendwelche Information aus meinem Handy. Wäre es dann nicht klüger, ihm zu geben, was er wollte?

»In meiner Jackentasche«, murmelte ich und entschied mich somit für die Wahrheit. Da ich nicht alle Informationen hatte, erschien mir das am logischsten. Leider stellte es sich als Fehler heraus.

Wie viele hatte ich an diesem Abend schon gemacht? Ich wollte es gar nicht wissen.

»Gut, dann schnapp dir einen Pullover, damit du mir nicht erfrierst.« Der Fremde lachte, schritt hinüber zu meiner Jacke und zog mein Telefon hervor, das er in die Luft warf und blitzschnell mit der Waffe darauf zielte. Wieder knallte es. Schockiert klappte mein Mund auf, als die elektronischen Einzelteile des Handys zu Boden fielen. Ein riesiges Loch durchzog das Display und Scherben lösten sich als kleine Splitter von der Vorderseite. Verflucht! Er hatte bereits mehrfach geschossen. Wieso hatte noch niemand von den Nachbarn die Polizei verständigt? Oder waren die nächsten Häuser zu weit entfernt? Vermutlich. Ich hatte mit Absicht dieses gewählt, um meine Ruhe zu haben. Nach der Sache mit Dad war es mir wichtig gewesen, an einen Ort zu ziehen, an dem jeder jeden kannte und man die Tür nicht abschließen musste, weil nie etwas Schlimmes geschah. Ironisch, oder nicht?

»Was wird jetzt aus Steven?« Ich warf einen mitleidigen Blick in die Richtung meines Dates und schluckte schwer. Seine Augen flatterten unkontrolliert. Müdigkeit stand ihm ins Gesicht geschrieben, doch er hatte sich den Schlüssel geangelt und wartete anscheinend nur noch darauf, dass wir verschwanden. Vielleicht sollte es mich nicht überraschen, dass er nicht protestierte und mich zum

Bleiben überreden wollte, um mein Leben zu retten statt sein eigenes. Aber es schmerzte trotzdem. Nicht, weil er mir etwas bedeutete, sondern weil ich nicht verstehen konnte, wie er das mit seinem Gewissen vereinbaren konnte.

»Wenn er klug ist, überlebt er es.« Der Unbekannte schnaubte belustigt, ging hinüber zur Garderobe und zog einen meiner Pullover von einem der Haken. Er warf ihn mir zu. Perplex fing ich ihn auf und drückte ihn an meine Brust. Er war kühl, aber schön flauschig, sodass ich wirklich nicht frieren würde, wenn wir hinausgingen, und das wollte der Fremde. Am besten sofort. Er streckte mir die Hand entgegen und sah mich abwartend an, während ich den Pullover über mein offenes Kleid zog. Meine Schuhe hatte ich anbehalten, als ich mit Steven ins Haus gekommen war. Warum genau wusste ich selbst nicht. Vielleicht hatte ich nicht gewollt, dass er es als Einladung verstand, ebenfalls seine Schuhe auszuziehen. Im Grunde war es auch egal. Nun hatte es den Vorteil, dass ich dem Unbekannten folgen konnte, ohne mich weiter anziehen zu müssen.

»Was willst du von mir?«, wollte ich wissen, als ich meine Hand in seine legte. Meine Finger waren viel kleiner als seine und wirkten seltsam leer neben all den Tätowierungen. Leer und rein. Als wäre ich ein unbeschriebenes Blatt und er nicht. Was er wohl schon in seinem Leben getan hatte? Eines war sicher: Stevens Blut war nicht das Einzige, das an seinen Händen klebte. Trotzdem durchfuhr mich ein erregender Blitz, als wir einander berührten. Seine Finger waren warm, schwer und kräftig. Ähnlich, wie ich es mir vorgestellt hatte, und doch gänzlich anders. Sie waren nicht rau oder hatten Schwielen. Nein, die Haut war weich und zart. Er verschlang seine Hand mit meiner und zog mich zur Tür. Schritt für Schritt folgte ich ihm. Mechanisch, als wäre ich ein Roboter und jemand würde mich mit einer Fernbedienung in diese Richtung schicken. Wir liefen die Treppen hinunter, die zum Pfad durch meinen Garten führten und die ganze Zeit über ließ er meine Finger nicht los. Kühle Nachtluft umgab uns. Es war dunkel bis auf die Straßenlaternen, die alles in ein schummriges Licht tauchten. Ich hatte immer noch wahnsinnige Angst und mein Herz galoppierte in meiner Brust. Würde sich mein Herzschlag je wieder normalisieren? Ich glaubte nicht. Zumindest nicht, solange ich in der Nähe des Unbekannten war. Dennoch war seine Berührung tröstlich.

»Von dir selbst will ich gar nichts, aber du bist jemandem viel wert, der mir mächtig ans Bein gepisst hat.« Der Fremde stieß ein Knurren aus, und ich musste kurzzeitig die Augen schließen und mich daran erinnern, dass der Hass nicht mir galt, sondern der Person, an die er dachte. Ansonsten wäre ich wohl vor Panik in Tränen ausgebrochen. Der Fremde umklammerte die Waffe in seiner rechten Hand fester, bis seine Knöchel weiß unter der Haut hervortraten. Ich wollte lieber nicht wissen, was derjenige getan hatte und was aus ihm werden würde, wenn der Unbekannte ihn in die Finger bekam.

»Wem?« Meine Stimme schwankte. Langsam ließ das Adrenalin nach, das durch meine Adern pumpte und die aufputschende Wirkung ging verloren, als mir klar wurde, dass ich gegenwärtig nicht getötet werden würde. Leider trat mit dieser Erkenntnis auch die Müdigkeit ein. Ich setzte einen Fuß weiterhin vor den anderen, aber ich spürte, wie mir die Bewegungen schwerer fielen. Egal, wo der Fremde hinwollte, ich hoffte, es wäre nicht allzu weit.

»Ist das wichtig?« Der Unbekannte blieb abrupt stehen, als wir am Ende der Straße ankamen und drehte sich zu mir, um mich anzusehen. Er stand genau im Schein einer Straßenlaterne, sodass ich seine Augen nun aus der Nähe betrachten konnte. Sie waren wunderschön. Dunkel und unergründlich. Ich hatte immer geglaubt, dass ich durch die Augen von Menschen in ihr Innerstes schauen konnte, doch bei ihm war einfach nichts. Wie ein endloser Brunnen ohne festen Boden. Fasziniert biss ich mir auf die Unterlippe und starrte ihn einfach an. Ein Moment verging und dann noch einer, während er zurücksah und auf irgendwas zu warten schien. Ich wusste nicht auf was und irgendwann wandte er den Kopf zur Seite und zerstörte damit den Augenblick. Dennoch hörte ich nicht auf, mich zu fragen, was die Stille zwischen uns zu bedeuten hatte. Noch immer hatte ich das Gefühl, ihn irgendwoher zu kennen und gleichzeitig auch nicht.

»Wenn mich jemand mitten in der Nacht entführt, will ich wissen, wem ich das zu verdanken habe«, flüsterte ich und sah mich um, ob irgendwo Passanten waren, doch die Straße war wie leergefegt. Nirgendwo war jemand zu sehen, bis auf einen Typen, der hinter dem Lenkrad eines schwarzen Wagens saß, der genau neben uns stand. Aber ich glaubte nicht daran, dass er mir helfen würde. Es war bestimmt kein Zufall, dass wir genau hier angehalten hatten. Das war sogar meinem müden Gehirn klar.

»Ich habe dich nicht entführt. Du bist freiwillig mitgekommen«, erinnerte der Unbekannte mich, verstaute seine Waffe im hinteren Hosenbund und öffnete die Tür zum Wagen, sodass lederne Sitze zum Vorschein kamen. Sie wirkten teuer und sehr sauber, als hätte sie jemand gerade erst gereinigt. In jeder anderen Situation hätte ich mich darüber gefreut, aber nun spukte mir die Frage, ob davor eine

Leiche oder ein zusammengeschlagener Frauenkörper hier gelegen hatte, im Kopf herum.

»Das stimmt nicht.« Na ja, eigentlich schon, oder? Er hatte mich nicht an den Haaren aus dem Haus gezerrt und mich die Treppen hinuntergeschleift. Ich war mit ihm mitgegangen. Natürlich hatte er davor mein Date bedroht, aber ich hätte Steven auch einfach seinem Schicksal überlassen und standhaft bleiben können. Ob der Fremde dann doch dazu übergegangen wäre, mich zu packen und wie ein Höhlenmensch über seine Schulter zu werfen, konnte ich jetzt aber nicht beurteilen.

»Steig ein!«, befahl er und trat ein Stück von der Öffnung des Wagens weg, sodass ich mich hineinsetzen konnte. Meine Bewegungen waren zögerlich, als wollte ich bis zur letzten Sekunde meine Meinung doch noch ändern und versuchen, wegzulaufen. Doch als die Tür hinter mir mit einem lauten Knall ins Schloss geworfen wurde, war es zu spät. Die Tür wurde verriegelt. Ich saß in der Falle. Ich erwartete, während der Fahrt allein hinten zu sitzen, doch der Unbekannte öffnete die andere hintere Tür und schlüpfte neben mich auf die Rückbank. Er nickte dem Fahrer zu, dessen Augen nur kurz den Rückspiegel streiften, bevor er das Auto in Bewegung setzte und losfuhr. Die Scheiben des Wagens waren getönt, sodass ich in der Dunkelheit der Nacht nichts sehen konnte. Das bedeutete, ich konnte mir den Weg nicht einprägen. Der Fremde schien an alles gedacht zu haben. Verflucht!

»Wohin fahren wir?«, fragte ich, ohne zu wissen, wie viel Zeit vergangen war. Wir fuhren und fuhren, während niemand etwas sagte. Die Stille im Auto war gespenstisch und unangenehm, weshalb ich nicht nur nachhakte, weil es mich wirklich interessierte, sondern damit die Ruhe gestört wurde. Doch im Gegensatz zu mir schienen die beiden Männer im Wagen kein Problem mit der Situation zu haben. Vermutlich, weil ich nicht die erste Frau war, die sie entführten. Konnte man sich daran gewöhnen? Ich wollte es gar nicht wissen.

»Hör auf, Fragen zu stellen!«, schnauzte der Unbekannte mich an und ich nutzte die Gelegenheit, um ihn eingehend zu betrachten. Seine Haltung war steif und angespannt. Er hatte sich nicht angeschnallt, also vertraute er dem Fahrer wohl. Woran lag es dann, dass jeder seiner Muskeln angespannt war? Hatte er Angst, ich könnte doch noch entwischen? Oder glaubte er, ich würde herausfinden, wegen wem ich hier gelandet war? Dann überschätzte er meine Intelligenz. Ich hatte keine Ahnung, wem ich genug bedeutete, dass ich ein Druckmittel darstellte. Meine Eltern waren tot. Na ja, zumindest für mich. Mom lebte ihr Leben bestimmt irgendwo an der Ostküste mit ihrem neuen Mann und ihren neuen Kindern, während sie keinen

Gedanken daran verschwendete, was passiert war, als sie Pablo und mich allein zurückließ, nachdem Dad ... Ich biss mir auf die Unterlippe. Nachdem er getötet worden war. So viele Jahre waren seitdem vergangen und dennoch fiel es mir immer noch schwer, nur daran zu denken. Ihm hatten seine Kinder alles bedeutet, aber meine Mom hatte keine Woche mit uns verbracht, bevor sie uns zurückließ. Sie konnte es also nicht sein, um die es hier ging. Ganz bestimmt nicht. Pablo vielleicht? Mein Bruder und ich hatten immer nur einander gehabt, und auch wenn wir nicht den besten Kontakt hatten, weil unsere beiden Jobs es nicht zuließen, dass wir uns regelmäßig sahen, liebten wir einander. Aber Pablo war Polizist. Er war in nichts Illegales verstrickt, daher konnte auch er nicht gemeint sein, richtig?

»Ich möchte Antworten.« Und zwar sofort. Die Unwissenheit war beängstigender als die Präsenz des Unbekannten, auch wenn die Nähe unserer Körper dafür sorgte, dass ich mich verkrampfte. Er saß nur wenige Zentimeter von mir entfernt und es würde reichen, meine Hand auszustrecken, um ihn zu berühren. Ich wollte es tun, wollte wissen, wie es war, über die hohen Wangenknochen zu streichen und den Ansatz seines Bartes auf der Haut zu fühlen. Dieser Mann war auf gefährliche Art wunderschön und seine dunkle Ausstrahlung erinnerte mich an die Männer in Büchern, denen ich immer aufs Neue verfiel, nur um am Ende der Geschichte mit gebrochenem Herzen das Buch zuzuschlagen und mir das nächste auszusuchen. Ich hatte nicht gedacht, dass es solche Männer in der Realität gab. Aber da war er. Genau vor mir. Mein Entführer. Und ich schmachtete ihn an. Das war einfach nur krank. Konzentriert wandte ich den Blick ab und sah auf meine Finger. Wenn er wenigstens mir gegenüber brutal gewesen wäre und mich verletzt hätte, vielleicht wäre es dann einfach, ihn zu hassen. Aber er hatte mich mehr oder weniger vor Steven gerettet, ihn bestraft und mir die Wahl gelassen, ob ich mitgehen wollte. Er war geradezu zuvorkommend gewesen. Es war verwirrend und das sollte es nicht sein.

»Und ich möchte dich lieber ficken, als mit dir zu reden. Sieht also aus, als würden wir beide nicht bekommen, was wir wollen.« Seine dunkle Stimme dröhnte durch das Fahrzeug und sein Gesicht drehte sich in meine Richtung. Die Züge waren unlesbar. Starr und kalt. Als hätte er nicht gerade gesagt, dass er mit mir schlafen wollte. Hatte ich es mir vielleicht nur eingebildet? Ein Blick in den Rückspiegel zeigte jedoch das amüsierte Grinsen des Fahrers, das mir verdeutlichte, dass die Worte wirklich über die schmalen Lippen meines Entführers gekommen waren. Ich riss die Augen auf. Was? Er wollte mit mir Sex haben? Mein Herz begann in meiner Brust zu rasen. Es hämmerte gegen meine Rippen. Meine

Hände wurden feucht. Verdammt, was sollte ich denn jetzt tun? Etwas in mir wollte sich auf seinen Schoß schwingen und sich an ihm reiben, doch zum Glück hatte mein Gehirn das Denken nicht verlernt und zwang mich, tief durchzuatmen.

Wir fuhren bereits seit einiger Zeit, was wohl bedeutete, dass wir weit von meinem Zuhause entfernt waren. Selbst wenn ich es also aus dem Wagen schaffte, würde ich mich nicht auskennen und ich wüsste nicht, wie ich auf schnellstem Weg wieder zurückkam. Er würde mich wiederfinden und mein Fluchtversuch wäre gescheitert. Aber was war, wenn er mich freiwillig gehen ließ? Weil er Mitleid hatte, oder scharf auf mich war? Könnte ich das hinbekommen? Ihn küssen oder mit ihm Sex haben und seine Unachtsamkeit zu meinem Vorteil nutzen? Wäre er der Typ dafür? Bisher hatte er nicht wie jemand gewirkt, der sich von seinen Emotionen überwältigen ließ.

»Und wenn du mit mir …« Ich brach ab. Das Wort *ficken* wollte nicht aus meinem Mund kommen. Es klang so dreckig, widerwärtig. Nicht wie eine Bezeichnung für die schönste Sache der Welt. »Wenn ich mit dir schlafe, darf ich dann gehen?« Nervös knabberte ich an meiner Unterlippe und spielte mit meinen Fingern, während mir langsam das Blut in die Wangen schoss. Mein Gesicht musste glühen vor Scham, weil ich mir vorkam wie eine

Hure. Ich bot ihm gerade Sex für eine Gegenleistung an. Einem absolut Fremden! Was war nur in mich gefahren? Er könnte ein Massenmörder sein, ein Terrorist oder Schlimmeres. Trotzdem fühlte es sich auf eine verdrehte Weise gut an. Verboten. Aufregend. Ein Kribbeln durchzog meinen Unterleib. Ein letztes Mal atmete ich tief durch, dann hob ich meine Hand und legte sie auf seine Brust. Lästiger Stoff verhinderte, dass ich direkt seine Haut berühren konnte, aber ich spürte dennoch sein Herz darunter schlagen. Bumm. Bumm. Bumm. Stark und gleichmäßig. Ebenfalls einen Ticken zu schnell, genau wie meines. Machte ihn die Situation auch nervös? Oder lag es an etwas anderem?

»Du bist geil, Miezekatze, aber so geil auch wieder nicht.« Seine Worte bohrten sich schmerzhaft in meine Brust, doch nur für einen Sekundenbruchteil tat es weh, weil ich danach in seine Augen sah, die noch eine Spur dunkler geworden waren. Seine Stimme klang rau und gepresst. Schweiß trat auf seine Stirn und als ich meine Hand weiter nach unten gleiten ließ, sah ich, wie sich in seiner Hose eine Beule bildete. Er war erregt. Meinetwegen. Er konnte es abstreiten so viel er wollte. Mit einem kleinen Lächeln auf den Lippen drehte ich meinen Oberkörper und lehnte mein Gesicht näher an seines, bis ich seinen warmen Atem an meiner Wange spüren konnte. Seine Hand stoppte meine Finger, als ich weiter nach unten wanderte – nur Millimeter von seinem harten Schaft entfernt. Wie es sich wohl anfühlen würde, ihn aus der Hose zu befreien, meine Lippen darüber zu stülpen und ihn tief in meinen Mund zu saugen? Würde er genauso erdig schmecken, wie der Unbekannte roch?

»Bist du sicher?«, hauchte ich und leckte mir über die Lippen, um sie anzufeuchten. Die Atmosphäre im Wagen schlug um. Als es diesmal still um uns wurde, war es nicht bedrückend. Nein, die Luft um uns herum schien zu knistern, und die Tatsache, dass der Fahrer uns sehen konnte, wanderte in den hintersten Winkel meines Gehirns. Es kümmerte mich nicht. Sollte er denken, was er wollte. Jetzt zählte nur der Fremde, der mir entgegenkam und mit hungrigem Blick auf meine Lippen starrte. Seine Atmung beschleunigte sich. Er drückte seine Brust gegen meine Finger und packte mich mit seinen Händen. Eine grub sich grob in meine Haare und zog meinen Kopf nach hinten, die andere platzierte er an meiner Hüfte. Sein Griff war stark, sodass ich mich nicht hätte wehren können, selbst wenn ich gewollt hätte. Aber ich wollte gar nicht. Mit einer fließenden Bewegung hob er mich an. Er zog mich auf seinen Schoß. Sobald mein Hintern auf seinen Schenkeln saß und sein hartes Glied sich gegen meine Mitte drückte, presste er seine Lippen unnachgiebig auf meine. So fest, dass mir für einen Moment die Luft wegblieb. Ich japste überrascht, aber schon nach kurzer Zeit verwandelte sich der Laut in ein Stöhnen. Meine Augen fielen zu. Er schmeckte nach Minze gemischt mit bitterer Schokolade und Alkohol, und obwohl ich niemals gesagt hätte, dass ich eines dieser Dinge mochte, war die Mischung überwältigend. Herb und gleichzeitig süßlich. Anders als alles, was ich zuvor jemals gekostet hatte. Sein Mund drängte sich an meinen und seine Zunge schnellte hervor, um an meiner Unterlippe entlang zu lecken, als würde er auch meinen Geschmack in sich aufnehmen wollen. Zwischen uns bildete sich Hitze. Ein Schauer jagte über meinen Rücken, als er begann, seine Finger unter meinen Pullover zu schieben und die Haut zu streicheln, die am Rücken von meinem Kleid ausgespart wurde. Der Fremde keuchte und schob mich weiter auf seinen Schoß, als ich den Mund öffnete und seine Zunge einlud. Sie brauchte keine Sekunde, um meine zu finden und sie zu einem feurigen Spiel aufzufordern, von dem ich bereits jetzt wusste, dass ich es verlieren würde. Er küsste mich mit so viel Dominanz und Nachdruck, dass jeder Widerstand zwecklos war. Wie eine Puppe saß ich auf ihm und genoss das Gefühl, von ihm gehalten zu werden. Kräftige Hände strichen über meinen Rücken, während sein harter Penis Druck auf meine Mitte ausübte. Ich stöhnte laut, als ich spürte, wie ich langsam feucht wurde.

Mit gespreizten Beinen saß ich da, nur geschützt von meinem Höschen und meiner Strumpfhose. Ich war absolut wehrlos, dennoch hatte ich keine Angst. Nein, ich genoss das Gefühl von seinen Lippen auf meinen. Die Art, wie seine Zunge über meine strich, verwandelte meinen Körper in Wachs. Ich schmolz unter seinen Berührungen und langsam verabschiedete sich mein Verstand, während ich begann, meine Hüften zu bewegen, um mich fester an ihm zu reiben. Der Unbekannte stöhnte erneut und zog fester an meinem Haar, sodass er mehr Platz hatte, um meinen Mund in Besitz zu nehmen. Ein Kribbeln ging durch meine Kopfhaut. Es tat nicht wirklich weh, aber der süße Schmerz erinnerte mich daran, wo ich war und mit wem. Ich küsste einen Kriminellen in einem Wagen, der von seinem Komplizen gefahren wurde. Schockiert riss ich die Augen wieder auf. Ich schluckte und versteifte mich leicht, als die Erkenntnis durch meinen Kopf schoss, dass ich genauso war wie die Protagonistinnen aus meinen Lieblingsbüchern, die ich immer verfluchte, weil sie ihr Gehirn nicht benutzten und zu willigen Sklavinnen ohne Verstand wurden. Ich wollte nicht so sein. Ich brauchte einen Plan und einen kühlen Kopf. Aber das war leichter gesagt als getan mit den Lippen des Unbekannten auf meinen und seinem herben Geruch, der mich einhüllte. Er überflutete meine Sinne und ließ mich wohlig seufzen. Es fühlte sich großartig an. Alles. Seine Hände hatten genau den richtigen Druck, sein Körper schmiegte sich perfekt an meinen und ich hatte die ganze Zeit das Gefühl, die schönste Frau auf der Welt zu sein. Doch an seiner rechten Hand war eine kleine Verhärtung, die ich spürte, als er über meinen Rücken fuhr und meine Haut reizte. Es war schön, aber der Gedanke, dass die Schwiele entstanden war, weil er zu oft mit einer Pistole geschossen hatte, sorgte dafür, dass ich meine Erregung zügeln konnte. Mein Unterleib zog sich rhythmisch zusammen in Erwartung, was noch kommen würde, doch meine Hände wanderten über seinen Körper nach hinten. Ich tat so, als würde ich ihn liebkosen, während ich eigentlich auf der Suche nach etwas ganz anderem war. Seiner Waffe. Und schon bald hatte ich sie gefunden. Meine Lippen pressten sich weiter auf seine und ich stöhnte laut in der Hoffnung, es würde nicht gekünstelt klingen. Mein Blut rauschte durch meinen Körper. Adrenalin wurde durch jede Faser gepumpt. Der Fremde entwirrte seine Finger aus meinem Haar und umschloss stattdessen meinen Hals, um mich noch näher zu ziehen, bis zwischen uns kein Platz mehr blieb. Seine harte Brust drängte sich an meine und ich drückte mich ebenfalls an ihn. Meine Nippel stellten sich erwartungsvoll auf und wieder musste ich keuchen. Diesmal war es nicht gespielt. Ich liebte es, wenn jemand meine Brüste liebkoste und allein diese Berührung reichte, um warme Schauer in meinem Körper zu verursachen. Es war schwer, mich nicht von der Flut der Erregung mitziehen zu lassen, doch irgendwie schaffte ich es, mich auf meine Finger zu konzentrieren, die immer weiter nach der Pistole griffen. Stück für Stück kam meine Hand der Waffe näher. Ein Millimeter und noch einer, während meine Lippen sich weiter an seine schmiegten. Ein Keuchen verließ meinen Mund. Es war unendlich schwer, mich zu konzentrieren, doch ich schaffte es. Nur noch wenige Augenblicke dann ... Und plötzlich fühlte ich das kalte Metall in meinen warmen Fingern. Ich umschloss die Pistole und wollte sie herausziehen. Siegessicher zuckten meine Mundwinkel. Vielleicht war das mein Fehler, aber auf einmal endete der Kuss. Abrupt zog der Fremde seine Lippen von meinen, packte mich an der Hüfte und riss mich von seinem Schoß. Es ging alles so schnell, dass ich es kaum mitbekam. Er warf mich zurück auf meinen Sitz und nahm mir in Windeseile die Waffe ab. Verdammt! Verdammt, verdammt, verdammt! Schwer atmend starrte ich ihn an, doch er verzog nur die Augen zu Schlitzen und setzte sich wieder gerader hin.

Wütend funkelte er mich an und steckte die Pistole wieder ein, bevor sich seine Lippen zu einem eisigen Lächeln verzogen. »Ich bin hundertprozentig sicher, dass du nicht geil genug bist, um alles zu gefährden, wofür ich gearbeitet habe. Du bleibst hier, Miezekatze. Ich hoffe, du hast den Kuss genossen, denn wir werden sehr viel Zeit miteinander verbringen.« Mit diesen Worten nickte er dem Fahrer erneut zu und ich spürte, wie der Wagen beschleunigte, als würden wir auf eine Autobahn fahren. Stille senkte sich über das Innere des Autos und diesmal wagte ich es nicht, sie zu beenden. Es würde eine lange Fahrt werden, und ich wusste nicht, ob ich mehr Angst davor oder vor der Zeit haben sollte, wenn ich den Wagen erst einmal verlassen hatte.

DREI

REED

»Willkommen in deinem neuen Zuhause.« Mit fahrigen Händen strich ich mir die Haare aus dem Gesicht und hoffte, sie würde nicht merken, dass ich doch nicht so kalt und abgeklärt war, wie ich vorgab. Was war das gewesen? Im Auto, in Anwesenheit von Santiago, hatte ich vorgegeben, alles unter Kontrolle zu haben, aber verfickte Scheiße, das hatte ich nicht. So war das nicht geplant gewesen. Alles hätte anders laufen sollen. Sie hätte allein sein sollen, wenn ich sie aus dem Haus brachte, aber stattdessen war dieses Arschloch mir in die Parade gefahren. Er hatte sie begrapscht und sie hatte geschrien. Ich hätte diesen Arsch einfach machen lassen müssen und danach meinen Plan durchführen sollen. Aber ich konnte es nicht. In dem Moment, in dem sie um Hilfe schrie, schaffte ich es nicht, so zu tun, als würde ich sie nicht hören. Fuck! Und jetzt auch noch das. Was hatte mich geritten, meine Lippen auf ihre zu drücken und sie in die Nähe meiner Waffe zu lassen? Das war ein Anfängerfehler. Einer, den ich mir nicht leisten konnte. Sie war Garcias Schwester, verflucht noch mal, und nicht irgendeine Hure, die ich für mein Vergnügen mitgenommen hatte. Aber vielleicht war es genau das, was sie so anziehend machte. Sie war wie dieser beschissene Apfel in der Bibel. Ich wusste, ich sollte ihn nicht essen, aber ich wollte Claire mit Haut und Haaren verschlingen.

»Wo sind wir?« Ihre Stimme zitterte, als sie hinter mir her stöckelte und sich aufmerksam umsah. Was sie wohl dachte? Es musste beängstigend sein, durch einen Wald zu laufen mit einem Mann, der eine Knarre hatte. Wie viele Horrorfilme fingen so an? Genug, dass ich Respekt für die kleine Garcia empfand, weil sie nicht in Tränen ausbrach. Sie ging mir einfach hinterher, bis die Lichtung in Sicht kam, die mein Hauptquartier war. Mein Zuhause.

»Immer noch in Santa Fe. Wir haben New Mexico nicht verlassen.« Und werden es auch nicht, bis dein Bruder und seine Freunde tot sind und ihre Leichen in irgendwelchen Löchern verrotten. Aber das sagte ich ihr nicht. Vielleicht hatte Santiago recht und es war besser, sie nicht zu Tode zu erschrecken. Sie nutzte uns nur etwas, solange ihr Herz schlug und irgendwie beruhigte mich das. Aber das sollte es nicht. Ich sollte sie hassen. Sie war eine von *ihnen*. Egal, wie anders sie auch vorgab zu sein.

»Und was wollen wir hier?« Claire zuckte zusammen, als es neben uns in den Bäumen knackste, doch ich hatte dafür nur ein Grinsen übrig. Hier gab es keine wilden Tiere. Na gut, bis auf mich und meine Männer. Und einer davon sah zwischen zwei Baumstämmen hindurch zu uns. Er nickte mir respektvoll zu, während ich den Schlüssel aus der Hosentasche zog und auf die Hütte zuging, die in der Mitte der Lichtung stand. Mit einer Hand sperrte ich auf und zog im gleichen Moment die Tür mit der anderen in unsere Richtung. Wärme strahlte mir entgegen und erinnerte mich daran, dass ich anscheinend die Heizung nicht abgedreht hatte. Sehr gut. Dann brauchte ich wenigstens kein schlechtes Gewissen zu haben, weil ich keine Kleidung für Claire hatte. Ob sie durchdrehen würde, wenn ich sie zwang, nackt herumzulaufen? Ich würde es schon bald wissen, denn diesen Anblick würde ich mir nicht vorenthalten. Eventuell würde ich sie nicht mehr wollen, wenn ich endlich gesehen hatte, was sie unter dem Stoff ihrer Kleidung versteckte.

»Du wirst nicht aufhören Fragen zu stellen, richtig?« Ich seufzte schwer und verdrehte die Augen. Geduld hatte sie absolut keine. Etwas, woran wir arbeiten mussten, sonst würde ich irgendwann durchdrehen. Schon jetzt stellte sie zu viele Fragen, auf die ich ihr keine genaue Antwort geben konnte. Was sollte ich auch sagen? Dass sie meine letzte Chance war, meinen Bruder lebend aus dem Knast zu bekommen? Wohl kaum. Es reichte, wenn Santiago wusste, wie verzweifelt ich war. Sicher, die Geschäfte liefen gut und niemand stellte mich infrage, aber ich war so einsam wie noch nie. Alvaro fehlte mir. Er war immer an meiner Seite gewesen. Als Mom auf offener Straße von einem Polizisten erschossen wurde. Als Dad seinen Rachefeldzug startete und immer wieder vergaß, dass wir noch Kinder waren. Als Padre schließlich gefasst, eingesperrt und hinter den Mauern des Gefängnisses exekutiert wurde. Ich dachte nicht, dass es so hart sein würde, ohne meinen Bruder zu sein, aber jeder Tag war eine Qual. Und das lag nicht nur daran, dass ich die Geschäfte allein am Laufen halten musste. Ich seufzte. Claire nickte angespannt und folgte mir in die warme Hütte. Wie ein Rehkitz kurz nach der Geburt lief sie auf wackeligen Beinen über den Boden. »Das dachte ich mir schon.« Schnaubend warf ich die Tür wieder ins Schloss und trat mir die Schuhe von den Füßen, während ich auf das Wohnzimmer zuging, an das die Küche grenzte. Ich brauchte dringend Kaffee, wenn ich diese Unterhaltung überleben wollte. Und Alkohol. Viel Alkohol. »Setz dich!«, ordnete ich an und sie tat sofort, was ihr gesagt worden war. Sie ließ sich auf einem der Stühle im Wohnzimmer nieder, die vor dem riesigen Fernseher und um den hölzernen Couchtisch standen. Fuck, Alvaros Frau hatte hier alles eingerichtet. Es sah nicht schlecht aus, aber ganz anders als bei Claire zu Hause. Weniger klinisch und modern durch die braunen Farben. Trotzdem entspannte sich Claire ein wenig. Dachte sie, ich würde sie hier nicht erschießen, um mir den Teppich nicht zu versauen? Wenn sie wüsste, dass er schon viermal ausgetauscht worden war, würde sie zitternd und heulend zusammenbrechen. Aber sie schien wenigstens so klug zu sein, darauf zu hören, was ich sagte. Schon im Wagen hatte sie das getan und jetzt ebenso. Das gefiel mir. Leider viel zu sehr. »Weißt du, wer ich bin?«, wollte ich wissen und behielt sie mit einem Auge im Blick. Zeitgleich nahm ich zwei Tassen aus dem Schrank und füllte sie mit heißem Kaffee, der in einer Kanne auf mich wartete. Erst dann holte ich die Wodkaflasche aus dem Kühlschrank und kippte in eine der Tassen einen großzügigen Schluck. Kurz überlegte ich, auch Claires Getränk mit Alkohol zu versetzen, aber sie sollte nüchtern sein, damit ich all die Angst in ihrer Stimme auskosten konnte, wenn sie ihrem Bruder sagte, dass sie für seine Verbrechen sterben würde, wenn er nicht tat, was ich verlangte.

»Sollte ich?« Claires Mundwinkel zuckten, als würde sie sich an einem Lächeln versuchen, aber kläglich scheitern. Also wandte sie das Gesicht ab und sah auf ihre Hände hinab. Etwas, das sie dauernd tat, wenn sie nervös war. Und in meiner Gegenwart schien sie das ständig zu sein. Grinsend stellte ich die Flasche zurück in den Kühlschrank, schnappte mir die zwei Tassen und ging zu ihr hinüber ins Wohnzimmer, wo ich ihr den Kaffee vor die Nase hielt. Mit bebenden Fingern nahm sie die Tasse entgegen und roch daran. Ihre Nasenflügel flatterten dabei leicht.

»Mein Name ist Reed. Reed Rivera. Und du bist hier, weil dein Bruder etwas hat, das mir gehört«, erklärte ich sachlich und ließ mich mit meiner Tasse bewaffnet auf den anderen Stuhl fallen, während ich auf ihre Reaktion wartete. Die prompt kam und mich schmunzeln ließ.

»Was?« Claires Stimme wurde plötzlich schrill und hoch. Sie rutschte instinktiv zur Seite, als hätte sie die Hoffnung, dann von mir wegzukommen. Ich konnte ihre Gedanken praktisch von ihrem Gesicht ablesen. Sie las Zeitung. Nicht jeden Tag, aber das war auch nicht nötig. In fast jeder wurde mein Name erwähnt. Immer im Zusammenhang mit irgendwelchen Verbrechen. Diebstahl. Hausfriedensbruch. Drogengeschäfte. Mord. Und das war nur die Spitze des Eisbergs, das, was die Behörden mitbekamen, mir aber niemals nachweisen konnten. Noch nicht. Weil ich verdammt gut war in dem, was ich tat. Ich war der Beste. Nie hinterließ ich irgendwelche Spuren. Keine Fingerabdrücke, keine DNA. Alles war absolut sauber. Immer. Dennoch hatte die Polizei den Verdacht, dass meine Familie ihre Finger im Spiel hatte, und das hatte Alvaro schlussendlich die Freiheit gekostet.

»Eine Akte, in der Beweise gegen meinen Bruder sind. Gefälschte Beweise, aber das braucht dich nicht zu kümmern. Für dich ist nur eine Information von Bedeutung: Bringt dein Bruder mir die Akte, kannst du gehen und ich werde dir kein Haar krümmen.« Ich setzte ein beruhigendes Lächeln auf, auch wenn Claire nicht so aussah, als würde sie sich durch irgendetwas beruhigen lassen. In ihren Augen loderte es. Sie musste innerlich durchdrehen, auch wenn sie es nicht zeigte. Gern hätte ich ihr das erspart. Sie war eine gute Seele. Sie half kranken Menschen, war immer für ihre Freunde da und sorgte sich auch in ihrer Freizeit um ihre Mitmenschen. Vieles davon hatte ich nicht erwartet, als ich begonnen hatte, sie zu beschatten, aber mit der Zeit hatte sich gezeigt, dass Claire wirklich ein wertvolles Mitglied der Gesellschaft war. Doch das änderte nichts daran, dass ich sie brauchte, um an die Akte zu kommen, die bewies, dass Pablo Garcia meinem Bruder eine Falle gestellt hatte und Alvaro unschuldig im Knast saß. Na gut, unschuldig war er nicht. Aber er hatte die Männer nicht getötet, für deren Morde er schlussendlich hinter Gitter gewandert war.

»Und wenn er dir die Akte nicht gibt?« Claire nippte an ihrem Kaffee. Wobei nippen das falsche Wort war. Sie schüttete ihn in sich hinein und versuchte damit die Tränen zu überspielen, die ihr in die Augen traten. Sie blinzelte mehrfach, aber sie wollten nicht verschwinden. Mitleid machte sich in meinem Inneren breit, aber ich kämpfte das Gefühl nieder und bemühte mich, Pablo Garcia zu sehen, wenn ich in Claires Augen blickte und nicht das kleine Schmusekätzchen, das ich am liebsten in die Arme schließen wollte.

»Dann, Claire, haben wir beide ein Problem, denn dann bist du wertlos für mich, ich kann dich nicht mehr gebrauchen. Weißt du, was man mit Dingen tut, die man nicht mehr braucht?« Ich lehnte mich tiefer in meinen Stuhl und nahm einen Schluck von meinem Kaffee. Das Gemisch aus Koffein und Alkohol brannte in meinem Hals und hinterließ ein unangenehmes Kratzen, doch ich wurde dafür mit einem warmen Gefühl im Magen belohnt. Sofort entspannten sich meine Muskeln und ich unterdrückte ein wohliges Seufzen.

»Man schmeißt sie in den Müll?« Claire formulierte es als Frage, aber ihr zitterndes Kinn zeigte, dass sie die Antwort schon kannte. Eine Träne quoll über ihr Lid und lief ihre Wange entlang. Sie biss sich auf die Unterlippe, um nicht zu schluchzen. So ein mutiges und stolzes kleines Ding. Aber auf Dauer würde es ihr nicht helfen, die Starke zu spielen. Sie war nicht für meine Welt gemacht. Hier herrschten Wut, Gewalt und Rache. Und das würde ihre arme Seele zerstören. Da war ich sicher.

»Korrekt.« Mein Grinsen wurde breiter und ich nahm noch einen Schluck aus meiner Tasse, bevor ich sie auf den Tisch stellte und mein Handy in meinen Hosentaschen suchte. Zuerst fand ich es nicht, aber dann entdeckte ich es in meiner hinteren Tasche und legte es neben den Kaffee.

»Was tust du?«, fragte Claire und stellte ebenfalls ihre Tasse ab, um die Hände frei zu haben. Sie wischte sich über die Wange und entfernte damit die Spur ihrer Träne, aber als wäre damit der Damm gebrochen, gesellten sich immer mehr Tränen hinzu, bis sie weinte. Ihre Augen waren gerötet, aber sie blieb tapfer und gab keinen Laut von sich. Das Bedürfnis, ihr über das Haar zu streicheln und sie an mich zu drücken, wurde stärker. Es war schwer, ihr beim Leiden zuzusehen. Etwas, das ich nicht verstand. Ich hatte schon weinenden Männern, die nach ihren Frauen schrien, die Nägel aus dem Nagelbett gerissen. Frauen, die mich anflehten, weil sie zu ihren Kindern nach Hause wollten, die Augen verbunden und sie mit Gewichten ins Meer geworfen. Oder Verrätern Stück für Stück die Haut abgezogen, um sie anschließend mit Benzin zu übergießen und zu verbrennen. Nichts davon war mir je schwergefallen, aber ein Blick in Claires Richtung reichte, dass ich alles abblasen wollte. Aber das durfte ich nicht. Wir hatten noch diese eine letzte Chance und die konnte ich mir nicht von einer Frau kaputtmachen lassen.

»Nicht ich mache etwas, sondern du, Kätzchen. Du rufst jetzt deinen Bruder an und sagst ihm, bei wem du bist.« Ich schob das Handy über den Tisch in Claires Richtung und hoffte, sie wäre nicht dumm genug, statt der Nummer ihres Bruders eine andere zu wählen. Ich würde nur ungern mein Messer zücken und ihr einen der Finger als Warnung entfernen.

»Was, wenn ich mich weigere?« Ein leises Schluchzen verließ Claires Mund und sie drückte sich weiter in den Sitz, um so viel Abstand wie möglich zu mir zu bekommen. Im Auto hätte ich genau das von ihr gewollt. Dass sie still war und mich nicht anfasste, doch nach diesem Kuss hasste ich es, wie sehr sie darauf achtete, dass ich sie nicht berühren konnte.

»Hatten wir das nicht schon? Denkst du wirklich, ich kann dich nicht mehr ... überreden ... nur weil dein kostbares Arschloch von Kollege nicht mehr hier ist? Du hast ein viel zu großes Herz, Claire, und viele Menschen, die dir wichtig sind.

Zum Beispiel deine Freundin Helena. Ich bin sicher, dass es einfach wäre, ihr etwas ins Getränk zu mischen, so unvorsichtig, wie sie mit Männern in Bars flirtet. Oder wie wäre es mit einem Kopfschuss für die beiden Krankenschwestern, die dich immer im Krankenhaus unterstützen, wenn du eine kleine Pause brauchst? Die Farbe von Blut steht den beiden sehr gut.« Meine Worte waren hart und es überraschte mich selbst, wie viele Menschen ich töten würde, um zu bekommen, was ich wollte. Wann war es für mich so leicht geworden, das Leben anderer zu beenden? Ich konnte mich noch genau an mein allererstes Mal erinnern. Es war einer unserer Drogendealer gewesen, der unseren Stoff für das Doppelte verkauft, uns aber nicht das ganze Geld zukommen lassen hatte. Ein Schuss. Mehr war nicht nötig gewesen, aber ich hatte fast zehn Minuten gebraucht, um es zu tun. Mittlerweile erledigte ich so was in nicht einmal zehn Sekunden. Und das war gut so. Es machte mich stark und ich hinterfragte es nie. Bis jetzt.

»Wieso tust du das?« Claire wimmerte und schlang ihre Arme um ihren schutzlosen Körper. Aus geröteten Augen sah sie mich an und rieb sich die Oberarme, als wäre ihr trotz des Pullovers kalt. Vielleicht war es das auch, während ich unter ihrem Blick sogar zu schwitzen begann.

»Weil dein Bruder mir keine andere Wahl gelassen hat«, rief ich und konnte beobachten, wie sie unter meinem harschen Ton zusammenzuckte. Aber es stimmte. Ihr Bruder hatte mir alle anderen Möglichkeiten genommen. Zuerst hatten sein Daddy und er dafür gesorgt, dass Padre ermordet worden war und dann hatte er auch noch Alvaro in die Hölle geschickt. Mein Bruder musste in ständiger Angst leben, genauso zu sterben wie unser Padre. Also was sollte ich ihrer Meinung nach tun? Däumchen drehen und warten, bis Pablo Garcia genug Beweise fälschte, um mich in die Nebenzelle meines Bruders zu stecken? Bestimmt nicht. »Er hätte einfach nicht weiter nachbohren dürfen. Ich habe ihm am Anfang seiner Karriere gewarnt, dass er sich von mir fernhalten soll, aber er wollte ja nicht hören und hat stattdessen dafür gesorgt, dass ...« Ich stoppte. Das brauchte sie alles nicht zu wissen. Je weniger sie erfuhr, desto besser. Sonst musste ich sie am Ende doch noch töten, auch wenn ich die Akte hatte. »Nicht so wichtig. Rede mit ihm und heul noch ein bisschen lauter, wenn möglich. Er soll wissen, dass es ernst ist, und ich würde dir ungern einen deiner Finger abschneiden und ihm zuschicken müssen. Das macht immer so eine Sauerei und beim letzten Mal hat sich die Post beschwert, weil die Verpackung nicht dicht war und das Blut durchgesickert ist.« Ich stieß ein Lachen aus, aber selbst in meinen Ohren klang es nicht belustigt. Eher verbittert. Aber es schien zu reichen, damit Claire ihren Widerstand aufgab. Sie schluchzte laut und griff nach dem Telefon, um die Nummer ihres Bruders einzugeben. Ihre Finger huschten wahnsinnig schnell über die Tasten, sodass es kein Wunder war, dass sie sich vertippte und erneut anfangen musste. Diesmal langsamer, aber nicht weniger zittrig. Sie atmete mehrfach tief ein und aus, aber es wirkte nicht, als würde sie sich beruhigen. Nein, stattdessen liefen immer mehr Tränen über ihre Wangen. Das Freizeichen ertönte. Claire stellte den Lautsprecher an. Gutes Mädchen. Beinahe hätte ich sie gelobt, aber ich biss mir im letzten Moment auf die Zunge. Weiterhin war nur das Freizeichen zu hören. Einmal. Zweimal. Ich verengte die Augen und warf der Uhr über dem Eingang zum Wohnzimmer einen Blick zu. Es war spät. Schlief er schon? Ich grinste bei der Vorstellung, dass ich seinen Schlaf störte. Jede Unannehmlichkeit war gut. Er sollte verdammt noch mal leiden und Schlafentzug zählte als Foltermethode, richtig?

»Pablo?«, fragte Claire, als nach dem vierten Klingeln endlich jemand abhob. Erleichterung spiegelte sich auf ihrem Gesicht wider, als erhoffte sie sich, dass nun alles gut werden würde. Schockierend, wie wenig sie ihren Bruder kannte. Er war nicht annähernd so mutig wie seine Schwester. Er würde nie sein eigenes Leben in Gefahr bringen, um Claire oder irgendjemand anderen zu retten. Also würde er sicher nicht allein nachts kommen, um sie zu holen. Wenn sie Glück hatte, würde er morgen mit seinen Freunden versuchen, sie zu finden. Oder –und das hoffte ich –er würde mir einfach die Akte schicken, sodass ich wusste, was damals genau mit Padre passiert war.

»Hallo, Claire! Schön von dir zu hören. Geht es dir gut? Es ist schon ziemlich spät. Ist deine Verabredung mit Steven schon vorbei?«, erklang diese ätzende, schnarrende Stimme, die in meinen Ohren schmerzte, weil sie immer ein wenig zu laut und durchdringend war. Dieser verfickte Schleimbeutel! Die gespielte Sorge in seinen Tönen ließ mich würgen und sofort wünschte ich, er wäre hier, damit ich ihm den Hals umdrehen konnte. Wo war er denn gewesen, als seine kleine Schwester fast vergewaltigt worden war? War es nicht seine Aufgabe, auf sie aufzupassen?

»Ich …« Claire stieß wieder ein Wimmern aus und legte das Handy auf den Tisch, damit es ihr nicht aus Versehen aus den bebenden Händen fiel. Ihr zierlicher Körper beugte sich über das Telefon, sodass eine ihrer Tränen auf das Display tropfte. Sie öffnete den Mund, aber kein Laut kam über ihre Lippen. Ihr Blick wanderte zu mir und ein flehender Ausdruck lag in ihren Augen, der mich scharf Luft holen ließ. Es war wunderschön. Genau so wollte ich, dass sie mich ansah und um meinen Schwanz bettelte. Aber dafür war jetzt nicht der richtige Zeitpunkt. Ich konnte sie schließlich nicht packen, auf den Tisch werfen und ficken, während ihr Bruder uns übers Handy zuhörte. Wobei, eigentlich war die Idee gar nicht so schlecht.

»Claire? Bist du noch dran? Ist etwas passiert?« Wieder ertönte seine Stimme aus dem Lautsprecher und die Erregung, die mir bei Claires Anblick in die Lenden geschossen war, flaute ab. Nein, in Gegenwart von Pablo Garcia würde ich wahrscheinlich nicht lange genug steif sein, um Claire das zu geben, was ich wollte.

»Pablo«, flüsterte Claire und wischte sich mit dem Handrücken über ihr tränennasses Gesicht, während sie von ihren Schluchzern geschüttelt wurde. Sehr gut. Es wirkte, als würde sie wirklich leiden und genau das brauchte ich, um Pablo Garcia in Aufruhr zu versetzen. Bemerkte er bereits, dass etwas nicht stimmte? Rechnete er damit, dass ich der Grund für ihre Tränen war? Vermutlich nicht. Seit Alvaros Verhaftung waren Monate vergangen. Ich hatte gewollt, dass Garcia sich sicher fühlte. Umso härter würde es ihn jetzt treffen.

»Soll ich zu dir kommen, Claire?« Ein irritierter Unterton mischte sich in Pablos Stimme und ich konnte die tiefen Furchen auf seiner Stirn glasklar vor meinen Augen sehen. Sie waren wie tiefe Spalten in seinem hässlichen Gesicht und ließen ihn aussehen, als wäre er ein Jahrhundert älter als er tatsächlich war.

»I-Ich b-bin nicht zu Hause«, stotterte Claire und wieder traf mich ihr Blick. Doch diesmal war er nicht bettelnd. Nein, es war eher, als würde sie sich absichern wollen, dass sie alles richtig machte, weshalb ich ihr ermutigend zunickte. Bisher lief es fabelhaft. Sie machte sich gut in ihrer Rolle als kleines, ängstliches Vögelchen. Vielleicht hätte ich sie so nennen sollen statt Miezekatze, aber die Art, wie sie ihre Haare hinters Ohr strich, erinnerte mich an ein Kätzchen, das ihr Fell putzte. Außerdem war ich sicher, dass Claire die Krallen ausfahren konnte, wenn sie nur wollte.

»Wo bist du dann?« Ein Rauschen drang durch den Hörer und Schritte erklangen. Garcia bewegte sich. Vermutlich stand er aus dem Bett auf, um sich anzuziehen und Claire abzuholen. Doch er würde sie nicht finden. Niemals. Diese Lichtung war meine Festung. Niemand kam ohne mein Wissen rein oder raus. Überall waren Wachleute, der Wald war bestückt mit Fallen. Der Weg durch die Bäume war für jeden Unwissenden der sichere Tod.

»Bei Reed Rivera«, hauchte Claire und griff nach ihrer Tasse, um den letzten Rest ihres Kaffees zu trinken. Gern hätte ich ihr eine weitere Tasse gebracht, aber ich wollte keine Sekunde von Pablos Reaktion verpassen. Ein gehässiges Grinsen bildete sich auf meinen Lippen. Ja, seine kleine, zuckersüße Schwester war bei mir und würde es für eine ganze Weile bleiben. Hatte er Angst, was ich mit ihr tun würde? Die gleiche Panik, die ich verspürte, wenn ich daran dachte, was im Knast mit Alvaro geschah?

»Was? Das ist nicht lustig, Claire. Ich suche ihn jetzt schon seit Monaten ohne die kleinste Spur. Dabei hat er in den letzten zwei Wochen wieder drei Beamte getötet. Patel, Adams und Chapman. Letzterer hatte zwei Kinder, die ihm jetzt noch nachweinen. Darüber macht man keine Witze.« Pablos schreiende Stimme durch den Lautsprecher zu hören, war wie Musik in meinen Ohren, auch wenn seine Worte etwas in meiner Seele verätzten. Ja, Gerard Chapman hatte Kinder, die er regelmäßig geschlagen hatte. Unmöglich, dass sie wegen seinem Verlust auch nur eine einzige Träne vergossen. Und die drei Cops hatten es verdient gehabt. Es hatte Spaß gemacht, sie leiden zu sehen und zu hören, wie sie um ihr Leben flehten, das gleich darauf beendet worden war. Genauso hatten sie es vorher mit unzähligen Menschen getan. So hatten sie es mit Padre gemacht. Vielleicht hatte keiner von ihnen den Abzug betätigt, der Dads Gehirn durchlöchert hatte, aber sie waren daran beteiligt gewesen, ihn hinter Gitter zu bringen. Und sie hatten eine Menge Geld von Politikern angenommen, die Dad weggesperrt hatten sehen wollen. Genug, damit die drei Meineid geleistet und vor Gericht gelogen hatten. Sie waren dafür verantwortlich, dass der Mörder im Knast überhaupt erst die Chance gehabt hatte, Padre zu töten. Das war unverzeihlich und nun hatten sie mit ihrem Leben bezahlt. Und sie waren nicht die Einzigen. Auch der Schütze im Gefängnis, vier Wärter, ein paar Politiker und Polizisten mussten schon dran glauben und sich vor ihrem Schöpfer rechtfertigen. Die Liste, die ich abarbeitete, wurde immer kürzer und Garcia hatte sich mit seinem Verhalten nach ganz oben katapultiert, weil er sich weiterhin an meiner Familie vergriffen hatte. Wut brodelte in mir hoch und grenzenloser Hass. Wie ein Geschwür, das in mir wuchs und mich von innen heraus vergiftete. Doch ich genoss es. Das Gefühl war mir bekannt und es lenkte mich von dem Mitleid ab, das ich wegen Claire empfand.

»Das ist kein Witz.« Claire erhob die Stimme. Sie hallte an den Wänden wider und bohrte sich in mein Herz. Panik schwang darin mit, die mir nicht verborgen blieb. Aber ihre Reaktion war nur natürlich. Wenn ihr Bruder ihr nicht glaubte und mir deshalb die Akte nicht gab, würde ich sie töten. Richtig? Könnte ich das? Schon jetzt zog sich mein Magen bei der Vorstellung, ihr wehzutun, zusammen. Sie verdiente Besseres, als für die Fehler ihres Bruders zu büßen. Ein fahler Geschmack breitete sich auf meiner Zunge aus und ich versuchte, ihn mit meinem Kaffee-Wodka-Gemisch wegzuspülen. Ohne Erfolg.

»Haben Sie schon geschlafen, Garcia?«, fragte ich und hoffte, mich von meinen tristen Gedanken ablenken zu können, indem ich ihn verhöhnte. Außerdem musste er sich dann der beängstigenden Wahrheit stellen, dass seine Schwester tatsächlich bei mir war.

»Rivera«, zischte Garcia und ein dumpfer Knall war zu hören, als hätte er gegen etwas geschlagen. Gegen den Tisch? Die Wand? Keine Ahnung, aber es musste ihm selbst wehgetan haben, denn aus dem Zischen wurde ein schmerzerfüllter Laut. Ich stieß ein Lachen aus und betete, dass er sich bei seinem Miniatur-Wutanfall die Hand gebrochen hatte. Am besten die, mit der er normalerweise seine Waffe führte.

»Wussten Sie, dass Ihre Schwester eine wunderschöne Frau ist? Die Haare, die hellen Augen und der Geruch nach Blüten – alles nicht zu verachten. Leider wird sie nicht mehr lange so schön bleiben. Wirklich ein Jammer.« Ich drängte alle Bedenken beiseite und griff nach meinem Messer, das an meinem Gürtel auf seinen Einsatz wartete. Ich würde es benutzen. Ich musste es. Nur so würde ich an die Akte kommen.

»Was haben Sie getan, Sie Schwein?«, brüllte Garcia durch den Hörer und wieder ertönte ein

Knall. Doch seine Stimme klang nicht wütend oder stark wie sonst, wenn er mich anschrie. Nein, in seinen Worten lag pure Verzweiflung. Er hatte seine Schwester wirklich gern. Aber was wog schwerer? Das Leben von Claire oder seine eigene Freiheit?

»Pablo«, wimmerte Claire und zog die Beine an ihre Brust, bis ihre Füße die Sitzfläche ihres Stuhls berührten. Sie trug immer noch ihre Schuhe, doch ich ignorierte die Tatsache, dass sie Erde aus dem Wald auf dem Stoff verteilte, weil Pablo wieder meine Aufmerksamkeit auf sich lenkte.

»Es ist alles gut, Claire. Ich komme und hole dich«, versprach er, wodurch ich wieder lachen musste. Klar, obwohl er mich monatelang nicht gefunden hatte, würde er es natürlich in dem Moment, in dem ich seine Schwester entführte. Glaubte er überhaupt selbst daran? Ich hoffte nicht, sonst würde er einen folgenschweren Fehler machen und das würde Claire nicht gut bekommen.

»Das wage ich zu bezweifeln.« Ich schnaubte, schüttelte den Kopf und sprang von meinem Stuhl auf, um mich zu bewegen. Dachte er wirklich, ich wäre dumm genug, sodass er den Anruf zurückverfolgen konnte? Unglaublich! Hatte er in all den Monaten nichts gelernt?

Adrenalin strömte durch meine Adern und mein Herz begann schneller zu klopfen. Das musste klappen. Irgendwie. Ich war dem Ziel so nah und brauchte nur noch die Informationen aus der Akte. Das war alles, was ich wollte. Sie sollten büßen und dann konnte das Morden aufhören.

»Wo haben Sie sie hingebracht?« Pablos Stimme rutschte eine Oktave in die Höhe. Ein lautes Knirschen ertönte, gefolgt von aufgeregten Schritten. Wie ich musste er auf und ab gehen, weshalb ich prompt stehen blieb. Ich wollte nichts –aber auch gar nichts – mit diesem Mann gemeinsam haben.

»An einen sicheren Ort und wenn Sie tun, was ich sage, kann sie bald wieder zurück an ihren langweiligen Arbeitsplatz und zu ihrem Freund, dem freundlichen Vergewaltiger von nebenan.« Ich spie ihm das letzte Wort geradezu entgegen, auch wenn ich es besser wissen sollte, als ihm unter die Nase zu reiben, dass er ein beschissener Bruder war. Immerhin würde diese Tatsache auch Claire treffen und ihrem Gesichtsausdruck nach zu urteilen, wusste sie genau, was ich meinte. Er war Polizist, verdammt! Wenn mein Bruder mit jemandem ausgehen wollen würde und ich hätte alle Mittel zur Verfügung, würde ich die Schnalle auf Herz und Nieren durchchecken. Es war schließlich sicher nicht das erste Mal, dass Steven etwas Derartiges getan hatte.

»Vergewaltiger? Claire, was ist hier los?« Wieder erklang Panik in der Stimme des Bullen, aber auch jetzt hörte es sich eher so an, als hätte er Angst, ich könnte sie in diesem Moment gegen ihren Willen nehmen. Zumindest schien er nicht wütend auf Steven zu sein. Was würde er gegen das Arschloch tun, wenn ich ihm erzählte, was Steven mit seinen Händen auf Claire getan hatte? Würde er seinen Job riskieren und die Ehre seiner Schwester verteidigen? Zu gern hätte ich es herausgefunden und ihm erzählt, wie knapp die kleine Miezekatze der schlimmsten Sache der Welt entkommen war. Aber das musste warten. Es gab Wichtigeres als mein Vergnügen. Alvaro zum Beispiel. Jede Minute im Knast war eine zu viel.

»Können wir die brüderliche Sorge einen Moment beiseitelassen, Officer Garcia? Dann würde ich Ihnen jetzt sagen, was geschehen muss, damit Ihre Schwester unbeschadet zu Ihnen zurückkehrt.« Ich sah Claire tief in die Augen. Ihre Tränen hatten nachgelassen, als würde es ihr helfen, eine Zeit lang nicht zu sprechen, sondern nur unserem Gespräch lauschen zu müssen. Doch schon bald würde es nicht mehr so sein. Die Klinge in meiner Hand war kühl und schwer. Sie drückte gegen meine Finger und ich wusste, wie scharf sie war. Ein leichter Druck und Blut würde aus einem dünnen Schnitt schießen. Ich hatte es oft genug gesehen. Trotzdem wollte ich mir nicht vorstellen, wie warmes Blut über Claires Gesicht lief. Obwohl sie dann sicher immer noch wunderschön aussehen würde. Fuck! Ich hätte sie wirklich nicht so lange beschatten sollen. Ich hörte mich schon an wie ein liebeskranker Narr.

»Was wollen Sie?« Pablos Stimme wurde ruhiger. Leiser. Jetzt waren wir auf dem richtigen Weg. Ich lächelte überlegen und sah auf das Handy, das immer noch auf dem Tisch lag und darauf wartete, zerstört zu werden, sobald dieses Gespräch vorbei war.

»Drei Akten. Die von Alvaro, Javier und Reed Rivera.« Ich wollte alles. Jede Information, jede Unterhaltung der Bullen über uns und alle Beweise, die sie gegen uns zusammengetragen hatten. Von mir aus sollte Garcia sich eine Kopie von allem machen, aber wenn wir erst mal dasselbe wussten wie sie, wären wir ihnen immer einen Schritt voraus. Außerdem würde ich endlich erfahren, was wirklich mit Dad passiert war. Wieso Padre hatte sterben müssen, obwohl er nichts verbrochen hatte. Schön, er hatte ein bisschen mit Drogen gedealt und einen Politiker getötet, der für Moms Tod verantwortlich gewesen war, aber war das wirklich ein Grund, ihn im Knast abzumurksen?

»Niemals!«, kam prompt die Antwort aus dem Lautsprecher und ließ mich erstarren. Was? Hatte er das gerade wirklich gesagt? Das konnte nicht sein Ernst sein. Was war mit seiner Schwester? Wollte er, dass ich sie umbrachte? Jeder andere hätte es bestimmt getan. Ihr die Kehle aufgeschlitzt und ihm für diesen Fehler die Leiche geschickt. Aber das reichte mir nicht. Es würde mir die Akten auch nicht einbringen. Also drehte ich das Messer in meiner Hand und sah noch einmal zu Claire. Ich schluckte. Wären ihre Schreie genügend Anreiz für den kleinen Schisser?

»Was? Aber Pablo …« Claires Körper versteifte sich. Ihr Körper verkrampfte. Wieder füllten sich ihre Augen mit Tränen. Angst breitete sich auf ihren Zügen aus und sie begann, langsam – wie in Zeitlupe – den Kopf panisch zu schütteln, als ich mit großen und schweren Schritten die Distanz zu ihr verringerte. Wusste sie, was gleich passieren würde? Und die bessere Frage: Würde ich es tun können? Dieses Antlitz zerstören, obwohl ich viel lieber mein Sperma darüber verteilt hätte?

»Wirklich schade um das Gesicht deiner Schwester, Garcia.« Ich stieß ein Lachen aus und hob die Klinge an, um sie auf Claires Wange zu drücken. Das Kätzchen warf sich hin und her im Stuhl, damit ich sie nicht erwischen konnte. Sie versuchte, aufzustehen, doch ich versperrte ihr mit meinem Körper den Weg. Claire wehrte sich, aber es brachte ihr nichts. Mit der freien Hand packte ich ihren Oberarm und hielt sie an Ort und Stelle. Sie schrie, kreischte und brüllte sich die Seele aus dem Leib. Die Töne verursachten mir eine Gänsehaut.

»Nein, nein, nein, nein! Bitte nicht! Nein!«

Claires Weinen wurde lauter, als ich mit dem Daumen über ihre Schulter strich und sie ihre Gegenwehr endlich aufgab. Sie wimmerte und Tränen liefen ihr über die Wangen. Ich nutzte das Messer, um eine davon wegzuwischen. Claires Körper bebte. Sie kniff die Augenlider zusammen, als würde ich verschwinden, wenn sie es sich nur fest genug wünschte, aber das würde nicht passieren, weshalb sie sie wieder öffnete.

»Sag leb wohl zu deinen hübschen Augen«, murmelte ich und setzte die Klinge an ihrer rechten Augenbraue an. Die Spitze bohrte sich in die Haut und ein einziger Tropfen Blut kam aus dem Einstich. Claire sah mich verzweifelt an. Ihre Unterlippe zitterte. Mein Magen zog sich zusammen. Mir wurde schlecht bei ihrem Anblick. Fuck! Nein, ich konnte es nicht. Schnell zog ich das Messer zurück. Es war nicht ihre Schuld. Nichts von alledem. Ich öffnete den Mund und wollte Claire sagen, dass ich ihr nicht wehtun würde, doch in diesem Augenblick schallte Garcias Stimme wieder durch den Raum.

»Hören Sie auf!«, befahl er und Erleichterung durchschwemmte mich. Dann hatte meine Aktion wenigstens irgendwas bewirkt. Der Bulle glaubte, ich hätte es durchgezogen. Er dachte, ich meinte es ernst. Und das war verflucht gut. »Bitte, ich …« Seine Stimme brach. Die Töne wurden immer leiser, bis ich ihn kaum noch verstehen konnte. Er räusperte sich und begann erneut zu sprechen. »Ich kann sie Ihnen nicht geben.« Lüge! Er hatte Zugang zu den Akten. Er bearbeitete meinen Fall jetzt schon seit Monaten.

»Nein, Sie wollen nicht, weil dann herauskäme, dass Sie ein korruptes Arschloch sind.« Und noch viel mehr als das. Nicht nur er, sondern auch seine Kollegen würden in den Schmutz gezogen werden. Alle würden erfahren, dass wir nicht die einzigen Bösen in dieser Geschichte waren. Alles, was wir getan hatte, hatten wir tun müssen. Und das war scheiße noch mal ihre Schuld!

»Pablo, wovon redet er?« Unsicher suchte Claire meinen Blick. Ihre Pupillen weiteten sich, als ich einen Schritt zurücktrat und das Messer auf den Tisch legte. Ihre Schultern entspannten sich sichtlich. Mit bebenden Fingern tastete sie nach ihrer Augenbraue. Ein kleines, erleichterten Lächeln erschien auf ihren Lippen.

»Hör nicht auf ihn, Claire! Alles, was er sagt, ist eine Lüge. Er ist ein Mörder und ohne die Akten bekommen wir ihn nie.« Wieder log er. Wer von uns war also jetzt der Lügner? Ja, ich war ein Mörder, aber bisher hatte ich Claire die Wahrheit gesagt. Ich hatte ihr nicht wichtige Informationen vorenthalten, um besser dazustehen. Ihr Bruder schien sein ganzes Leben aber nichts anderes gemacht zu haben. Und ihr Dad auch nicht.

»Also bleiben Sie bei Ihrem Nein?« Ich sparte es mir, ihn darauf hinzuweisen, dass er mich auch mit den Akten bisher nicht gefasst hatte. Weil er scheiße in seinem Job war. Ganz einfach. Und wenn er nicht irgendwelche Beweise fälschte wie bei Alvaro, dann würde er mich auch nicht festnageln können. Dabei machte ich es ihnen sogar leicht. Jede Leiche bekam das gleiche Zeichen in den Körper geritzt. Unser Familienwappen. Das Auge mit dem umgedrehten Kreuz darin. Sie sollten wissen, wer sie umgebracht hatte und wieso. Damit die Personen auf meiner Liste bereits Wochen vorher zitterten, ob sie mein nächstes Opfer werden würden. Mit einem Lächeln sah ich hinab auf meine Finger, an denen die vier Ringe meiner Familie prangten. Sie waren groß und schwer und funktionierten perfekt als Schlagringe. Aber was das Wichtigste war, sie identifizierten mich als den Sohn meines Padres und darauf war ich verdammt stolz.

»Claire, ich ...« Erneut brach Pablos Stimme und es raschelte in der Leitung. Wütendes Schnaufen war zu hören, wie die Laute eines Bullen. Sehr passend, wie ich fand.

»Ist das ein Ja?«, fragte ich und einer meiner Mundwinkel wanderte weiter nach oben. Es musste ein Ja sein, richtig? Es ging hier schließlich um seine Schwester.

Aber ich täuschte mich in Garcia. Der Typ hatte kein Herz, selbst wenn es um seine Familie ging.

»Nein, Rivera. Sie werden diese Akten niemals bekommen.«

»Pablo!«, rief Claire und ein bettelnder Unterton mischte sich in ihre Worte. Sie wollte nicht hier sein, was ich verstehen konnte. Gerade eben hätte ich ihr beinahe die Haut vom Gesicht gezogen. Nicht sehr vertrauenserweckend. Doch ihrem Bruder schien es nicht zu kümmern.

»Es tut mir leid, Claire. So unheimlich leid. Aber manchmal müssen wir für das höhere Wohl Opfer bringen.« Pablos Stimme wurde eiskalt und dann gab das Telefon einen Ton von sich, der uns zeigte, dass die Verbindung unterbrochen worden war. Was zum Teufel war hier gerade passiert? Soeben dachte ich noch, die Oberhand zu haben, und nun war mein ganzer Plan im Arsch.

»Er hat einfach aufgelegt.« Wie paralysiert starrte Claire auf das Telefon. Ihre Miene war ausdruckslos. Unglaube stand in ihren Augen. Ja, er hatte einfach aufgelegt. Ihr verfickter Bruder, der sie beschützen und auf sie aufpassen sollte, hatte sich dafür entschieden, ihr Leben zu opfern. Für ... ja, was eigentlich? Pablo Garcia musste tiefer mit drinstecken, als ich gedacht hatte. Irgendwas stand in diesen Akten, das ihn mit in den Abgrund ziehen würde.

VIER

CLAIRE

»Tötest du mich jetzt?«, wollte ich wissen und rollte mich auf dem Stuhl so klein zusammen wie möglich. Am liebsten wäre es mir, wenn sich ein Loch auftun würde, in dem ich verschwinden konnte. Aber so war das Leben nicht. Man konnte nicht vor allem davonlaufen und je mehr Zeit verging, desto sicherer wurde ich, dass es von hier kein Entkommen gab. Pablo war mein Bruder. Mein einziger Bruder. Wir hatten immer nur einander und jetzt hatte er mich einfach im Stich gelassen. Ich fühlte mich mutterseelenallein und ja, ich hatte Angst. Ich hatte mich immer für eine toughe, selbstständige und mutige Frau gehalten, aber das war ich offensichtlich nicht. Denn ich wollte nichts mehr, als dass ein Prinz in schillernder Rüstung herbeiritt und mich auf einem

Pferd wegbrachte. Reed hatte mein Gesicht zerschneiden wollen. Sicher, er hatte es nicht getan, aber er hatte es gewollt. Wie lange würde es dauern, bis er irgendetwas tat, das mich umbrachte? Ich wollte es gar nicht wissen. Ein Schluchzen verließ meinen Mund.

»Halt die Fresse! Ich kann nicht denken, wenn du so laut weinst«, brüllte Reed, schnappte sich das Handy und schmetterte es an die nächste Wand. Es knallte. Das Display brach. Scherben lösten sich davon und flogen zuerst durch die Luft, bevor sie auf den Boden fielen, wo auch der Rest des Telefons landete. Ich zuckte zurück und drückte meinen Rücken tiefer in die Stuhllehne. Mein Herz zog sich zusammen. Es fühlte sich an, als würde es schrumpfen, sich klein machen, weil nicht mehr genug Platz in meiner Brust war. Doch die freie Stelle wurde sofort mit einer Dunkelheit aufgefüllt, die ich vorher noch nie gespürt hatte. Es war eine Mischung aus Angst, Zorn und Verbitterung. Pablo hatte aufgelegt. Reed war ein Massenmörder und bräuchte vermutlich nur den Bruchteil einer Sekunde, um mich zu töten, und Pablo nahm es einfach in Kauf. Als wäre mein Leben ihm nichts wert. Vielleicht war es das auch nicht, aber die Erkenntnis schmerzte so sehr, dass ich kaum atmen konnte.

»Er ist mein Bruder und hat einfach aufgelegt«,

wiederholte ich, weil ich es immer noch nicht glauben konnte. Die ganze Situation erschien mir so unwirklich. Es war unmöglich, dass ich an einem Abend beinahe vergewaltigt worden wäre, entführt wurde und mein Bruder zuließ, dass ich starb. Das war nicht richtig. Es konnte nicht sein. Das passierte nur in Filmen. Schlechten, unglaubwürdigen Filmen, die niemand sehen wollte, weil sich niemand vorstellen konnte, dass irgendetwas davon wahr wäre. Und doch saß ich hier und versuchte, mich irgendwie warm zu halten. Mir war eiskalt. Eine Gänsehaut überzog meinen Körper. Gleichzeitig stand mir Schweiß auf der Stirn und kitzelte meine Schläfe. Kam das von der Müdigkeit? Oder war es der Stress? Als Ärztin sollte ich es wissen, aber jeder Gedanke fiel mir schwer. Es pochte unangenehm in meinem Kopf.

»Damit hätte ich rechnen sollen. War klar, dass das Arschloch lieber seine eigene Haut rettet.« Reed ballte die rechte Hand zu einer Faust und schlug damit auf die Tischplatte. Das Holz vibrierte, brach aber zum Glück nicht. Trotzdem war ich mir nicht sicher, ob es einen weiteren Schlag aushalten würde. Aber ich war froh, dass er sich am Holz abreagierte, statt an mir.

»Was steht in diesen Akten?«, fragte ich und wunderte mich zeitgleich, welche Informationen so wichtig waren, dass es wirklich Menschen gab, die dafür töteten. Würde ich es noch erfahren, bevor ich starb? Ich hoffte es. Andererseits hatte mir Reed bisher nicht wehgetan. Zumindest nicht richtig. Oder? Er hatte mich gerettet, mich geküsst, mich verschleppt und danach bedroht, aber bis auf den kleinen Stich an meiner Augenbraue, der brannte, war ich unversehrt. War das irgendein Spiel, das ich nicht verstand? Wog er mich in Sicherheit, damit es mich härter traf, wenn er anfangen würde, mir tatsächlich wehzutun?

»Das geht dich nichts an«, schnauzte er und starrte wütend auf die Stelle, an der das zerbrochene Handy lag, bevor er frustriert den Kopf schüttelte und in die Küche marschierte, als wäre das Gespräch beendet. Aber das war es nicht. Nicht für mich. Also sprang ich von meinem Stuhl auf und folgte ihm. Die kleine Kochnische sah aus, als hätte sie noch nie zuvor jemand benutzt, so sauber war sie, und es kribbelte mich in den Fingern, selbst zu kochen, um etwas essen zu können, nachdem ich das Fleisch im Restaurant nicht angerührt hatte. Durch das Adrenalin und die Panik hatte ich es nicht mitbekommen, aber ich war hungrig und müde. Ein gutes Glas Wein, etwas Käse und ein heißes Bad – das wäre genau das Richtige. Stattdessen durfte ich beobachten, wie Reed gefrorenes Gemüse aus dem Tiefkühler nahm und die Packung auf die Arbeitsfläche warf.

»Er ist mein Bruder.« Ich hatte ein Recht darauf, es zu wissen, oder? Was hatte mein Bruder – der Mann, der mir abends eine Geschichte vorgelesen hatte, nachdem unsere Eltern uns verlassen hatten – mit dem gefährlichsten Serienmörder von Santa Fe zu tun? Und nichts anderes war Reed. Sollte ich dann nicht eigentlich mehr Angst haben? Mich in eine Ecke verkriechen und warten, bis er über mein Schicksal entschied? Es war vielleicht keine gute Idee, ihn mit meinen Fragen zu nerven. Nicht, wenn ich an die Bilder dachte, die immer in den Nachrichten eingeblendet wurden. Abbildungen von Leichen, die bis zur Unkenntlichkeit verstümmelt worden waren und auf die Brust immer dasselbe Zeichen eingeritzt bekommen hatten. Ein riesiges Auge mit einem umgedrehten Kreuz. Anfangs hielt man es für ein satanisches Ritual, aber dafür wurden die Opfer nicht willkürlich genug ausgewählt. Es waren immer Menschen, die mit der Justiz in Kontakt standen. Politiker, die sich für eine Gefängnisreform eingesetzt hatten, Polizisten, Anwälte, Richter, Geschworene, Gefängniswärter. Der Augenmörder von Santa Fe machte vor niemandem halt und um dem Ganzen noch eins drauf zu setzen, entfernte er immer die Augen seiner Opfer. Es war widerlich. Eine Tat, die an Brutalität nicht zu überbieten war. Wieso fiel es mir so schwer, diese Toten mit Reed in Verbindung zu bringen? Er wirkte nicht so, als würde er gleich losziehen und mit einem Löffel irgendwelche Augen aus Augenhöhlen schaben.

»Anscheinend kein guter Bruder.« Reed fuhr sich durchs Haar, suchte in einem der unteren Regale nach einer Pfanne und stellte sie auf den Herd. Anschließend schüttete er den Inhalt der Packung in die Pfanne, um das Gemüse zu erwärmen. Mit wenig Erfolg. Zuerst brauchte er eine Weile, bis er den Knopf fand, an dem er die Herdplatte einschalten konnte und dann gab er kein Wasser in die Pfanne, sodass es schnell zu rauchen begann. Irgendwie schaffte er es aber dann doch, dass das Gemüse zu köcheln begann.

»Ja.« Ich presste die Lippen aufeinander. Er hatte ja recht, was sollte ich also sagen? Dass Pablo überfordert war und sicher nur darüber nachdenken musste, bevor er mich rettete? Wir wussten beide, dass es nicht daran lag und ich nur Ausreden für meinen Bruder suchte. Deshalb ließ ich es gleich und schaute stattdessen zu, wie er das Gemüse mit einem Kochlöffel, den er aus einer Schublade gezogen hatte, umrührte. Viel zu kurz für meinen Geschmack. Reed schien keine Geduld zu haben und schon nach wenigen Minuten schaltete er den Herd wieder aus und nahm zwei Teller aus einem der Hängeschränke.

»Du solltest etwas essen«, meinte er und teilte das Gemüse in zwei Portionen auf. Es dampfte nicht, was zeigte, dass es unmöglich fertig sein konnte, dennoch nahm ich einen der Teller entgegen, als er ihn vor meine Nase hielt. Überrascht blickte ich auf das Essen herab. Er hatte gekocht. Für mich? Fassungslos sah ich wieder auf und starrte in Reeds Gesicht, der damit beschäftigt war, den Kochlöffel in die Spüle zu werfen und die Pfanne in den Geschirrspüler zu räumen.

»Ich hab keinen Hunger«, wisperte ich, weil sich mein Magen verkrampfte. Aber diesmal nicht vor Angst oder weil mir schlecht war, sondern weil ich es nicht glauben konnte. Welche Psychospielchen spielte er? Und wieso? Er könnte mich einfach töten und die Sache hätte sich erledigt. Aber Reed dachte anscheinend nicht einmal darüber nach, denn er schlenderte auf die kleine Essgruppe zu, die zwischen der Küche und dem Wohnzimmer stand.

»Du hast im Restaurant schon nichts gegessen.« Er stellte seinen Teller vor sich auf den Tisch und zog sich einen Stuhl zurück, um sich darauf fallen zu lassen, ehe er sich von der Mitte der Tischplatte eine Gabel nahm, die in einem Becher mit diversem anderen Besteck auf ihren Einsatz wartete.

»Fütterst du mich, damit ich so dick wie möglich bin, wenn du mich als Schwein zur Schlachtbank führst?« Meine Stimme klang monoton, während ich es sagte, aber ich konnte nicht verhindern, dass in mir Bilder von meinem nackten Körper aufstiegen. Blutverschmiert, grün und blau geschlagen, aufgeschlitzt.

»Ich würde dich niemals mit einem Schwein vergleichen. Außerdem sind wir hier nicht im Pfefferkuchenhaus bei Hänsel und Gretel.« Reed gab einen belustigten Ton von sich und steckte sich eine Gabel voller Gemüse in den Mund. Er verzog angewidert das Gesicht, aß jedoch weiter.

»Das ist alles, was du dazu sagst?« Perplex starrte ich ihn an. Zeitgleich ging ich Schritt für Schritt auf den Tisch zu und setzte mich ihm gegenüber. Doch statt ebenfalls zu essen, schob ich meinen Teller vor mir hin und her. Ich hatte wirklich Hunger und es konnte nicht vergiftet sein, immerhin aß er es selbst. Richtig? Und was, wenn doch etwas mit dem Gemüse nicht stimmte? War Reed jemand, der mit Giften arbeiten würde? Nein, eigentlich nicht. Andererseits konnte ich mir auch nicht vorstellen, wie diese langen, wunderschönen Finger jemandem das Genick brachen, um danach irgendwelche Zeichen in dessen Fleisch einzuritzen und dennoch tat er es.

»Ja.« Reed zuckte mit den Schultern, legte seine Gabel weg und zog eine weitere aus dem Becher in der Mitte des Tisches, die er mir reichte. »Iss!«, befahl er und ich wagte es nicht, ihm zu widersprechen. Dieser Mann war für mich undurchschaubar.

Sein Handeln war unberechenbar und das sorgte dafür, dass ich die ganze Zeit auf der Hut sein musste. Es war anstrengend und ermüdete mich, bis ich die Augen kaum noch offen halten konnte. Ob ich um mehr Kaffee bitten sollte? Vielleicht später, denn sobald mir der Geruch von gekochtem Gemüse in die Nase stieg, knurrte mein Magen. So laut, dass mir Blut in die Wangen schoss und ich peinlich berührt zur Seite sah. Danach nahm ich all meinen Mut zusammen und schaufelte mir eine große Gabel des Gemüses in den Mund. Es war ... grässlich. Kalt, beinahe noch gefroren und deshalb kaum zu zerbeißen. Angewidert runzelte ich die Stirn und strengte mich an, die eisigen Karotten und die halbgekochten Erbsen zu zerkleinern, um sie hinunterzuwürgen. Irgendwie schaffte ich es sogar, doch davon ließ sich mein Magen nicht beruhigen. Wieder grummelte er. Diesmal noch lauter, als wurde er sich beschweren.

»Es ist nicht durch«, flüsterte ich, weil ich nicht wusste, ob ich etwas sagen sollte oder nicht. Wie würde er auf diese Kritik reagieren? Ich rechnete schon fest damit, dass er den Teller nehmen und ihn mir für meine Undankbarkeit ins Gesicht schleudern würde oder ihn packen, das Gemüse auf den Boden fallen lassen und mich zwingen würde, es vom Parkett zu essen. Aber nichts davon passierte. Reed strich sich die Stirnfransen aus dem Gesicht und sein Mundwinkel zuckte belustigt.

»Ich bin nicht der beste Koch«, gestand er und lachte über seine eigene Untertreibung, ehe er sich noch eine Gabel in den Mund steckte. Wieso kochte dann niemand für ihn? Oder warum ließ er sich kein Essen liefern? Ich verdrehte die Augen über meine eigene Frage. Klar, der Mafia-Boss gab seine Adresse beim Lieferdienst an, um an einen Burger zu kommen, und riskierte dafür nur zu gern, dass die Polizei einen Haftbefehl zusammen mit seinen Pommes lieferte. Ironie off.

»Ich könnte kochen«, schlug ich vor, was zeigte, dass ich wirklich wieder mein Gehirn anschalten musste. Wollte ich tatsächlich für meinen Entführer kochen? War das eine neue Art Stockholm Syndrom, von dem ich noch nichts wusste? Das würde wenigstens erklären, weshalb ich nicht aufhören konnte, mir vorzustellen, wie er mich dankend küsste, während ich ihm das Essen servierte. Na gut, das würde niemals geschehen, aber wenn ich kochte, würde mein Magen sich wenigstens nicht selbst verspeisen, also war es vielleicht doch keine so blöde Idee.

»Na schön, mach dich nützlich.« Reed ließ die Gabel, die er gerade wieder an seinen Mund führen wollte, fallen. Mit einem Klirren kam sie auf dem Teller auf. Zeitgleich rutschte Reed in seinem Stuhl zurück, sodass er aufstehen konnte. Das Parkett, über das die Stuhlbeine kratzen, gab ein Quietschen von sich. »Ach, und nur falls du auf den Gedanken kommen solltest, abzuhauen. Hier führt nur eine einzige Straße weg und die Häuser meiner Männer stehen links und rechts davon. Es ist also unmöglich hier ungesehen wegzukommen.«

Verflucht! Das durfte nicht wahr sein. Aber was hatte ich erwartet? Dass es einen ausgewiesenen Pfad von der Hütte weg zur Zivilisation geben würde? Bestimmt nicht. Hieß das, ich sollte es nicht versuchen? Vielleicht nicht auf eigene Faust, aber irgendwo mussten noch andere Handys sein, nicht wahr? Wenn ich eines davon finden würde, könnte ich Pablo eventuell genug erzählen, damit er mich fand. Würde das reichen, damit er mir half? Ein kleiner Funke Unsicherheit blieb, aber ich konnte auch schlecht die brave Hausfrau spielen und darauf warten, dass Reed mich satthatte.

»Das heißt, du tötest mich nicht?« Noch nicht? Jemals? Diese Unwissenheit brachte mich um. Konnte er mir nicht verraten, was er jetzt mit mir vorhatte? Das würde alles einfacher machen. Zwar müsste ich dann immer noch sterben, aber wenigstens brauchte ich mir keine Hoffnungen mehr machen, doch noch lebend nach Hause zu kommen.

»Fürs Erste.« Reed zwinkerte mir zu, zeigte zur Küche und sorgte damit dafür, dass ich ebenfalls aufstand und ihm in die Kochnische folgte, die für zwei Menschen genug Platz bot. Zumindest für ein Liebespaar oder für Freunde. Für zwei Fremde war sie sehr begrenzt und es ließ sich nicht verhindern, einander zu berühren. Reeds Arm streifte unbeabsichtigt meinen, während er an mir vorbei zum Kühlschrank ging. Die Stelle, an der seine Haut auf meine traf, begann sofort zu kribbeln. »Und ich esse kein Fleisch. Ich mag Tiere mehr als Menschen.« Er lachte, als hätte er einen Witz gemacht, aber ich nahm seine Worte durchaus ernst und musste den Kloß in meinem Hals herunterschlucken. Menschen zu töten war also in Ordnung für ihn, aber Tiere verschonte er. War es nun ein Vorteil, dass er mich Miezekatze nannte?

»Offensichtlich.« Ich schniefte, lief hinüber zur Spüle und drehte den Wasserhahn auf, um meine Hände zu waschen, bevor ich einen Topf aus den unteren Regalen nahm, ihn mit Wasser füllte und auf die Herdplatte stellte. Dann wurde es eine Zeit lang still. Reed legte mir frisches Gemüse und Halloumi auf die Arbeitsplatte und schloss den Kühlschrank wieder, weshalb ich annahm, dass ich das kochen sollte. Danach lehnte er sich mit dem Hintern gegen die Platte und beobachtete mich. Ich versuchte, mich davon nicht einschüchtern zu lassen, schnitt das Gemüse klein und schaltete den Herd an. In Windeseile fand auch eine Pfanne den Weg neben den Kochtopf und schon nach wenigen Minuten kochte das Gemüse und der Käse brutzelte in ein wenig Öl vor sich hin, sodass ich Zeit hatte, mich in der Küche genauer umzusehen. Ich öffnete einen Schrank nach dem anderen, damit ich wusste, welche Waffen im Haus waren, und tat, als würde ich etwas nicht finden, obwohl Reed mich nicht aus den Augen ließ. Leider war ich dabei wahnsinnig schlecht, denn schon nachdem ich den zweiten Hängeschrank öffnete, ertönte Reeds Stimme hinter mir.

»Suchst du etwas?«, fragte er und sein Ton machte keinen Hehl daraus, dass er genau wusste, was ich tat. Ertappt zog ich den Kopf ein und drehte mich in seine Richtung. Natürlich suchte ich etwas. Den Ausgang aus dieser Vorhölle.

»Das Salz«, antwortete ich und legte fragend den Kopf schief. Zeitgleich setzte ich ein unschuldiges Lächeln auf und verschränkte die Arme vor der Brust, um ihn zu besänftigen. Doch er schien nicht wütend zu sein. Mit schiefen Mundwinkeln sah er mich an und Belustigung blitzte in seinen Augen auf.

»Der Schrank neben dem Geschirrspüler.« Er deutete in die richtige Richtung und ich lief darauf zu, um mein Gesicht zu wahren, auch wenn ich das Essen in diesem Stadium noch gar nicht würzen wollte. Als ich den Schrank öffnete, sah mir nicht nur das Salz, sondern jedes erdenkliche Gewürz dieser Welt entgegen. Hier hatte also sehr wohl schon jemand gekocht, immerhin waren einige Verpackungen bereits geöffnet.

»Danke«, hauchte ich und stellte den Salzstreuer neben den Kochtopf, weil ich ihn später sicherlich brauchen würde. Danach wendete ich den Halloumi in der Pfanne, damit er gleichmäßig braun wurde.

»Versuch es nicht, Claire, sonst überlege ich es mir anders und schicke deinem Bruder deine Einzelteile, während du noch lebst. Du kannst nicht fliehen oder dich selbst verletzen. Hier gibt es im Umkreis zu viele Männer, die dich suchen und wieder zu mir bringen würden«, warnte Reed mich, stieß sich von der Arbeitsplatte ab und stellte sich hinter mich, sodass er mir über die Schulter blicken konnte. Ob er zufrieden mit dem war, was er sah? Ich hoffte es. Mir lief zumindest bei dem Anblick das Wasser im Mund zusammen.

»Wieso?« Ich legte die Gabel beiseite und griff nach dem Kochlöffel, um das Gemüse umzurühren. Die Zwiebel mit den Karotten und dem Lauch roch vorzüglich und schon jetzt sah das Essen appetitlicher aus als die Pampe, die Reed zusammengerührt hatte.

»Wieso was?« Reeds Oberkörper drängte sanft gegen meinen Rücken, als er sich ein Stück weiter vorbeugte und mir ins Ohr flüsterte. Sein Atem streifte mein Ohrläppchen und ein angenehmer Schauer jagte über meinen Rücken.

»Pablo will dir nicht helfen, obwohl ich hier bin. Du hast dich also geirrt und ich bedeute ihm nichts.

Warum lässt du mich dann nicht einfach gehen?« Obwohl ich noch den Kochlöffel in der Hand hatte, drehte ich meinen Kopf in seine Richtung. Ein Fehler – der x-te an diesem Abend –, aber das bemerkte ich erst, als er mir tief in die Augen sah und ich seinen herben Geruch wahrnahm. Verdammt, er war mir viel zu nah und ich sollte es hassen. Ihn wegschubsen. Stattdessen leckte ich mir über die Lippen.

»Weil das noch nicht das Ende dieser Debatte war. Dein Bruder wird Staub aufwirbeln und versuchen, sich Hilfe zu holen. Dabei wird er mich direkt zu seinen Freunden führen und einer davon steht als Nächstes auf meiner Liste.« Reeds Stimme nahm einen kehligen, fast atemlosen Unterton an, der mir eine Gänsehaut bescherte. Seine Hände packten meine Hüften, sodass ich mich nicht von der Stelle rühren konnte. Seine Augen verdunkelten sich. Gier breitete sich über sein Gesicht aus.

»Du hast eine Liste?« Verunsichert ließ ich den Kochlöffel los. Er blieb im Kochtopf unbeachtet liegen, während ich meinen Rücken weiter verdrehte, um einen besseren Blick auf Reed zu haben.

»Ja, oder dachtest du, ich schlachte all diese Menschen ab, weil es Spaß macht? Nein, sie haben es verdient. Jeder Einzelne von ihnen.« Reed schob sein Becken weiter nach vorne, sodass ich mit dem Hüftknochen gegen die Schränke gedrückt wurde.

Ich war zwischen ihm und der Kochnische gefangen, aber statt mich ängstlich zu wehren, unterdrückte ich ein Stöhnen. Das fühlte sich gut an. Reeds mächtige Präsenz hinter mir, sein hartes Glied, das sich gegen meinen Hintern drückte und der leichte Schmerz, als seine Finger sich in meine Hüften bohrten – das alles war aufregend für mich und es fühlte sich gut an. Viel besser, als es dürfte.

»Und ich habe es in deinen Augen nicht verdient?« Es war schwierig, mich auf das Gespräch zu konzentrieren und gleichzeitig das Keuchen zu verhindern, das aus meiner Kehle aufsteigen und Reed zeigen wollte, wie sehr mir gefiel, was er in diesem Augenblick mit mir tat.

»Richtig. Deshalb bist du auch noch nicht tot. Außerdem macht es mir Spaß, deinen Körper vor Angst zittern zu sehen, während deine Augen mich sehnsüchtig betrachten.« Reed senkte den Kopf, bis seine Lippen über meinen schwebten und presste sich fester gegen meinen Hintern. Seine Finger schoben sich unter den Stoff meines Pullovers, streichelten mich durch das dünne Kleid. Es war fast, als würde er meine nackte Haut berühren und jeden Zentimeter von mir einnehmen. Er entzog mir die Kontrolle und sorgte dafür, dass ich mich fallenließ, ohne Angst haben zu müssen, hart auf dem Boden aufzukommen, weil er mich jederzeit festhielt. Seine starken Arme umhüllten mich, seine Muskeln waren angespannt.

»Das tun sie nicht«, stritt ich die Wahrheit ab und wollte das Gesicht wegdrehen, damit er nicht noch mehr in meinen Augen erahnen konnte. Aber Reed ließ mich nicht. Er strich mit seiner Nase über meine und streifte meine Lippen mit seinen. Nur für einen kurzen Moment, sodass ich es kaum spürte. Doch es reichte, damit mir der Atem wegblieb. Sehnsüchtig stöhnte ich. Mein Herzschlag beschleunigte sich. Plötzlich war ich wieder hellwach.

»Oh doch und ich liebe es. Ich frage mich, wie sie aussehen würden, wenn du dich unter mir windest.« Reeds raue Stimme ging mir durch Mark und Bein, aber nicht auf schlechte Art. Es war eher, als würde er mich zusätzlich mit seinen Worten berühren, statt nur mit seinen Händen. In meiner Mitte begann es zu kribbeln. Ich presste die Schenkel fester aneinander, um dem aufkommenden Druck entgegenzuwirken, aber es brachte nichts. Mit jeder Silbe wurde die Erregung in meinem Inneren schlimmer, bis ich spürte, wie mein Eingang sich vorfreudig zusammenzog. Ich wurde feucht. Meine Hände krallten sich nach Halt suchend in die Arbeitsplatte. So fest, dass ich befürchtete, meine Nägel würden Abdrücke im Holz hinterlassen.

»Ich werde nicht mit dir schlafen«, hauchte ich und hoffte, er würde von mir ablassen, bevor ich etwas Dummes tat. Doch dafür war es schon zu spät. Mein Hintern drückte sich näher an seinen harten Schaft und wieder zogen sich meine Muskeln zusammen, um mir die schmerzhafte Leere zu zeigen, die sein Glied füllen sollte. Sofort. Ich brauchte es. Mein ganzer Körper verlangte nach ihm. Jede Faser schien Feuer zu fangen, bis ich innerlich lichterloh vor Erregung brannte.

»Sicher? Im Auto warst du noch ganz erpicht darauf.« Reed strich erneut mit seiner Nase an meiner entlang und hob das Kinn ein Stück, sodass unsere Lippen sich noch näher waren. Kein Millimeter trennte uns noch voneinander. Sein Geruch vermischte sich mit dem Duft des Essens und mein Hunger nach Nahrung machte einem anderen Verlangen Platz.

»Da wusste ich noch nicht, wer du bist«, versuchte ich, mein Verhalten zu rechtfertigen. Aber jetzt war mir klar, dass er mehrere Menschen getötet hatte, und dennoch zog er mich in einen Bann, aus dem es kein Entrinnen gab. In dem ich für immer gefangen bleiben wollte.

»Du weißt es auch jetzt nicht, Claire. Niemand tut das.« Reed drückte seine Lippen ohne Vorwarnung auf meine. Noch stürmischer als bei unserem ersten Kuss. Wieder war nichts Zögerliches oder Vorsichtiges an dem Aufeinanderprallen unserer Münder, doch diesmal hatte es noch eine verzweifelte Note. Ich wollte ihn und er wollte mich ebenfalls. Es war falsch, aber ich konnte es nicht ändern und erwiderte den Kuss. Seine Lippen schmiegten sich an meine und ich öffnete sie sofort für ihn, damit seine Zunge in mich eindringen konnte. Mein Herz raste in meiner Brust, als Reed den Kuss vertiefte und seine Hände von meiner Hüfte zu meinem Hintern wandern ließ, um meine Pobacken zu kneten. Ich stöhnte. Reed knurrte genüsslich. Er begann, sich gegen meinen Hintern zu bewegen und massierte damit seinen Penis, der immer wieder gegen mein Kleid gedrückt wurde. Die Hitze wurde unerträglich. Reeds Zunge spielte mit meiner und sandte neue Hitzewellen durch meinen Körper. Ich wünschte, dass er mir die Kleider vom Leib reißen und mich überall berühren würde, doch dazu kam es nicht. Irgendwann – gefühlt nach einer Sekunde – trennte er seinen Mund wieder von meinem und seine Hände rutschten zu meiner Hüfte zurück. »Das Essen brennt an«, flüsterte er mir entgegen und sah mich an, als wäre ich die schönste Frau, die er je gesehen hatte, sodass es eine Zeit lang dauerte, bis mein Gehirn verarbeitet hatte, was er meinte. Das Essen! Natürlich! Schockiert riss ich die Augen auf.

»Verflucht!«, rief ich, wandte meinen Kopf wieder der Pfanne zu, in der der Käse gerade schwarz wurde und sich Rauch bildete. Schnell griff ich zur Gabel und drehte ihn um, damit wir ihn doch noch essen konnten. Und wir hatten Glück, es war noch gar nicht so schlimm. Aber ein paar Sekunden länger und das Essen wäre für die Tonne gewesen. Erleichtert atmete ich aus, doch dann schlich sich die Erinnerung, an das, was gerade passiert war, in mein Gehirn. Ich hatte einen Serienmörder geküsst. Einfach so. Freiwillig. Aber gut, vielleicht war ich einfach krank? Es gab schließlich auch Frauen, die Männer aus der Todeszelle heirateten und mit denen war bestimmt auch nicht alles richtig im Kopf.

»Es riecht fantastisch, genau wie du«, murmelte Reed, drückte meine Hüfte ein letztes Mal und ließ dann von mir ab. Ich wimmerte enttäuscht und wollte, dass er mich sofort wieder berührte. »Ich bin in einer Viertelstunde wieder da. Dann sollte das Essen auf dem Tisch stehen.« Reed ließ es wie eine Information klingen, aber ich wusste, was es tatsächlich war. Eine Bitte. Vermutlich hatte er schon genauso Hunger wie ich, was sein knurrender Magen verriet, als er sich aus der Küche entfernte und wieder an den Eingang der Hütte ging.

»Wohin willst du?«, fragte ich, als er sich die Schuhe anzog und die Tür öffnete. Ein kalter Zug ließ mich frösteln, doch die Hitze des Herds machte es erträglich. Noch immer pochte es in meiner Mitte und ich zitterte. Mein Atem klang hektisch.

»Irgendwann wird dich deine Fragerei noch umbringen.« Ein Lachen verließ Reeds Mund, während er die Tür hinter sich schloss und ich allein in einer fremden Hütte zurückblieb. Ein kleines Lächeln bildete sich auf meinen Lippen, obwohl ich die Verwirrung nicht abschütteln konnte. Was war denn los mit mir? Er war ein Mörder. Das musste ich mir immer wieder vor Augen halten. Doch meinem Körper schien das absolut egal zu sein.

FÜNF

REED

»Und?« Fragend blickte ich Santiago an, der inzwischen den Wagen weggebracht und alle meine Männer informiert hatte, dass sie die Augen offen halten sollten, falls Claire doch auf die Idee kam, einen Schritt aus der Hütte zu machen. Aber ich glaubte gar nicht, dass sie so schnell wieder gehen würde. Irgendetwas war da zwischen uns und nicht nur ich spürte es anscheinend, sondern auch sie. Es war beunruhigend, aber ich versuchte, nicht weiter darüber nachzudenken und mich lieber darauf zu konzentrieren, dass ich einen neuen Plan brauchte.

»Bisher ist er zu Hause geblieben und hat seine Einrichtung demoliert. Es war amüsant, seinem Wutausbruch zuzusehen. Sein Gesicht hat sich rot verfärbt und Tränen schwammen in seinen Augen, während er auf seinen Couchtisch eingedroschen und eine Schimpftirade ausgestoßen hat. Fast wie ein trotziges Kind.« Santiago lachte höhnisch und verschränkte die Arme vor der Brust. Es musste ihm gefallen, dass wir Garcia in die Ecke hatten treiben können. Obwohl ich noch nicht lange mit Santiago arbeitete, hatte er sich wahrhaft als Freund erwiesen und er schien Garcia genauso sehr zu hassen wie ich. Kein Wunder, sein bester Freund saß wegen diesem Bullen im Knast. Ob Alvaro ihm auch so fehlte wie mir?

»Gut so. Dann ist es ihm also doch nicht egal, dass wir ihm etwas weggenommen haben, das ihm gehört hat. Als ob seine Schwester ein wertvoller Dekoartikel wäre, der ihm jetzt in seiner Einrichtung fehlt.« Ich schmunzelte erleichtert. Vielleicht brauchten wir doch keinen ganz neuen Plan, sondern mussten den alten nur angleichen. Wie konnte ich diesen Arsch weiter zu Weißglut treiben? Ihm tatsächlich abgetrennte Körperteile von Claire zu schicken, war vielleicht nicht die richtige Taktik, aber ich hatte schon eine andere Idee. Sie beinhaltete Claire. Nackt. In meinem Bett. Das wären dann zwei Fliegen mit einer Klappe, richtig? Ich könnte Claire ficken und ihrem Bruder ein Video davon schicken, damit er und seine Kollegen es live miterleben konnten. Der Gedanke sollte mir gefallen. Er war perfekt. Dennoch war da ein Teil von mir, der nicht wollte, dass irgendwer außer mir Claire so zu

Gesicht bekam. Fast, als würde ich Besitzansprüche an sie stellen. Aber das durfte ich nicht. Oder?

»Gehört hat?« Santiagos Lachen verstummte. Er musterte mich eingehend und hob skeptisch eine Augenbraue, während er mit einer Hand in seine Jacke griff und eine Packung Zigaretten hervorzog. Schnell nahm er eine heraus und steckte den Rest wieder in seine Jackentasche zurück, bevor er sie zwischen die Lippen nahm.

»Was? Dachtest du, sie würde je wieder nach Hause gehen?« Ganz bestimmt nicht. Vielleicht hatte ich das irgendwann angenommen, aber sie durfte nicht gehen. Selbst wenn ihr Bruder mir die Akte brachte, wusste sie zu viel. Sie hatte die Lichtung gesehen und wusste, wie ich lebte. Das war nichts, was an die Öffentlichkeit geraten durfte. Stattdessen würde ich sie irgendwo weit weg von ihrem Bruder unterbringen, wo sie ein ruhiges Leben haben konnte. Ja, so würde ich es machen. Zumindest glaubte ich wirklich, dass das funktionieren könnte. Und wenn ich sie dabei ab und an besuchte, wäre es nicht verwerflich, oder? Nur damit sie weiterhin die Klappe hielt natürlich.

»War das nicht der Plan? Sobald wir die Akte haben, ist ihr Bruder sowieso der nächste auf der Liste.« Irritiert zündete Santiago seine Zigarette an und nahm einen tiefen Zug. Beim Ausatmen blies er den Rauch genau in meine Richtung, wofür ich ihm einen bösen Blick zuwarf. Ich hasste den Gestank dieser Dinger und er wusste das. Früher hatte er sich immer wieder bemüht, aufzuhören, aber seit Alvaro im Knast saß und Santiago sich die Schuld daran gab, rauchte er mehr als je zuvor. Aber vermutlich würde ich das auch, wenn ich an dem Tag dabei gewesen wäre, an dem sieben Männer gleichzeitig auf Alvaro eingeschlagen und ihn vom Rest der Truppe getrennt hatten. Wie machtlos musste Santiago sich gefühlt haben, als er versucht hatte, Alvaro zu helfen, sie alle zu töten, um am Ende doch mitansehen zu müssen, wie mein Bruder abgeführt worden war.

»Davon muss sie nichts wissen.« Ich machte eine wegwerfende Handbewegung und sah zur Hütte hinüber, durch deren Fenster ich Claire beobachten konnte, wie sie in der Küche auf- und ablief. Ihr Körper bewegte sich schwunghaft und erinnerte mich daran, wie gut es sich angefühlt hatte, als sich ihre Kehrseite gegen meinen Schwanz gepresst hatte.

»Sie wird es sich denken können«, behauptete Santiago und drehte sich ebenfalls zur Hütte, um Claire sehen zu können. Sie gefiel auch ihm, das wusste ich. Wir beide liebten große Titten und Claire war eine wahre Schönheit. Bisher war es kein Problem gewesen, dass wir auf den gleich Typ Frau standen. Bei Alvaro und mir war es schließlich genauso. Doch nun wollte ich Santiago am liebsten die

Augen ausstechen, damit er sie nicht mehr ansehen konnte. Ich widerstand dem Drang jedoch und dachte lieber an ihre Lippen zurück, die sich an meine geschmiegt hatten. Claire war das genaue Gegenteil von mir. Alles an ihr war weich, kurvig und wunderbar hell. Selbst das Gestell ihrer Brille war in einem schönen Blau, statt schlicht und schwarz zu sein. Sie schien irgendwie zu leuchten, und dieses Licht war für mich, der schon ewig in der Dunkelheit feststeckte, wie eine Droge. Es machte süchtig.

»Nein, sie hat keine Ahnung, was ihr Bruder und ihr beschissener Dad getan haben.« Wie auch? Dieses Wissen hätte sie umgebracht, ihre Seele beschmutzt und sie zerstört. Sie hielt viel von ihrem Bruder und noch mehr von ihrem geliebten, toten Daddy. Das würde sich schlagartig ändern, wenn sie wüsste, dass sie nicht besser waren als ich. Eher noch schlimmer. Ich hatte wenigstens einen guten Grund, jemanden zu töten, doch Mom hatte sterben müssen, weil sie anderen Menschen hatte helfen wollen. Wenn ich genauer darüber nachdachte, war Claire meiner Mom ähnlicher als ihrer eigenen Familie.

»Wie kann sie davon nichts gewusst haben?« Ungläubig stieß Santiago ein Grunzen aus und schüttelte den Kopf. Er deutete an, dass ich mich irrte, traute sich aber nicht, es zu sagen. Niemand würde das. Meine Männer waren die härtesten Bastarde, die dieser Kontinent zu bieten hatte, und sie waren mir gegenüber loyal, aber sie wussten, dass ich jeden von ihnen erschießen würde, sollte ich daran zweifeln, dass sie ihre Arbeit richtig machten. Alles andere war nicht gut fürs Geschäft und ich würde es nicht gefährden. Schon gar nicht, bis Alvaro wieder da war. Er hatte alles nach Dads Tod übernommen und dafür war ich ihm unendlich dankbar. Na schön, er war auch wesentlich älter als ich, weshalb Dad in erster Linie ihn auf diesen Job vorbereitet hatte.

»Sie ist ein Jahrzehnt jünger als ihr Bruder. Vermutlich war sie damals einfach noch zu jung.« Und zu rein, genau wie heute. Sie glaubte an das Gute in den Menschen und versuchte, der Gesellschaft zu helfen, damit alle ein erfülltes Leben hatten. Das war kein Charakterzug, den ich mit Pablo Garcia in Verbindung brachte.

»Und die Sache mit ihrem Dad? Weiß sie das?« Santiago zog erneut an seiner Zigarette und ließ die Asche, die sich an der Spitze bildete, achtlos auf den Boden rieseln. Zum Glück hatte es erst geregnet. Ein Brand war das Letzte, was ich jetzt gebrauchen könnte, und es wäre nicht das erste Mal, dass er daran schuld gewesen wäre.

»Sie hat keine Anzeichen dafür gezeigt.« Das stimmte nicht ganz. In ihrem Haus hatte sie mich kurz irritiert angesehen, als glaubte sie, mich schon einmal gesehen zu haben. Aber seitdem hatte sie mich nicht wie einen Mörder behandelt. Ganz im Gegenteil eigentlich. Verdammt, sie kochte gerade in meiner Küche Essen für mich. Das sprach nicht für jemanden, der ahnte, dass ich ihren Daddy auf dem Gewissen hatte. Sie würde mich hassen, sobald sie es erfuhr. Und irgendwie fürchtete ich mich vor dem Moment, in dem sie anfing, mich mit anderen Augen zu sehen.

»Sie hat keine Angst vor dir?« Santiago inhalierte wieder Rauch und schnippte den Stummel seiner Zigarette dann ein Stück von sich weg, sodass er auf dem Boden landete und er ihn austreten konnte.

»Doch, aber wer hätte keine Angst vor seinem Entführer? Ich denke nicht, dass sie weiß, dass ich ihren Dad getötet habe.« Und wenn es nach mir ginge, musste sie es auch nicht erfahren. Niemals. Es würde reichen, wenn sie wusste, dass ich ihren Bruder tot sehen wollte. Vielleicht würde ich auch Steven auf meine Liste setzen. Nur, damit er keinen anderen Frauen mehr wehtun konnte.

»Das erklärt, warum sie noch nicht versucht hat, abzuhauen.« Santiago leckte sich über die Lippen, als wollte er sich auch noch die letzte Spur Nikotin einverleiben. Seine gelblichen Finger steckte er zeitgleich in seine Hosentaschen.

»Sie hat es auf der Herfahrt versucht, aber inzwischen habe ich ihr wohl genug Gründe genannt, wieso es klüger wäre, die Füße stillzuhalten.« Meine

Lippen zum Beispiel. Verflucht, ich hätte sie schon beim ersten Mal nicht küssen dürfen und nun hatte ich es innerhalb von vierundzwanzig Stunden gleich zweimal getan. Aber irgendetwas in meinem erkalteten, steinernen Herzen wünschte sich, dass Claire wirklich deshalb hierbleiben würde.

»Und was machen wir in der Zwischenzeit?« Santiago fuhr sich durch die braunen Haare, die in der Finsternis schwarz aussahen. Es musste mitten in der Nacht sein und bald würde die Sonne aufgehen. Das erklärte wenigstens, wieso mein ganzer Körper nach Schlaf oder Kaffee lechzte.

»Beobachtet Garcia weiter und melde dich, sobald er einen Fuß vor seine Türschwelle setzt. Ich werde versuchen, aus seiner Schwester etwas herauszukriegen. Er hat ihr zwar nicht gesagt, was damals passiert ist, aber vielleicht hat sie die Akten schon einmal gesehen, als sie bei ihm war.« Lüge! Es interessierte mich nicht, ob sie etwas wusste. Genau genommen wünschte ein Teil von mir sogar, dass sie keine Ahnung hatte. Ich wollte nur wieder in die warme Hütte zu ihr und meinen steifen Schwanz in ihre Pussy rammen, um den Druck in meinen Eiern loszuwerden, der sich aufgestaut hatte, seit ich Claire zum ersten Mal gesehen hatte.

»In seinem Haus sind sie nicht. Wir haben es durchsucht, als er bei der Arbeit war.« Santiago schnaubte und ein schlechtes Gewissen beschlich mich. Ja, ich hatte das angeordnet. Vier Mal, um genau zu sein. Und jedes Mal war Santiago ins Haus eingestiegen und hatte alle Unterlagen kopiert, die er hatte finden können. Doch es hatte keine Spur von den Akten dort gegeben.

»Irgendwo müssen sie sein. Sie können sich nicht in Luft aufgelöst haben, auch wenn das den Bullen bestimmt in die Karten spielen würde.« Und nicht nur den Bullen. Ich knurrte erbost. Viele würden sich freuen, wenn sie ungeschehen machen könnten, was damals passiert war. Aber das konnten sie nicht. Mom war tot und sie waren schuld. Fertig. Aus. Ende. Sie hatten einen Fehler gemacht und dafür würden sie bezahlen. Zumindest das würden sie nicht unter den Teppich kehren können.

»Was ist, wenn er kommt, um sie zu holen?« Santiago setzte sich in Bewegung und begann, vor mir auf- und abzugehen, um seinen Füßen etwas zu tun zu geben. Lange zu stehen, hielt er nicht aus, und das war etwas, das ich verstehen konnte. Manchmal kam auch ich mir wie in einem riesigen Käfig vor. Sicher, niemand fand uns und keiner setzte einen Fuß in unser Areal, aber gleichzeitig verließen wir es nur, wenn die Situation es erforderte.

»Das wird er, aber nicht heute und auch nicht morgen und wenn er sich zu lange Zeit lässt, wird sie nicht mehr gehen wollen.« Dafür würde ich sorgen. Ich brachte es vielleicht nichts übers Herz, sie zu töten, aber dann würde ich wenigstens dafür sorgen, dass sie tat, was immer ich wollte. Sie sollte mir gehören. Fuck! Wieder stellte ich Besitzansprüche. Als wäre sie eine Puppe, um die Pablo Garcia und ich uns stritten.

»Wieso denkst du das?« Santiago legte nachdenklich den Kopf schief und beschleunigte seine Schritte, wobei er sich nie weit von mir entfernte, bevor er wieder umdrehte.

»Ich beobachte sie schon sehr, sehr lange, Santiago, und weiß genau, was sie will.« Zu lange eigentlich und ganz bestimmt auch zu oft. Anfangs wollte ich nur ihre Routinen kennenlernen, um zu wissen, wo sie wann hinging und wie sich ihr Alltag gestaltete. Doch dann wollte ich herausfinden, was sie wusste, mit wem sie sich traf und welche Zukunftsvorstellungen sie hatte. Und dann führte eines zum anderen und ich beschattete sie Tag und Nacht, um sie besser kennenzulernen und sie zu verstehen. Ihre Handlungen, ihre Denkweise. Es war, als würde ich sie schon seit langer Zeit kennen, obwohl ich für sie ein Fremder war.

»Und du wirst es ihr geben?« Santiago lachte dreckig und erst jetzt fiel mir auf, wie zweideutig meine Worte gewesen waren. Ich verdrehte die Augen. So war es nicht gemeint gewesen. Na ja, vielleicht doch. Immerhin wusste ich über sie, dass sie seit Ewigkeiten keinen Sex mehr gehabt hatte.

»Das habe ich schon. Sie musste ihr ganzes Leben lang perfekt sein. Die Musterschülerin, die hilfsbereite Freundin und danach die tolle, angesehene Ärztin, obwohl sie mit Problemen zu kämpfen hat. Sobald sich der Schock und die Angst gelegt haben, wird sie es genießen, sie selbst sein zu können.« Immerhin war es das, was wir alle wollten, oder nicht? Wieder wir selbst sein und unsere alten Aufgaben erledigen. Die Dinge, in denen wir wirklich gut waren. War nicht das der Grund, warum ich Alvaro so sehr vermisste? Er kannte mich besser als alle anderen. Er hatte mich in meinen besten Zeiten jubeln und in den schlimmsten heulen sehen und dennoch hatte er nie den Respekt und die Liebe für mich verloren. Ich seufzte tief und wünschte mir, dass er hier wäre, in der Küche werkeln und eines seiner neuen Rezepte ausprobieren würde, aber das war nicht der Fall. Nicht, dass die Realität unbedingt schlechter war. Eben nur anders.

»Du klingst wie ein Therapeut. Es kann dir doch scheißegal sein.« Santiago blieb stehen, als die ersten Sonnenstrahlen sich durch das Dickicht der Bäume kämpften. Sie erinnerten mich daran, dass ich Claire versprochen hatte, in einer Viertelstunde wieder da zu sein. Wie viel Zeit war seitdem vergangen? Ich wusste es nicht. Ich wollte nur noch ins Bett.

»Ist es aber nicht. Ihr Dad und ihr Bruder haben nicht nur mein, sondern auch ihr Leben zerstört. Das schweißt zusammen.« Das klang nach einer guten Ausrede, oder? Doch Santiago sah mich an, als hätte ich ihm gesagt, dass ich noch nie mit einer Waffe geschossen hatte. Und fuck, er hatte recht. Es war lächerlich. Sie war eine Frau. Eine von vielen. Aber sie war so anders als alle anderen, die ich vor ihr kennengelernt hatte.

»Du magst sie?«, hinterfragte Santiago und setzte ein hämisches Grinsen auf, das ich ihm am liebsten aus dem Gesicht geschlagen hätte. Dabei lag er goldrichtig. Vielleicht wollte ich ihm gerade deswegen die Fresse polieren.

»Genug, um sie nicht zu töten.« Ich nickte langsam und sah auf die Ringe an meiner Hand hinunter. War es Dad ähnlich gegangen, als er Mom kennengelernt hatte? War er so besessen von ihr gewesen, dass er deshalb angefangen hatte durchzudrehen, als er sie verloren hatte? Ich hatte es nie nachvollziehen können, aber wenn die Anziehung zwischen den beiden noch stärker gewesen war als bei Claire und mir, konnte ich mir vorstellen, dass Dad eine Waffe genommen und sie jedem in den Hals gerammt hatte, um seine Frau zu rächen.

»Ich hoffe, du weißt, was du tust.« Santiago griff in seine Hosentasche und zog sein Handy hervor. Vermutlich um Creek, der gerade Garcia beschattete, nach einem Update zu fragen, doch ich wartete nicht ab, bis er gewählt hatte, sondern setzte mich in

Bewegung. Das Essen wartete auf mich. Und Claire ebenfalls.

»Ich auch.« Das tat ich wirklich, denn die Wahrheit war, dass ich schon jetzt mehr für Claire empfand als für jede Frau vor ihr. Bewunderung. Respekt. Zuneigung.

SECHS

REED

»Möchtest du noch etwas?« Claire stand bereits auf und griff sich meinen Teller, bevor ich die letzte Gabel in meinen Mund gestopft hatte. Und ja, stopfen war das richtige Wort. Sie wusste vielleicht nichts über ihre Familie, oder darüber, wie unser korrupter Staat funktionierte, aber kochen konnte sie. Das Gemüse schmeckte fantastisch und nach der vierten Portion Käse bekam ich leider keinen Bissen mehr hinunter, auch wenn ich am liebsten den ganzen Tag weiter gegessen hätte.

»Nein, aber es war köstlich. Wo hast du kochen gelernt?« Ich erhob mich ebenfalls von meinem Platz, griff nach dem benutzten Besteck und ging ihr zur Spüle nach, deren Anblick mich sofort an den Kuss denken ließ. Meine Lippen begannen zu kribbeln. Blut schoss in meinen Schwanz und er richtete sich in meiner Hose auf, sodass sie nach kürzester Zeit zu eng saß und unangenehm an meinem Glied rieb.

»Bei meiner Mom, bevor sie uns verlassen hat.« Claire lächelte mich an, als würde sie über das Wetter sprechen und nicht über die kaltherzige Frau, die lieber ihren eigenen Arsch gerettet hatte, statt sich weiterhin um ihre Kinder zu kümmern. Es würde mich nicht wundern, wenn sie Claire gezeigt hatte, wie man kocht, damit sie es selbst nicht mehr tun musste.

»Sie hat euch verlassen?«, fragte ich scheinheilig, obwohl ich die Antwort schon kannte. Jedes einzelne Detail der Geschichte war mir bekannt, um genau zu sein, und wenn es jemanden gab, den ich noch mehr hasste als Pablo, dann wohl diese Frau, die sich meiner Meinung nach keine Mom schimpfen durfte. Meine Madre hätte alles für Alvaro und mich gegeben – auch ihr Leben. Aber Claires Mom hatte ihre Kinder im Stich gelassen, um es besser zu haben, nachdem die Einnahmequelle – ihr Mann – versiegt gewesen war.

»Sie hat es nicht verkraftet, meinen Bruder und mich anzusehen. Angeblich haben wir sie zu sehr an Dad erinnert. Also ist sie abgehauen und hat uns zurückgelassen, um wieder zu heiraten. Sie hat noch ein Kind bekommen, aber ich habe meine Halbschwester nie kennengelernt.« Claire wandte den

Blick ab und öffnete den Geschirrspüler, um die Teller einzuräumen. Während sie sich bückte, streckte sie mir ihren Hintern entgegen, der perfekt geformt war. Ein Stechen ging durch meine Hand. Ich wollte ihr so gern auf den Arsch schlagen und danach sehen, wie sich ihre Haut unter dem Kleid rötete. Doch das musste warten. Dieses Gespräch war wichtig. Claire sollte lernen, dass sie mir vertrauen konnte, und das würde sie nicht, wenn ich sie ständig begrapschte.

»Würdest du gerne?« Ich warf das Besteck ebenfalls in den Geschirrspüler und schloss ihn wieder, ehe ich mich aufrichtete und Claire ansah, die dazu übergegangen war, das restliche Essen mit Frischhaltefolie zu verschließen und in den Kühlschrank zu stellen.

»Wieso? Brauchst du nicht nur eine Köchin, sondern auch eine Putzhilfe? Entführst du sie dann auch, um ein Familientreffen zu arrangieren?« Claire kicherte und schüttelte belustigt den Kopf, als hätte sie einen Witz gemacht. Vielleicht hatte sie das auch, aber ich war zu sehr von ihrem Lachen abgelenkt, um das wirklich zu registrieren. Ich hatte sie noch nie so lachen gehört. Nicht, dass Claire wenig Späße mit ihren Kolleginnen gemacht hätte, aber ihr Kichern hatte immer gezwungen gewirkt. Als hätte sie Angst, zu laut oder unbeherrscht zu lachen. Hier hatte sie diese Angst offensichtlich nicht. Na gut, sie dachte auch, dass sie hier sterben würde, also konnte es ihr egal sein, was ich am Ende des Tages von ihr hielt.

»Wenn du möchtest«, bot ich an und überlegte bereits, ob es das Risiko wert wäre, eine weitere Frau herzubringen, nur um Claire eine Freude zu machen. Andererseits war eine schon zu viel, nicht wahr? Ich runzelte die Stirn und rieb mir den Nacken. Ein dumpfes Stechen breitete sich in meinen Schläfen aus. Langsam bekam ich Kopfschmerzen von meinen eigenen Gedanken, die durch meinen Schädel rasten.

»Nein. Ich will gar nicht wissen, wie viel großartiger sie ist als mein Bruder und ich. Mom hat ihre Wahl getroffen und vielleicht war es das Beste so.« Claire zuckte mit den Schultern, aber der traurige Ausdruck in ihren Augen verriet, dass ihr das Thema doch nicht so gleichgültig war, wie sie vorgab. Es traf sie und das stachelte meine Wut gegen ihre Mom weiter an. Doch bevor ich mir ausmalen konnte, wie ich ihre Kehle aufschnitt und ihren Kopf Claire zum Geburtstag schenkte, begann Claire wieder zu sprechen. »Was ist mit deinen Eltern?«

Ich schluckte. Meine Muskeln spannten sich an. Fuck, das war ein schlechtes Thema. Sicher, wir hatten beide unsere Eltern verloren, wenn auch auf verschiedene Weise, aber da ihr Dad und ihr Bruder sowohl meine Madre als auch meinen Padre auf dem

Gewissen hatten, würde es wohl ein kurzes Gespräch werden und damit enden, dass sie weinend und schreiend in einer Ecke kauerte. Nein, darauf konnte ich verzichten. Außerdem wollte auch ich mich heute nicht mehr an Moms Leiche erinnern oder an den Brief vom Justizministerium, in dem uns mitgeteilt worden war, dass es einen verfickten Unfall gegeben hatte und Dad tot war. »Ich rede nicht über sie.«

Irritiert hob Claire die Augenbrauen und schloss den Kühlschrank. Ein undefinierbarer Ausdruck schlich sich über ihr Gesicht, doch so schnell, wie er gekommen war, verschwand er auch wieder und das Lächeln kehrte auf ihre Züge zurück. »Hast du Geschwister?«

»Ja, meinen Bruder Alvaro.« Ich erwiderte ihr Grinsen und nahm ihr den Schwamm ab, den sie aus der Spüle genommen hatte, um für sie den Herd abzuwischen, auf dem ein paar Spritzer der Gemüsesauce klebten, die sie zum Käse gemacht hatte. Danach schmiss ich den Schwamm wieder an seinen Platz und lehnte mich gegen die Arbeitsplatte.

»Wo ist er?« Claire stellte sich mir gegenüber und legte den Kopf in den Nacken, damit sie mich besser mustern konnte. Das hatte den Vorteil, dass auch ich sie betrachten konnte. Von dem blonden Haaransatz bis zu den grauen Augen, die mir stürmisch entgegensahen. Sie kräuselte leicht die Stupsnase, auf der ihre Brille saß, und eine Strähne fiel ihr über die geröteten Wangen. Gepaart mit dem schiefen Grinsen war sie so schön, dass ich sie am liebsten ablichten wollte, aber leider musste ich ihre gute Laune zerstören.

»Auch darüber rede ich nicht.« Wie auch? Ihr beschissener Bruder hatte Alvaro in den Knast gebracht, und sobald ich ihr sagte, dass er im Gefängnis war, würde sie wissen wollen weswegen. Und darauf hatte ich einfach keine Antwort. Aber zum Glück brauchte ich die auch nicht, denn statt sich davon runterziehen zu lassen, lachte Claire laut auf.

»Du bist ein großartiger Gesprächspartner.« Sie schüttelte den Kopf und leckte sich über die Lippen, während sie die Augen verdrehte. Einen Schritt kam sie auf mich zu und legte eine Hand auf meine Brust. Sie war so klein, dass ich sie durch den Stoff meines Hemdes kaum spürte, aber das musste ich auch nicht. Ich wusste, dass sie da war und das reichte, damit mein Schwanz sich zur vollen Größe aufrichtete. »Wirst du dich überhaupt über irgendwas mit mir unterhalten?«

»Nein«, hauchte ich und legte eine Hand über ihre, damit sie ihre Finger nicht wegziehen konnte. Mein Herzschlag beschleunigte sich. Es pochte in meinen Lenden. Meine Eier wurden schwer und zogen sich mit jedem Wimpernschlag von Claire rhythmisch zusammen. Ihr Geruch nach Blüten umfing mich, weil sie so nah war, und der Ausdruck in ihren Augen ließ mich schlucken. War das Hunger? Dabei hatten wir gerade erst gegessen. »Wir sollten ins Bett gehen. Die Sonne ist schon aufgegangen.« *Und wenn wir es nicht tun, lege ich dich über die Küchenplatte und ficke dich von hinten wie eine läufige Hündin.* Ich sagte es nicht, aber die Muskelpartie an meinem Kiefer verspannte sich und Erregung durchflutete meinen Körper, weil es genau das war, was ich machen wollte.

»Gemeinsam?« Claires Pupillen weiteten sich und nun schienen sie sich doch mit Panik zu füllen, als würde ihr klar werden, was sie hier tat. Geschockt sah sie zwischen meinem Gesicht und unseren verschlungenen Händen hin und her, bis ich meine Finger von ihren löste und sie ihre Hand wegziehen konnte.

»Wunschdenken?«, fragte ich und lachte, weil sie die Arme vor der Brust verschränkte, als müsste sie sich selbst dazu bringen, ihre Finger von mir zu lassen. Vielleicht war es auch so. Mir fiel es auf jeden Fall schwer, sie nicht zu packen und an mich zu ziehen.

»Nein, eher Angst.« Claire sah weg und ihre Augen füllten sich mit Tränen. Vielleicht, weil es nur die halbe Wahrheit war. Sie hatte keine Panik davor, dass ich sie gegen ihren Willen ficken würde. Gut, eventuell ein bisschen. Aber viel größer war die

Angst, dass es ihr gefallen würde und dann müsste sie sich damit auseinandersetzen, dass sie nicht immer das perfekte Engelchen sein wollte, für das alle sie hielten. Aber das musste sie mit sich selbst klären.

»Ich bin nicht Steven und habe es nicht nötig, Frauen anzufassen, wenn sie es nicht wollen. Sei also sicher, dass ich dich nur anrühren werde, wenn du darum bettelst.« Meine Stimme wurde tiefer, rauer bei der Vorstellung, wie Claire vor mir auf dem Boden kniete und mit verschleierten Augen zu mir aufsah, während sie lautstark nach meinem Schwanz flehte. Fuck, wieder zogen sich meine Eier zusammen und mein Glied zuckte. Ich musste dringend raus aus dieser beschissenen Hose.

»Dazu wird es niemals kommen.« Claire hob stolz und kämpferisch zugleich das Kinn und sah mir nachdrücklich in die Augen. Ihre Haltung wirkte selbstbewusst, als wäre sie wirklich davon überzeugt. Aber ich wusste es besser. Ihre Arme waren verschränkt, aber ihre Finger zitterten.

»Sagst du das, um mich zu überzeugen, oder dich selbst?« Mein Grinsen wurde breiter, als sich ihre Augen ertappt weiteten und sie instinktiv den Rückzug antrat. Zwei Schritte ging sie zurück, ehe sie die Unterlippe trotzig vorschob und die Hände in die Hüften stemmte.

»Du bist ein arrogantes Arschloch«, rief sie und

schlug sich gleich darauf die rechte Hand vor den Mund, als könnte sie so verhindern, dass die Worte über ihre Lippen kamen. Aber es war zu spät. Ich hatte es gehört und es amüsierte mich köstlich. Natürlich war ich ein Arschloch. Was hatte sie denn gedacht? Dass ich der nette Nachbar von nebenan war? Ich hatte sie entführt, verdammt noch mal.

»Nein, ich bin ehrlich und ich sage, was ich denke. Ich weiß, das hat in deiner Welt aus Schein und Lügen keinen Platz.« Ich lachte lauter und nickte ihr anerkennend zu. Ich hätte nie erwartet, dass sie überhaupt wusste, wie man richtig schimpfte. Sicher, Arschloch war noch ausbaufähig, aber vielleicht würde sie in der Dunkelheit meiner Welt doch nicht untergehen, wenn sie lernte, sich anzupassen. Den ersten Schritt in die richtige Richtung hatte sie auf jeden Fall schon gemacht. »Nimm du das Bett im linken Zimmer«, ordnete ich an, als ich endlich aufhören konnte zu lachen und zeigte auf eine der geschlossenen Zimmertüren, die genau gegenüber von meiner lag.

»Danke«, murmelte Claire und flüchtete schon beinahe vor mir, um ins Bett zu gehen. Noch lange stand ich in der Küche und sah auf die Tür, hinter der Claire verschwunden war, bis auch ich in mein Zimmer ging. Ja, die nächsten Tage würden auf jeden Fall spannend werden.

SIEBEN

CLAIRE

Fünfzehn Jahre zuvor

»Hilfst du deiner Mom in der Küche, Liebes?« Dad drückte auf die Fernbedienung und das Bild auf dem Flatscreen änderte sich. Doch noch war das Footballspiel nicht zu sehen und Werbung geisterte über den Bildschirm, sodass er gleich wieder zurückschaltete zu dem Programm, das ich eigentlich sehen wollte. Aber das hatte Pablo und Dad nicht interessiert und ich war die Diskussionen leid gewesen, weshalb ich mich damit begnügte, auf der Couch neben ihnen zu sitzen und mein Buch zu lesen.

»Wieso kann Pablo das nicht machen? Auch Männer können in der Küche helfen.« Ich sah von meinem Buch auf und ließ meinen Finger an der Stelle, an der ich unterbrochen worden war. Dabei

war es gerade jetzt spannend geworden, weil die Hexe es endlich geschafft hatte, ihre Kräfte einzusetzen. Ich wollte unbedingt noch das Kapitel beenden, bevor wir zum Essen mussten, immerhin hätte ich danach kaum noch Zeit zu lesen. Aber meinen Bruder schien das nicht zu interessieren, denn als Dad diesmal den Sender wechselte, erschienen die Footballspieler.

»Sei nicht so zickig, Claire!« Pablo kuschelte sich tiefer in das Meer aus Kissen, in dem er lag und griff in die Chipstüte neben ihm. Sie gab ein Rascheln von sich, während Pablo mit der Hand darin wühlte. Er machte einfach weiter, als hätte ich gar nichts gesagt. Als wäre es meine Aufgabe, den Tisch zu decken, aber ich hatte es schon für das Frühstück und beim Mittagessen gemacht, also sollte er seinen Hintern von der Couch bewegen und Mom helfen.

»Ich bin keine Zicke, aber du bist ein Faulpelz!«, rief ich, griff nach dem Kissen, an das ich eigentlich meinen Rücken gelehnt hatte und warf es in seine Richtung. Leider traf ich nicht ihn, sondern die Chipstüte, die umfiel und sich über den Boden ergoss, sodass überall Krümel lagen.

»Claire!« Dad sah in meine Richtung und setzte einen wütenden Blick auf. Er zog die Augenbrauen zusammen und biss die Zähne zusammen. Sein Gesicht lief rot an. Ups! Das hatte ich nicht gewollt. An-

dererseits würden nun Pablo und ich beide arbeiten müssen, also hatte es sich doch irgendwie gelohnt.

»Ich geh ja schon«, murrte ich, stand auf und unterdrückte ein Grinsen, während Pablo sich ebenfalls erhob und begann, die Chipskrümel aufzuheben. »Soll ich dir etwas zu trinken mitbringen, wenn ich wieder aus der Küche …«, begann ich und wollte damit Dad milde stimmen, weil ich wusste, dass er sauer auf mich war. Doch weiter kam ich gar nicht, weil ein Knall erklang. Laut und ohrenbetäubend. Er übertönte meine Stimme und ließ mich zusammenzucken. Geschockt riss ich die Augen auf und sah mich nach allen Seiten um, aber nichts war zu sehen.

»Fuck! Was war das?«, brüllte Pablo und ließ die Chipstüte fallen, sodass die Krümel wieder aus der Verpackung auf den Boden fielen. Wieder knallte es. Instinktiv presste ich meine Augen zusammen in der Hoffnung, die Geräusche würden einfach verstummen, wenn ich so tat, als wären sie nicht da. Aber das war lächerlich. Gepolter ertönte. Irgendwer kam die Treppe aus dem Obergeschoss des Hauses hinunter. War jemand durch die Fenster oben eingebrochen? Am helllichten Tag?

»Claire! Geh zu deiner Mom! Jetzt!«, befahl Dad und normalerweise wäre ich bei diesem Ton sofort aufgesprungen und hätte getan, was er von mir verlangte, aber nicht dieses Mal. Meine Beine ließen es nicht zu. Erstarrt stand ich da und konnte mich nicht

rühren. Ich blinzelte. Einmal. Zweimal. Aber es passierte nichts, außer dass meine Knie zitterten und ein schmerzhafter Stich durch meinen Magen fuhr. Mir wurde schlecht. Pablo, der mich mit bleichem Gesicht ansah, schien es genauso zu sehen.

»Aber was …«, fragte ich, kam jedoch nicht dazu, meinen Satz zu beenden, weil ein Klirren wie das Splittern von Glas erklang. Wieder und wieder und wieder. Und dann wurde es mir klar. Die Bilder, die am Treppenaufgang hingen. Irgendwer zerstörte sie. Aber wieso?

»Claire! Lauf! Pablo, pass auf deine Schwester auf!« Dad sprang von der Couch, lief zum Schrank neben dem Fernseher und zog eine Waffe hervor, von der ich nicht einmal gewusst hatte, dass sie dort untergebracht gewesen war. Hatten wir im ganzen Haus Pistolen versteckt? Keine Ahnung und ich hatte nicht die Zeit, jetzt danach zu suchen. Stattdessen nahm ich den nächsten Gegenstand, den ich finden konnte, um mich zu verteidigen. Mein Buch. Schützend drückte ich es vor meine Brust.

»Nein, Dad, du …«, brüllte Pablo und wollte Dad davon abhalten, das Wohnzimmer zu verlassen. Er packte ihn am Arm und zog ihn von der Tür weg, sodass niemand verletzt wurde, als zwei bewaffnete, in Schwarz gekleidete Männer die Tür mit dem Fuß auftraten und schossen. Es knallte. Schüsse wurden abgefeuert. Keine Ahnung, wie viele. Ich hörte sie

kaum. Alle Geräusche vermengten sich zu einem wahnsinnigen Lärm, der in meinen Ohren schmerzte. Meine Beine brachen unter mir weg. Ich krachte mit den Knien voran auf den Boden, aber spürte es kaum. Mein Körper war wie taub. Als würde er nicht mehr mir gehören. Als hätte jemand anderes die Kontrolle über mich. Heiße Tränen liefen mir über die Wangen.

»Dad!«, wisperte ich und plötzlich spürte ich einen stechend scharfen Schmerz in meinem Arm. Nur kurz. Für den Bruchteil einer Sekunde. Meine Augen wanderten zu meinem Arm. Ich blutete. War ich getroffen worden? Aber wo war dann das Loch in meinem Fleisch? Verwirrung machte sich in meinem Kopf breit. Chaos herrschte überall. Um mich herum und in mir. Ich konnte es nicht sortieren oder zur Seite schieben. Es war einfach da und wollte nicht weggehen.

»Schieß noch einmal!«, ordnete einer der Männer an, als sein Komplize die Schüsse einstellte. Beide waren bepackt mit Muskeln und Waffen. Sie sahen sich ähnlich, als würden sie zusammengehören. Das sollte mir etwas sagen. Aber ich wusste nicht was. Mein Gehirn hatte den Dienst eingestellt und ließ meiner Panik freien Lauf. Die Finger meiner linken Hand klammerten sich an meinen verletzten Arm. Sie hielten die Wunde zu. Zeitgleich versuchte ich, mich zu verstecken, aber ich wusste

nicht wo. Ich war zu weit von der Couch entfernt und ansonsten war nichts im Wohnzimmer. Was wollten diese Männer überhaupt hier? Wieso taten sie das?

»Halt! Das Mädchen«, schrie der Kleinere der beiden Einbrecher und warf mir einen Blick zu, der mich schaudern ließ. Panisch drückte ich mich weiter gegen die Wand und betete, er würde nicht noch einmal schießen. »Alles in Ordnung?«, fragte er ruhig und ließ die Waffe sinken, während er einen Schritt auf mich zu machte. Auch sein Komplize – Nein, Moment, sie mussten zur selben Familie gehören, wenn sie sich ähnlich sahen, also waren sie ... Ich biss die Zähne zusammen. Mein Kopf tat so weh. Brüder. Richtig, sie waren Brüder. Auch der andere Bruder ließ nun die Waffe sinken.

»Ich ... ich ...« Ein Wimmern kam über meine Lippen und ich schüttelte panisch den Kopf, weil der Kleinere der beiden – der aber immer noch einen halben Meter größer sein musste als ich – immer näher auf mich zukam, bis er vor mir auf die Knie ging.

»Es ist nur ein Streifschuss. Ich weiß, es tut weh, aber das geht wieder weg und dann bleibt vielleicht nicht mal eine Narbe.« Er lächelte mich beruhigend an und nickte mir tröstend zu, während er meine Finger sanft von meinem Arm löste und sich die Verletzung genauer ansah. Seine Hände waren ange-

nehm warm und bildeten einen starken Kontrast zu der Kälte, die mich gefangen hielt.

»Ich … Danke«, hauchte ich, weil ich nicht wusste, was ich sonst sagen sollte. Und ich vertraute meiner Stimme auch nicht genug, um mehr zu sagen. Schon jetzt klang sie dünn und viel leise. Meine Augen brannten. Tränen kitzelten auf meiner Wange. Der Schütze hob die Hand und wischte sie mir behutsam aus dem Gesicht.

»Scheiße, was soll das werden?«, zischte sein Bruder und kam ebenfalls auf mich zu, wodurch sich mein Zittern wieder verstärkte. Mir war bisher gar nicht aufgefallen, dass es weniger geworden war. Ich schniefte und griff nach dem Buch, das mir aus der Hand gefallen war, als ich nach meiner Wunde getastet hatte. Auf dem Einband war ein Tropfen Blut zu sehen, der genau auf der Wange der Hexe lag, die auf dem Cover abgebildet war.

»Sie ist ein Kind«, rechtfertigte sich der Mann mit den dunkelblauen Augen und zwinkerte mir zu, als würde er mir das Gefühl vermitteln wollen, dass alles in Ordnung war. Aber das war es nicht, sonst wäre er gar nicht hier. Doch ich sollte froh sein, immerhin hätte er mich auch erschießen können. Ich schluchzte und strich das Blut vom Einband. Dabei verwischte ich es jedoch nur, sodass sich ein roter Streifen bildete.

»Na und?« Der größere Bruder verdrehte die Au-

gen, hielt erneut die Pistole vor sich und schoss. Zum Glück nicht in meine Richtung. Schreie ertönte. Ich wusste nicht von wem und ich konnte auch nicht nachsehen, weil der andere Bruder vor mir kniete und mir die Sicht versperrte. Er riss ein Stück seines T-Shirts ab und wickelte es um meine Verletzung. So gewissenhaft, dass ich glaubte, er machte es nicht zum ersten Mal. Ich zumindest hatte keine Ahnung, wie man eine Verletzung behandelte. Aber das würde ich ändern. Nie wieder wollte ich in so einer Situation sein und nicht wissen, was zu tun war.

»Sie hat Angst«, beschwerte sich der nettere Bruder beim anderen, erhob sich vom Boden und griff nach dem Schaft der Waffe, die der andere immer noch abfeuerte. Er nahm sie ihm aus der Hand und deutete mit dem Kopf in meine Richtung. Ein gequälter Ausdruck schlich sich auf die Gesichter der beiden.

»Das Wort sollte dir fremd sein«, murrte der Größere, doch er seufzte und gab schlussendlich nach. Seine Schultern sackten hinab und er schnappte sich seine Waffe wieder. Aber diesmal steckte er sie ein, statt erneut in der Gegend herumzuschießen.

»Ist es, aber ihr offensichtlich nicht.« Der Schütze mit dem zerrissenen Shirt betrachtete mich und sein Blick fiel auf das Buch in meinen bebenden Händen. Er griff danach und wischte mit dem Rest seines Saums das Blut beiseite, bevor er es mir zurückgab.

Zwar war es immer noch zu sehen, doch zumindest war das ursprüngliche Cover wieder sichtbar.

»Ihr Alter hatte genug Kohle. Sie kann ja in Therapie gehen.« Sein Bruder lachte, hob eine Waffe auf, die in der Mitte des Wohnzimmers auf dem Boden lag und aussah wie Dads Pistole. »Er ist tot. Lass uns verschwinden.« Mit diesen Worten setzten sie sich in Bewegung und gingen, ohne sich zu verabschieden.

»Wartet! Wohin wollt ihr?«, schrie ich ihnen hinterher, als sie wieder die Stufen hinauf polterten und genauso schnell verschwanden, wie sie gekommen waren. Das Letzte, was ich von ihnen sah, waren die dunkelblauen Augen des Mannes, der meine Wunde verbunden hatte. Doch lange konnte ich nicht darüber nachdenken, wer sie waren und was sie hier gewollt hatten, denn langsam sickerte die Erkenntnis in meinen Kopf, dass sie dafür verantwortlich waren, dass es nach Rauch, verbrannter Kohle und Eisen stank.

»Claire? Ist alles in Ordnung?«, hörte ich Pablo rufen, der hinter der Couch hervorkam. Ich hatte keine Ahnung, wie lange er sich schon dahinter versteckt hatte, doch anscheinend hatte er Glück gehabt, denn er war unverletzt, anders als …

»Bei mir schon, aber …« Ich wandte meinen Blick auf die Pfütze aus Blut, die sich unter Dads Kopf bildete. Pablo tat es mir gleich, doch während ich bei dem Anblick erstarrte, rannte er zu Dad und ließ sich

in das Blut fallen. Er zog Dad näher an sich und strich ihm die Haare aus dem Gesicht. Mein Körper begann zu kribbeln. Langsam spürte ich ihn wieder, doch ich wusste nicht, ob das eine gute Sache war. Gerade wusste ich gar nichts, außer eine Sache: Die letzten zwei Minuten hatten mein ganzes Leben erschüttert. »Dad? Daddy?« Meine Stimme brach, als ich auf Dads Körper hinabsah. Sein Kopf lag auf Pablos Schoß. Zumindest das, was noch davon übrig war. Ein Teil seiner Stirn fehlte und aus dem Loch floss eine blutige Flüssigkeit, die stellenweise bläulich und trüb war. Fleischige Masse war zu sehen. Dads Augen waren offen, aber er schien uns nicht wahrzunehmen. »Dad atmet nicht. Pablo, er …« Er war tot. Das war der richtige Ausdruck dafür, das wusste ich. Er war erschossen worden. Ermordet. Richtige, präzise Begriffe mussten dafür verwendet werden, sonst konnte die Familie nicht damit abschließen. Das hatte Dad mir immer und immer wieder gesagt, während er mit mir auf dem Schießstand gewesen war und mich zum ersten Mal eine Waffe hatte halten lassen. Er hatte mir erklärt, wie wichtig der richtige Umgang mit ihnen war und wie tödlich sie in den falschen Händen sein konnten. Er hatte recht behalten. Jetzt wusste ich das. Ich wünschte, er hätte sich geirrt.

»Mom! Wir brauchen Hilfe! Mom!« Pablo schrie panisch und sah hinüber zur Küchentür, aber sie ging

nicht auf. Niemand kam, um uns zu helfen. Sie blieb einfach geschlossen. »Claire! Hol Mom aus der Küche«, befahl Pablo mir, doch es dauerte viel länger als gewöhnlich, bis ich begriff, was er von mir wollte. Ich wusste nicht, ob es am Schock lag oder an den Schmerzen, die sich langsam in meinem Arm ausbreiteten, aber ich nahm alles nur wie durch Nebel wahr. Alles war weit weg und verschleiert. Für mich nicht greifbar. Doch irgendwann schaffte ich es doch, mich zu bewegen. Jeder Schritt fiel mir schwer. Ich wollte nicht weggehen. Nicht allein sein. Hier war Pablo und ich wusste nicht, was mich in der Küche erwarten würde.

»Aber was, wenn sie auch …« Wenn sie auch tot war. Ich sprach es nicht aus, aber wir beide wussten, wovon ich redete. Dad konnte das unmöglich überleben. Schon jetzt war er mehr tot als lebendig.

»Ist sie nicht. Sie waren nur zu zweit und Dad braucht dringend Hilfe.« Pablos Schreie waren noch lauter, als der Knall der Waffe es gewesen war, aber beides machte mir gleichviel Angst. Dabei hatte er unrecht. Nein, Dad brauchte keine Hilfe. Jetzt nicht mehr. Und wenn wäre Mom keine gewesen. Als ich in die Küche kam, hockte sie unter dem Tisch – die Hände vors Gesicht gepresst und vor sich hin schluchzend, während sie sich an das Tischbein drängte. Tränen flossen zwischen ihren Fingern hervor. Sie war ein Wrack und wurde nach diesem Tag

nie wieder die Alte. Und sie war nicht die Einzige. Wir alle hatten uns verändert. Nichts war wieder in Ordnung gekommen und der Mann mit den wunderschönen Augen hatte sich geirrt: Es war eine Narbe geblieben. Vielleicht nicht an meinem Arm, aber in meinem Herzen.

Gegenwart

»Guten Morgen, Dornröschen!«

Ein lautes Krachen riss mich aus dem Albtraum, der meine Erinnerungen bildete. Ich fuhr im Bett hoch. Schweißnass klebte mir das Laken am Rücken und meine Haare fielen mir in großen Wellen über die Schultern. Mein Atem ging hektisch. Wie in meinem Traum klopfte mein Herz gegen die Rippen, als würde es die Knochen brechen wollen. Panisch sah ich mich in der dämmrigen Dunkelheit des Raumes um. Durch die Jalousien drangen nur vereinzelt Sonnenstrahlen, die zeigten, dass der Tag schon lange gestartet hatte. Dennoch war ich immer noch hundemüde. Wie lange hatte ich geschlafen? Eine Stunde? Oder zwei? Viel zu wenig auf jeden Fall.

»Was? Wo? Reed?«, fragte ich desorientiert, weil

meine Brille irgendwo auf dem kleinen Nachttisch neben dem Bett lag und meine Sicht verschwommen war. Trotzdem erahnte ich in dem Gemisch aus Farben die dunkelblauen Augen und griff nach meiner Brille, um sie aufzusetzen. Sofort wurde alles kristallklar und ich konnte in Reeds wütendes Gesicht sehen. Ich schluckte. Verdammt, was war passiert? Beim Zubettgehen hatte ich eigentlich das Gefühl, dass wir uns gut verstehen würden. So gut man sich eben mit seinem Entführer verstehen konnte. Aber nun sah es aus, als würde er mich gleich hier aufschlitzen, in das Laken einwickeln und in die nächste Tonne werfen. Trotzdem empfand ich keine Angst. Sonderbar, oder nicht? Ich sollte Panik haben, mich wehren und weglaufen, aber Reeds Anwesenheit hatte etwas Beruhigendes auf mich, auch wenn ich nicht wusste, weshalb.

»Dein Geschreie geht mir auf die Nerven. Muss ich dir den Mund stopfen, um schlafen zu können?«, fragte Reed und beugte sich noch weiter über mich, sodass sein Körper genau über meinem schwebte. Dass auch er aussah, als wäre er gerade aus dem Bett gefallen, machte es nicht besser. Seine Haare waren zerwühlt und fielen ihm ins Gesicht und er trug kein Shirt. Dennoch war er sozusagen nicht nackt, weil sein ganzer Oberkörper mit Tätowierungen übersäht war. Das Eindrucksvollste war jedoch der Schriftzug, der auf seiner Brust prangte. *A cada cerdo le llega su San Martín.* Ich kannte den Spruch. Pablo hatte ihn immer wieder erwähnt und sich über die Doppeldeutigkeit der Worte aufgeregt. Es bedeutete entweder *Jedes Schwein wird einmal geschlachtet* oder *Jeder Missetäter bekommt seine Strafe.* In Reeds Fall wollte ich gar nicht wissen, wie er es übersetzen würde.

»Alter, was soll die Scheiße? Bei dem Krach kann kein Mensch schlafen«, beschwerte sich eine weitere Stimme und plötzlich wurde der Gang mit Licht geflutet, bevor ein Typ im Türrahmen zum Zimmer erschien. Wie Reed trug er nur Boxershorts und war ebenfalls tätowiert, auch wenn seine Motive weniger schön waren als die von Reed.

»Verzieh dich zurück in dein Bett, Santiago!«, befahl Reed, würdigte den Neuankömmling jedoch keines Blickes. Doch ich schon, denn ich erkannte ihn sofort wieder. Das war der Fahrer des Wagens gewesen. Er hatte uns hergebracht und er kannte den Weg nach draußen. Eine Information, die ich mir merken würde.

»Störe ich gerade?« Auf Santiagos Lippen bildete sich ein dreckiges Grinsen und ich griff automatisch zur Decke, um sie näher an mein Kinn zu ziehen. Verflucht! Ich hätte doch den Pullover anlassen sollen. Doch er hatte nach kaltem Angstschweiß gestunken und mein Kleid war zu unbequem, um es anzulassen. Nackt zu schlafen war mir als gute Lösung erschienen. Jetzt wusste ich es definitiv besser. Hatte ich die Tür nicht sogar abgeschlossen? Selbst wenn, hatte Reed bestimmt einen Schlüssel für alle Schlösser in dieser Hütte.

»Hast du mich nicht gehört?« Reeds Stimme nahm eine drohende Färbung an, doch seine Augen lagen weiterhin auf mir, als würde er etwas suchen, aber nicht finden. Ich wollte gar nicht wissen, wie ich aussah. Meine Haare mussten in alle Richtungen abstehen und ich spürte das Brennen, das meine aufkommenden Tränen ankündigte. Schnell blinzelte ich, weil ich nicht vor ihnen weinen wollte. Wieso auch? Es waren Erinnerungen und die konnte man nicht ändern, also sollte ich wegen ihnen keine Tränen vergießen. Das war nur leichter gesagt als getan.

»Wieso soll ich gehen? Sie sieht aus, als könnte sie doppelten Spaß vertragen.« Santiago lachte und trat ins Zimmer, bis er vor dem Bett stand. Er leckte sich begierig über die Lippen und Verlangen loderte in seinen Augen auf. Ich erzitterte und versuchte, den Ekel hinunterzuschlucken, der sich in mir ausbreitete. Ein fahler Geschmack bildete sich auf meiner Zunge, als wäre in meinem Mund etwas gestorben.

»Alles gut, Kätzchen?« Reed fuhr mit dem Daumen meine rechte Wange entlang. Zärtlich und behutsam und dann merkte ich erst, dass sich doch eine Träne aus meinem Augenwinkel gelöst haben musste. Mitleid war in seinem Gesicht zu lesen und seine Züge verhärteten sich beim Anblick meiner Tränen.

»Ja, ich hatte nur …« Was? Einen Traum? Das stimmte nicht ganz, aber ich wusste nicht, wie ich es beschreiben sollte. Also bemühte ich mich erst gar nicht und schüttelte den Kopf. »Mir geht es gut. Wirklich. Es tut mir leid, wenn ich euch geweckt habe«, versicherte ich und schlang unter der Decke die Arme um meinen nackten Körper in der Hoffnung, dass ich dann nicht mehr zittern würde wie Espenlaub.

»Kein Problem, gerne wieder, wenn ich dafür die Aussicht genießen darf.« Santiagos Lachen hallte in meinen Ohren wider und seine Worte sorgten dafür, dass ich mich schmutzig fühlte und mir die Haut abziehen wollte. Dabei hatte er mich noch nicht einmal angefasst. Und das würde er auch nicht, wenn es nach mir ging. Hilfesuchend sah ich zu Reed, aber er hatte bereits den Blick abgewandt und sah Santiago an. Seine Augen waren zu Schlitzen verengt.

»Muss ich meine Waffe holen?« Seine Stimme dröhnte drohend durch den Raum und Santiago entfernte sich sofort vom Bett. Erleichterung durchflutete mich und mein Körper entspannte sich langsam wieder. Mein Herz klopfte regelmäßig in meiner

Brust. Die Bruchstücke meiner Erinnerungen lösten sich in Luft auf und die Bilder verflüchtigten sich.

»Ich geh ja schon.« Santiago hob abwehrend die Hände und trat den Rückzug an. »War nett dich kennenzulernen«, murmelte er, nickte Reed zum Abschied zu und verzog sich wieder in das Loch, aus dem er gekrochen war. Manieren hatte er schon einmal keine, weshalb ich darauf verzichten konnte, ihn wiederzusehen.

»Wer ist das?«, wollte ich wissen und wartete, bis das Licht auf dem Gang wieder von Santiago ausgeschaltet wurde, um sicherzugehen, dass er wirklich nicht wiederkam, bevor ich mich ein wenig aufsetzte. Die Decke verrutschte und legte meine Schultern frei, sodass ich die Kälte des Raumes auf meiner nackten Haut spüren konnte. Eine Gänsehaut bildete sich auf meinem Körper.

»Santiago. Er ist ein Freund.« Reed griff nach dem Zipfel der Decke und schob sie wieder über meine Schultern, als könnte er es nicht ertragen, auch nur einen Zentimeter von meiner freiliegenden Haut zu sehen. Dabei war er derjenige, der sich dringend etwas anziehen sollte. Seine definierten Muskeln verschmolzen auf seiner Haut mit seinen Tätowierungen und sorgten dafür, dass mir der Mund aufklappte. Er sah aus wie eine Statue. Hart und unnachgiebig. Und viel zu perfekt, um echt zu sein.

»Bedrohst du all deine Freunde damit, sie zu erschießen?« Ich zwang mich, von seinem Oberkörper hinauf in sein Gesicht zu sehen. Ich dachte, das würde gegen das Pochen helfen, das sich langsam in meiner Mitte breit machte. Aber das war nicht der Fall. Stattdessen sandten sein schiefes Grinsen und seine funkelnden Augen einen erneuten Schwall Erregung durch meinen Körper.

»Ich habe keine anderen Freunde außer ihm.« Reed richtete sich wieder auf und nahm Abstand von mir, indem er vom Bett zurücktrat, dennoch kroch mir weiterhin sein Geruch in die Nase. Er war hier einfach überall. Im Kissen, dem Bettlaken und der Matratze. Ich konnte ihm nicht entkommen und jedes Mal, wenn ich die Luft einsog, wurde es schlimmer.

»Das klingt einsam.« Und traurig. Mitleid stieg in mir auf. Es war besser als Erregung, aber sorgte nicht weniger dafür, dass ich Reed berühren und wissen wollte, wie sich diese harten Muskeln unter meinen Fingern anfühlen würden.

»Stimmt, es ist auch viel besser, viele falsche Freunde zu haben. Helena ist vermutlich noch nicht einmal aufgefallen, dass du weg bist, und wenn dann nur, weil sie dich angiften wollte, wieso du das Date mit Steven vermasselt hast.« Reed ahmte am Ende sogar Helenas Stimme nach und hob tadelnd den Zeigefinger, wie sie es immer tat, wenn ich ihrer

Meinung nach etwas machte, was ich nicht tun sollte. Dann schnaubte er und verdrehte die Augen, sodass ich ein Lachen unterdrücken musste. Nicht unbedingt, weil es lustig war, immerhin beleidigte er gerade meine Freundin, aber es kam so unerwartet und er traf ihren Ton so perfekt, dass ich nicht anders konnte, als zu kichern. Wenigstens schaffte ich es, den amüsierten Laut hinter einem Husten zu kaschieren.

»Das ist nicht wahr«, widersprach ich vehement und erhob gespielt wütend die Stimme, doch in meinem Inneren blieb der Ärger über seine Äußerung aus. Hatte er vielleicht recht? Hätte Helena am Ende mir die Schuld gegeben, selbst wenn Steven mich vergewaltigt hätte? Sie war auf jeden Fall begeistert von Steven gewesen und hätte sich selbst mit ihm treffen wollen. Das konnten sie ja jetzt nachholen. Ich wünschte ihr nur, dass sie wusste, worauf sie sich bei ihm einließ.

»Ach, nicht?« Reed legte einen arroganten Gesichtsausdruck auf und verschränkte die Arme vor der Brust, sodass ich den Schriftzug nicht mehr zur Gänze erkennen konnte. »Siehst du, dachte ich es mir doch.« Reed nickte mir zu und entfernte sich noch weiter, bis er bei der Tür ankam, wo er sich noch einmal zu mir umdrehte. Er öffnete den Mund, schloss ihn jedoch wieder. »Schlaf weiter!«, befahl er und wandte sich um, sodass er den Raum verlassen konnte. Und ich würde allein zurückbleiben. Ich wusste nicht warum, aber diese Erkenntnis machte mir Angst.

»Warte!«, rief ich ihm nach und war froh, dass er stehen blieb und mich wieder ansah. Seine Augen richteten sich dabei auf meine Schulter, die schon wieder nackt war, weil die Decke durch meine Bewegungen erneut verrutscht war. »Du sagtest, ich kann von hier nicht weg, aber es kann auch niemand hier rein, oder?«

»Dein Bruder hat diesen Ort noch nie gefunden, also wird er das auch jetzt nicht.« Reeds Ton wurde scharf. Schneidend. Als wäre allein die Frage eine Beleidigung, aber ich musste es wissen, sonst würde ich die nächste Zeit kein Auge zumachen. Auch Dad hatte gedacht, unser Haus wäre sicher, obwohl wir nicht in der besten Gegend gewohnt hatten. Vielleicht hatte ich mir deshalb genau ein Zuhause in der sichersten Umgebung gesucht. Andererseits war ich nun aus genau diesem Zuhause entführt worden, also gab es wohl überall ein Risiko.

»Das meinte ich auch nicht«, zischte ich zurück und zog die Beine unter der Decke an, bis meine Knie sich gegen meinen Oberkörper drückten. Langsam wurde mir wieder warm, worüber ich froh war. Trotzdem wollte das Brennen in meinen Augen nicht vergehen.

»Ernsthaft, Mieze? Du schläfst mit einem gesuchten Serienmörder unter einem Dach und deine größte Sorge ist, dass jemand durch die Tür kommen und dich töten könnte?« Reeds Gesichtsausdruck wechselte von wütend zu ungläubig und verwandelte sich am Ende in Belustigung. Er lachte lauthals, bis er sich verschluckte und husten musste.

»Mein Dad ist auf diese Weise gestorben«, versuchte ich, mein Verhalten zu erklären und mich zu verteidigen, aber ich wusste, dass er recht hatte. Meine Gedanken waren absolut irrational. Er war hier das Monster und niemand sonst. Und dennoch hatte ich vor ihm mit Abstand am wenigsten Angst. Da hatte ich noch mehr Panik, dass jemand Fremdes durchs Fenster einstieg oder Santiago zurückkam.

Reeds Lachen verstummte. Seine Züge wurden wieder ernst und ein nachdenklicher Ausdruck huschte über sein Gesicht. »Standest du ihm nahe?«, wollte er wissen und seine Stimme wurde leiser. Sein Ton war sanft und einfühlsam. Als würde er sich fürchten, mich zu verschrecken, wenn er zu harsch war.

»Er war mein Dad.« Meine Unterlippe begann gefährlich zu zittern. Ich spürte es, konnte aber nichts dagegen tun. Genauso wenig wie gegen die Träne, die sich aus meinem Augenwinkel stahl. Eine und noch eine, bis ich weinte. Gott, ich vermisste ihn so sehr. Nicht unbedingt seine Anwesenheit oder die Dinge, die wir zusammen gemacht hatten, sondern das Gefühl, das ich vor seinem Tod gehabt hatte. Ich hatte nie Angst gehabt, sondern hatte mich mutig und furchtlos gefühlt. Wie eine starke Kriegerin. Aber seitdem hatte ich ständig Panik. Nicht nur vor anderen, sondern auch vor mir selbst. Ich fürchtete mich davor, das Falsche zu sagen und Fehler zu machen. Es war wahnsinnig anstrengend und ich war unendlich müde von meinem Leben.

»Das bedeutet gar nichts.« Reed lehnte sich gegen den Türrahmen und lächelte mich traurig an. Und ich wusste, dass wir gerade an dasselbe dachten: meine Mom. Ja, Blutsbande waren nicht immer ein Garant dafür, dass man sich verstand. Aber es freute mich irgendwie, dass Reed mich auf eine verdrehte Weise zu verstehen schien.

»Ich habe ihn geliebt«, hauchte ich und bemühte mich, die aufsteigenden Bilder wieder in mein Unterbewusstsein zu kämpfen. Dad, wie er in seinem eigenen Blut lag. Mom, wie sie sich die Ohren zuhielt und wimmerte. Und Pablos Schreie, die ich heute noch hören konnte. Sie hatten sich in mein Trommelfell gebrannt und wollten nicht mehr verschwinden. Niemals. Ich hatte es monate-, nein, sogar jahrelang geschafft, die Erinnerungen nicht zu nah an mich heranzulassen, doch die Brutalität der vergangenen Nacht hatte das Trauma wieder an die Oberfläche geholt.

»Ich meinen auch.« Reed seufzte tief und stützte

seinen Kopf gegen den Türrahmen. Er schloss die Augen, als würde er genau wie ich in Erinnerungen schwelgen, doch im Gegensatz zu meinen, schienen sie positiver Natur zu sein. Kurz überlegte ich, ob ich es lassen sollte, doch dann kam die Frage schon über meine Lippen.

»Wo ist er jetzt?« Meine Stimme wurde ein wenig leiser, weil ich fürchtete, er würde mir wieder eine Abfuhr erteilen, damit ich nichts über ihn erfuhr. Stattdessen bildete sich ein trauriger Zug um seine Kieferpartie und er öffnete die Augen wieder.

»Er ist tot«, antwortete er und ich sog scharf die Luft ein. Verdammt, ich hätte wirklich nicht fragen sollen. Reed zog die Augenbrauen schmerzerfüllt zusammen und über seiner Nase bildete sich eine tiefe Furche, die ihn schlagartig um ein Jahrzehnt altern ließ. Deswegen sah er nicht schlechter aus, nur anders. Ernst und traurig.

»Das tut mir leid.« Ich krallte meine Hände in den Stoff der Bettdecke und wandte den Blick ab, weil der Kloß in meinem Hals immer größer wurde, je länger ich Reed ansah. Es war fast so, als wäre sein Schmerz mein eigener. Wir beide hatten jemanden verloren, den wir geliebt hatten, und dennoch waren wir so unterschiedlich wie nur möglich. Während er angefangen hatte, Menschen zu töten, war ich dazu übergegangen, sie retten zu wollen.

»Niemand wird hier reinkommen. Versprochen«, versicherte er und beendete damit das Gespräch, bevor ich weiter nachbohren konnte. Dabei hätte ich das gar nicht. Heute war schon genug passiert. Wir konnten beide eine Pause gebrauchen. Und ein paar Stunden Schlaf.

»Danke«, hauchte ich und versuchte, meine Muskeln zu entspannen. Es gelang mir nicht ganz, aber ich rutschte zumindest wieder im Bett nach unten, um mich bequemer hinlegen zu können. Es dauerte eine Weile, bis ich eine gute Position gefunden hatte, doch dann schloss ich die Augen und bemühte mich, in einen tiefen Schlaf abzudriften.

»Gute Nacht.« Ich hörte noch, wie Reeds Schritte sich entfernten und er die Tür zu meinem Zimmer schloss. Dann war ich allein. Stille senkte sich über den Raum, in der ich nur meinen Herzschlag und meinen viel zu lauten Atem vernahm. Die Ruhe war gespenstisch und mit jeder Sekunde, die verging, wurde es schlimmer. Ich versuchte so sehr, mich von meinen Erinnerungen abzulenken, dass sie erst recht wieder an die Oberfläche kamen und vor meinem inneren Auge das Bild von Dads Leiche erschien. Wieder und wieder. Ich schluchzte und wischte die Tränen von meinen Wangen, ehe ich begann, meine eigenen Herzschläge zu zählen. Aber als ich in den Hunderterbereich kam, brach ich den Versuch zu schlafen ab und schlug die Bettdecke zurück, um mich aufzusetzen. Ich schwang die

Beine über die Bettkante und atmete tief durch. Die Kälte des Raumes war unangenehm, aber es kümmerte mich nicht. Die niedrigen Temperaturen halfen mir, nicht den Verstand zu verlieren.

Plötzlich war ich wieder in dem großen Wohnzimmer neben meinem Bruder und hatte mein Buch in der Hand. Mein Atem beschleunigte sich. Schweiß bildete sich auf meiner Stirn. Das Brennen in meinen Augen wurde unerträglich. Es war, als wäre ich auf meine eigene Tränenflüssigkeit allergisch. Wenn der körperliche Schmerz dafür wenigstens den seelischen übertönen würde. Doch das tat er nicht. Er verstärkte ihn nur. Hatte ich eine Panikattacke? Gern hätte ich Therapeutin Duvall angerufen, zu der Pablo mich geschickt hatte, doch ich hatte kein Telefon. Es gab niemanden, den ich erreichen konnte. Ich war mutterseelenallein. Ich schniefte. Warte! Das stimmte nicht ganz. Mein Blick fiel auf die geschlossene Tür. Ich war nicht allein in dieser Hütte. Reed war da. Und Santiago offensichtlich, aber wenn ich in sein Zimmer ging, konnte ich mir gleich ein Schild mit der Aufschrift ›*Bitte vergewaltige mich*‹ umhängen.

Sollte ich zu Reed gehen? Und wenn ja, wofür? Sollte ich ihn bitten, mich zu erschießen, damit der Schmerz endlich verging? Das war lächerlich. Dennoch stand ich auf, nahm mir die dünne Decke und schlang sie um meinen Körper. Würde ich wirklich einfach in sein Zimmer spazieren? Unentschlossen stand ich vor dem Bett und haderte mit mir selbst. Ich war müde und brauchte dringend Schlaf, also sollte ich wieder auf meine eigene Matratze kriechen. Aber die Chance, dass ich dann noch ein Auge zumachte, war äußerst gering. In Reeds Nähe würde ich mich bestimmt sicherer fühlen und schlafen können. Doch wollte ich das? Und noch viel wichtiger: Würde er das zulassen?

Meine Beine setzten sich wie von selbst in Bewegung und bevor ich mich versah, hatte ich schon die Tür geöffnet und trat in den Flur hinaus. Er hatte ebenfalls seinen Dad verloren und er hatte schon genügend Leichen gesehen. Er würde Verständnis haben. Oder? Die Unsicherheit blieb und ich hatte keine Ahnung, wie lange ich vor seiner Tür stehen blieb und wartete, doch irgendwann erhob ich die Hand und klopfte. Ohne auf ein *Herein* zu warten, öffnete ich die Tür, weil kein Laut zu hören war. Schlief er schon? Und wenn ja, würde er mich erschießen, wenn er morgens aufwachte und mich neben sich im Bett vorfand?

Überraschenderweise saß Reed jedoch noch wach in seinem Bett und die Lampe auf seinem Nachtisch brannte, während er ein Buch in den Händen hielt und las. Als er mich hörte, schlug er es aber zu und legte es mit dem Cover nach unten neben die Lampe.

»Ist irgendwas passiert?«, fragte er und sofort wurde seine Haltung gerade. Er musterte mich, scannte mich nach Verletzungen und blieb schlussendlich an meinem verweinten Gesicht hängen. Was? Vertraute er Santiago doch nicht so sehr, oder waren noch andere Menschen im Haus, die mir schaden könnten?

»Ich kann nicht schlafen«, hauchte ich und trat in den Raum ein, sodass ich hinter mir die Tür schließen konnte. Ich schniefte und biss mir auf die Lippen, weil ich ihn mit meinem Geheule nicht nerven wollte. Aber der Druck in meiner Brust war so übermächtig und ich hatte heute einfach keine Kraft mehr. All meine Reserven waren aufgebraucht.

»Und du kommst zu mir, weil ...?« Er ließ den Satz bewusst offen, sodass ich ihn beenden konnte, doch ich wusste nicht wie. Er hatte ja recht. Was sollte ich ausgerechnet bei ihm, wenn ich nicht zur Ruhe kam? Doch ich wollte nicht allein sein und mir fiel keine bessere Alternative ein. Ich hoffte nur, dass er Ja sagen oder mich zumindest nicht wegschicken würde. Wieder verließ ein Schluchzen meinen Mund.

»Darf ich bei dir bleiben?«, fragte ich und wurde von einem Heulkrampf geschüttelt, als ich den seelischen Schmerz nicht mehr zurückhalten konnte. Ich hatte Angst. Wahnsinnige, alles verzehrende Angst und keine Ahnung, wie ich damit umgehen sollte. Ich wollte nur, dass sie verschwand und ich war so unendlich müde. Er musste das verstehen. Nur heute. »Bitte«, wimmerte ich und ging noch einen Schritt auf das Bett zu. Flehend sah ich Reed an, der mich mit geweiteten Augen anblickte. Von meinem Haaransatz bis zu meinen Knöcheln. Sollte ich die Decke fallen lassen? Würde er mich dann in sein Bett holen? Und würde ich es tun? Zum Glück musste ich mir die Frage nicht beantworten, denn Reed begann langsam zu nicken.

»Sicher.« Er schlug die Decke zurück und ließ zu, dass ich zu ihm auf die Matratze stieg und mich neben ihn legte. Ich hatte keine Ahnung, was er dachte, aber sobald mein Kopf das Kissen berührte, war es mir auch egal. Ich war erschöpft und schon nach wenigen Sekunden landete ich im Land der Träume. Ich bekam kaum noch mit, wie Reed mich mit seiner eigenen Decke auch noch zudeckte, obwohl ich in meine eingehüllt war. Und auch die Arme, die mich umfingen und die ganze Nacht hielten, spürte ich nur am Rande meines Bewusstseins. Doch ich schlief die nächsten acht Stunden durch und fühlte mich so sicher und beschützt wie nie zuvor.

ACHT

REED

»Hast du sie um die Ecke gebracht?«, schrie Santiago, als er die Tür der Hütte hinter sich ins Schloss warf und mit schweren Schritten zu mir in die Küche stapfte, die durch den Rauch, der in der Luft hing, kaum zu sehen war. Dabei hatte ich das Fenster extra geöffnet, als ich die verbrannten Eier in den Müll geschmissen hatte. Fuck, wieso war das so schwer? Ich konnte die Gedärme von Menschen mit einem stumpfen Messer entfernen und ein Astloch in mehreren Metern Entfernung treffen, aber ich scheiterte an beschissenen Rühreiern?

»Was? Wen?« Verwirrt blickte ich ihn an, während ich nach dem Öl griff und einen Tropfen in die nächste Pfanne schüttete, die ich auf die heiße Herdplatte stellte. Ein letzter Versuch, dann würde ich aufhören. Zugegeben, dann hatten wir auch keine Eier mehr.

»Die kleine Garcia.« Santiago sah mich vielsagend an, als wüsste ich genau, wovon er redete. Und ja, das wusste ich. Ich war schließlich nicht blöd. Aber was hatte er erwartet? Dass ich sie tatsächlich erschoss, weil ihr Bruder nicht parierte? Vielleicht, wenn es eine andere Frau gewesen wäre, aber Claire? Keine Chance. Und mit jedem Tag, der verging, wurde die Wahrscheinlichkeit, dass ich sie töten würde, kleiner.

»Nein, wie kommst du darauf?« Ich schlug vier der Eier in die Pfanne und betrachtete, damit es nicht wieder schwarz wurde, wie das Eiweiß stockte. Na gut, und auch ein wenig, weil ich Santiago nicht ansehen wollte aus Angst, er könnte erkennen, was ich schon wusste. Ich mochte Claire. Sie war erst eine halbe Woche hier, aber seit Tag eins wich sie nicht von meiner Seite, auch wenn ich eher erwartet hätte, dass sie sich in ihrem Zimmer verschanzen würde. Doch wieder hatte sie mich überrascht. Sie war jede freie Minute bei mir gewesen, kochte für mich und sorgte dafür, dass in dieser Hütte alles an seinem Platz war. Es war ... angenehm. Nicht nur, weil ich nicht allein war, sondern weil es wirklich Spaß machte. Sie lachte bei Filmen an den richtigen Stellen, war intelligent genug, um auch über ernste Themen ein Gespräch führen zu können und sie hatte den gleichen Geschmack bei Büchern wie ich, sodass sie sogar über die Bestseller der letzten zehn Jahre und deren Schwächen mit mir diskutieren konnte. Es war perfekt. Und das war schlecht. Wenn sie nicht wäre, wer sie war, und ich nicht, wer ich war, dann würden wir ein großartiges Paar abgeben, aber so? So musste ich jedes Mal, wenn sie in mein Bett kam, die Zähne zusammenbeißen und mich davon abhalten, sie zu ficken. Das war alles andere als leicht. Jeden Tag wachte ich mit einer schmerzhaften Erektion auf und keine kalte Dusche der Welt konnte auf Dauer dagegen helfen.

»Sie liegt nie in ihrem Bett. Seit drei Nächten schon nicht.« Santiago schnaubte und verzog die Nase, als er sich gegen die Arbeitsplatte lehnte. Ich selbst roch den Gestank der verbrannten Eier nicht mehr, aber er offensichtlich schon. Scheiße! Ich dachte, ich könnte es Claire einfach verschweigen, aber daraus würde wohl nichts werden.

»Und weiter?« Ich tat gelangweilt, obwohl sich alles in mir verkrampfte. Natürlich war es ihm aufgefallen. Was hatte ich denn erwartet? Nach der ersten Nacht hatte Claire abends so lange im Wohnzimmer gesessen, bis ich es nicht mehr aushielt, ihr dabei zuzusehen, wie sie tat, als wäre alles in Ordnung. Sie hatte Angst und sie wollte nicht allein sein. Also hatte ich nach ihrem Handgelenk gegriffen und sie schweigend mit in mein Zimmer gezogen. Am Tag danach war sie, ohne etwas zu sagen, von selbst mit in mein Bett gekommen und ab diesem Zeitpunkt hatte sich keiner von uns mehr gefragt, wer wo schlafen würde. Sie nächtigte bei mir. Ende der Geschichte. Es war jetzt einfach so und wir sprachen nicht darüber. Allgemein unterhielten wir uns wenig über die Entwicklungen. Ich sagte ihr nicht, was ich tat, wenn ich die Hütte verließ und sie fragte auch nicht nach der Außenwelt. Ihr Bruder war ein absolutes Tabuthema und obwohl ich wusste, dass es nicht ewig so bleiben konnte, waren es doch großartige Tage mit ihr. »Kümmere dich um deinen Scheiß, Santiago.«

»Versuch ich ja, aber ich weiß gern, was vor sich geht und wenn sie uns hintergeht, muss ich dich vor ihr schützen.« Santiago hob kämpferisch das Kinn und verschränkte die Arme vor der Brust. Er streckte den Rücken durch und spannte seine Muskeln an. Vielleicht sollte es bedrohlich aussehen, aber da er einen Kopf kleiner war als ich, tat es das nicht. Es wirkte eher lächerlich. Wie ein zu groß geratenes Kind, das jemand künstlich aufgeblasen hatte. Statt auf seine Körperkraft zu vertrauen, sollte er lieber bei seinen Waffen bleiben.

»Stimmt, weil ich mich gegen ihre sechzig Kilo Kampfgewicht nicht wehren kann.« Ich schmunzelte und stellte mir vor, wie Claire auf mich zugerannt kam und mich mit aller Kraft versuchte, zu Boden zu ringen. Vermutlich würde sie es sogar schaffen, weil ich damit beschäftigt wäre, meinen Ständer vor ihr zu verstecken. Grinsend wendete ich die Eier und war froh, dass sich der Rauch langsam aus der Küche verzog.

»Gegen ihre Muskeln sicher, aber was ist mit ihrem Arsch und ihren göttlichen Titten?« Santiago brummte verstimmt und stieß sich von der Arbeitsplatte ab, die wegen seines Gewichts leicht knarrte. Fuck, wo kam seine furchtbare Laune her? Hatte er schon lange keine Schnalle mehr gefickt oder wieso interessierte er sich plötzlich für mein Liebesleben? Das hatte er auch nicht, als ich noch wildfremde Mädchen in Clubs aufgerissen und in Stundenhotels gevögelt hatte. Dabei war das theoretisch viel gefährlicher als mir eine eigene Hure in meiner Hütte zu halten. Aber von einer Hure war Claire weit entfernt.

»Ich habe sie nicht angefasst«, schwor ich und wünschte zeitgleich, es wäre anders. Nur daran zu denken, sorgte dafür, dass mein Blut wieder mein Glied füllte und mein Schaft hart wurde. Scheiße! Jetzt durfte ich noch einmal kalt duschen, ehe Claire aufwachte. Ich knurrte wütend und zog die Pfanne von der heißen Herdplatte, als das Eigelb fest war. Perfekt.

»Aber du willst.« Santiago verlagerte sein Gewicht von einem Bein aufs andere und sah mich herausfordernd an, als würde er nur darauf warten, dass ich es abstritt. Aber mein steifer Schwanz verriet mich sowieso, also versuchte ich es erst gar nicht und wollte ihm erneut sagen, dass er sich um seinen eigenen Scheiß kümmern sollte. Aber dazu kam ich gar nicht, weil das Tapsen von nackten Fußsohlen erklang und Claire in die Küche kam. Sie trug eine meiner Boxershorts und ein Shirt, das ihr viel zu groß war. Gepaart mit den zerzausten Haaren sah sie aus wie ein wahr gewordener feuchter Traum.

»Guten Morgen«, murmelte sie und gähnte, ehe sie einen Stuhl vom Tisch wegzog und sich hinsetzte. Ihr Blick lag dabei dennoch auf uns. Wie lange sie schon wach war? Hatte sie etwas von der Unterhaltung mitbekommen? Ich hoffte nicht.

»Frühstück?«, fragte ich sie mit hochgezogener Augenbraue und schaufelte zwei der Eier aus der Pfanne auf die vorbereiteten Teller. Zwar sah es nicht annähernd so schön aus wie bei Claire sonst, aber es war essbar. Hoffte ich jedenfalls.

»Du hast Frühstück gemacht?« Irritiert starrte Claire auf die Teller in meinen Händen, während ich auf sie zuging. Einen davon stellte ich genau vor sie und den anderen ihr gegenüber, bevor ich aus der Küche das Salz holte.

»Eier schaffe ich gerade so«, murmelte ich und schlug mit dem Ellbogen beim Vorbeigehen nach Santiago, der in einen Lachanfall ausbrach. Er gab einen dumpfen Ton von sich und stöhnte anschießend vor Schmerz, beschwerte sich aber nicht.

»Danke.« Claire lächelte, als ich mich zu ihr an den Tisch setzte und griff nach dem Besteck, um die Eier zu probieren. Zuerst beäugte sie das Essen skeptisch, doch dann steckte sie sich eine Gabel voll in den Mund.

»Gut geschlafen?«, wollte ich wissen, ehe ich ebenfalls begann zu essen. Es schmeckte annehmbar. Essbar. Und das war das Wichtigste, richtig? Claire schien das genauso zu sehen, denn sie nickte mir lächelnd zu, ohne das Gesicht vor Ekel zu verziehen.

»Ja, danke und du?« Claire ließ ihre Gabel fallen und griff nach dem Krug auf dem Tisch, um gleich zwei Gläser mit Wasser zu füllen. Ihres leerte sie mit einem Zug, doch meines ließ ich unberührt stehen. Es war eine Kleinigkeit. Eigentlich unbedeutend, aber es freute mich trotzdem, weil es zeigte, dass sie nicht glaubte, ich wollte sie vergiften. Doch die Harmonie schien nicht allen zu gefallen.

»Okay, Schluss mit dieser Farce. Beichte deine Sünden, Garcia. Was können wir gegen deinen Bruder verwenden?« Santiago ließ sich auf den Stuhl neben mich fallen und grummelte in seinen Dreitagebart. Ich wusste, dass er recht hatte. Langsam mussten wir etwas tun. Dennoch hätte ich ihm am liebsten meine Waffe an die Stirn gehalten, damit er verschwand und die wundervolle Blase, in der Claire und ich uns die letzten Tage befunden hatten, nicht zerstörte.

»Sehr subtil, Santiago!«, rief ich und schaufelte mir meine Eier komplett in den Mund, sodass ich schon nach zwei Bissen das Frühstück beenden könnte. Mir war der Hunger auch vergangen. Pablos Erwähnung reichte, damit das Glücksgefühl des Morgens wie weggefegt war.

»Was sollen wir sonst machen? Er verschanzt sich seit eurem Anruf bei sich in seinen eigenen vier Wänden. Wir können nicht herumsitzen und Däumchen drehen. Wir müssen ihn unter Druck setzen.« Santiago hob die Arme gen Himmel, als würde er zu Gott beten, dass ich ihm zustimmte und wieder zur Vernunft kam. Und das wollte ich. Wirklich, immerhin ging es hier um Alvaros Freilassung.

»Und wie stellst du dir das vor?« Fragend wandte ich Santiago meinen Blick zu und griff nun doch nach meinem Glas. Ich schüttete das Wasser in meinen Mund und spürte, wie die kühle Flüssigkeit meine Speiseröhre hinunterjagte.

»Wir könnten ein wenig mit deiner kleinen Freundin spielen.« Santiagos Augen funkelten amüsiert, aber der harte Zug um sein Kinn machte klar, dass er es durchaus ernst meinte. Nicht, dass ich nicht auch schon daran gedacht hätte, aber ich hatte die Idee wieder verworfen. Ich hatte Claire versprochen, sie nicht gegen ihren Willen anzufassen, also würde ich das auch nicht. Sogar Männer wie ich hatten so etwas wie Ehre.

»Musst du nicht langsam los, Santiago?«, fragte ich und warf einen Blick auf die Uhr. Es war noch ziemlich früh und er hätte eigentlich noch Zeit, bis er zur Beschattung von Pablo Garcia musste, doch er verstand den Wink und stand auf. Vielleicht war das auch besser so. Laut meinen anderen Männern verhielt sich Pablo in ihren Schichten schon fast zu ruhig und ich hatte Angst, dass uns irgendetwas entging.

»Es war nur ein Vorschlag. Wenn du eine bessere Idee hast, dann nur zu.« Santiago schnaubte, stieß seine Arme vom Tisch ab und verschwand aus der Hütte, wobei er seine Stiefel nicht vom Boden hob und dadurch Schlieren auf dem Parkett hinterließ. Die Tür fiel hinter ihm ins Schloss. Erleichtert atmete ich aus, aber die Blase um mich und Claire kehrte nicht zurück. Stattdessen sah sie mich forsch an.

»Wieso willst du diese Akten?«, fragte sie und nahm eine weitere Gabel ihrer Eier in den Mund. Das regelmäßige Essen und der Schlaf taten ihr gut. Sie war längst nicht mehr so blass wie am ersten Tag. Außerdem schien sie keine Angst mehr davor zu haben, unangenehme Fragen zu stellen. Leider.

»Ich dachte, wir hätten vereinbart, nicht darüber zu reden.« Und für mich war diese Vereinbarung kein Problem gewesen. Auch jetzt wollte ich sie nicht in meine Schwierigkeiten hineinziehen, obwohl ich zugeben musste, dass mein Plan katastrophal schiefgelaufen war. Alvaro saß immer noch im Knast und ich hatte keine Ahnung, was ich noch tun sollte, um an diese Akten zu kommen.

»Wenn ich dir helfen soll, musst du mir sagen, warum ich meinen Bruder hintergehe«, murmelte Claire und aß den letzten Bissen ihres Frühstücks, bevor sie die Gabel auf ihren Teller fallen ließ und mich aus großen Augen ansah. Dabei war ich es, der sie anstarren sollte. Meinte sie das ernst?

»Du willst mir helfen?« Verwirrt musterte ich ihre Gesichtszüge und erwartete fast, dass sie zu lachen beginnen würde. Aber das tat sie nicht. Sie lächelte milde und nickte. Doch ich musste es mir einbilden, oder nicht? Er war ihr Bruder und sie liebte ihn.

»Du hast mir ja auch geholfen. Und tust es noch«, hauchte sie und senkte den Blick auf ihre Hände, die sie in ihrem Schoß gefaltet hatte. Ein roter Schimmer legte sich über ihre Wangen und erinnerte mich an den ersten Morgen, an dem wir gemeinsam aufgewacht waren. In der Nacht war es zu zweit im Bett zu warm für das Knäuel an Decken geworden und Claire hatte sich mit den Beinen freigestrampelt, sodass sie splitterfasernackt neben mir gelegen hatte, als ich die Augen aufgeschlagen hatte.

Sie war noch nicht wach gewesen, während ich aufgestanden war, um einem peinlichen Morgen entgegenzuwirken, doch sie musste gewusst haben, dass ich sie gesehen hatte. Jeden Zentimeter von ihr. Während des gesamten Frühstücks war sie errötet gewesen vor Scham. Gesagt hatte sie jedoch nichts. Es war unerwähnt geblieben, so wie vieles zwischen uns.

»Und woran hättest du gedacht?« Ich biss die Zähne zusammen. Wir begaben uns auf gefährliches Terrain. Wusste sie, was sie mir vorschlug? War sie sich der Konsequenzen bewusst, dessen, dass sie sich strafbar machte? Mitgehangen mitgefangen, oder wie lautete das dämliche Sprichwort? Gut, andererseits könnte sie im Nachhinein immer noch behaupten, ich hätte sie zu allem gezwungen und damit würde sie vermutlich durchkommen. Trotzdem überraschte mich diese dunkle Seite an ihr. Und sie erregte mich. Mein Schwanz regte sich in meiner Hose und wurde schon wieder steif.

»Santiago hat doch recht. Wenn Pablo reagieren soll, dann musst du ihn weiter reizen und wie ginge das besser, als ihn miterleben zu lassen, wie grausam ihr zu mir seid?« Claires Stimme wurde immer leiser und sie wich meinem Blick aus. Der rote Schimmer verwandelte sich in ein Glühen, das ihre Wangen leuchten ließ. Ihre Hände verkrampften sich in ihrem Schoß. »Nicht ihr, nur du.« Sie hob den Kopf und sah mich mit einem verlangenden Glitzern in den Augen an. Ich. Sie wollte, dass ich es tat, nicht Santiago. Ich hätte ihn auch keinen Millimeter von ihr berühren lassen. Und ich würde es auch nicht, obwohl ich mir nichts Schöneres vorstellen konnte, als über ihre sanfte Haut zu streicheln und jede Stelle ihres Körpers zu küssen. Nicht, wenn sie es nur tat, weil sie glaubte, es zu müssen. Mir etwas schuldig zu sein. Das war lächerlich. Ich wollte sie Nacht für Nacht in meinem Bett haben. Es war keine Qual, mit der ich mich arrangiert hatte. Nein, ich genoss es.

»Nein.« Ich fuhr mit dem Stuhl zurück, schnappte mir die Teller und begann aufzuräumen, um etwas zu tun zu haben und Claire dabei nicht ansehen zu müssen. Das hier war Folter. Vielleicht hätte man das mal dem Militär als Foltermethode zur Verfügung stellen sollen. Claire so sehr zu wollen und sie gleichzeitig nicht haben zu können, obwohl sie einwilligte, war furchtbar. Mein Schwanz zuckte. Ich rammte meine Zähne in meine Unterlippe, bis ich Blut schmeckte und atmete tief durch. Mit all meiner Selbstbeherrschung schaffte ich es, mich vom Tisch zu entfernen und mit dem schmutzigen Geschirr in die Küche zu gehen.

»W-wieso nicht?«, stotterte Claire und sprang perplex von ihrem Stuhl auf. Ihre Augenbrauen wanderten in die Höhe. Ihr Mund klappte auf.

Damit hatte sie wohl nicht gerechnet und der Schatten unter ihren Augen verriet, dass meine Antwort sie verletzte. Fuck! Das war das Letzte, was ich gewollt hatte. Aber verstand sie das nicht? Um Pablo wirklich nahezugehen, müsste ich das Video nicht nur ihm, sondern auch seinen Kollegen schicken, damit er gesellschaftlichen Druck haben würde, nicht als der Bruder dazustehen, der seine Schwester im Stich gelassen hatte.

»Das ist Irrsinn und wir wissen nicht, ob es funktionieren würde«, rief ich und warf das Geschirr in die Spüle. Es klirrte. Einer der Teller splitterte, aber es war mir egal. Scherben sollten Glück bringen, dann schafften sie es hoffentlich, zu verhindern, dass dieses Gespräch aus dem Ruder lief.

Claires Augen füllten sich mit Tränen und sie trat instinktiv einen Schritt zurück, um mehr Abstand zwischen uns zu bringen. Da! Sie hatte keine Ahnung, was und wer ich war. Meine Wut machte ihr Angst. Wie sollte sie dann mit mir das Bett teilen, wenn sie schon damit nicht zurechtkam? »Warum? Santiago sagte, es wäre eine gute Idee und …« Claire knabberte an ihrer Unterlippe und umfing sich schützend mit ihren eigenen Armen. Ich ballte die Hand zu einer Faust. Sie war so unschuldig, so gutgläubig. Das passte nicht zu mir. Konnte sie das nicht sehen? Ich verdiente es einfach nicht.

»Wenn ich dich zum ersten Mal nehme, dann

sicher nicht, um deinem Bruder eins auszuwischen«, unterbrach ich sie und schlug mit der Faust auf die Arbeitsplatte. Sie gab aufgrund der Wucht nach. Das Holz splitterte. Fuck, wenn ich so weitermachte, würde ich noch mein Zuhause zerstören. Aber vielleicht war das notwendig, damit Claire verstand, dass ich ein Monster war und sie mit mir in den Abgrund reißen würde, wenn sie nicht aufpasste. Ein Schritt in meine Richtung und sie würde die Klippen in die Dunkelheit hinunterfallen. Und aus diesem Loch würde ich sie nie wieder gehen lassen.

»Und warum dann?« Claire senkte die Stimme wieder und atmete sichtbar tief ein und aus, bis der Tränenschleier vor ihren Augen sich wieder lichtete. Das Shirt von mir, das sie trug, verdeckte den Großteil ihres Körpers, doch plötzlich griff Claire nach dem Saum und zog es sich mit einer fließenden Handbewegung über den Kopf, bis sie nur noch in Boxershorts und ihrem BH vor mir stand. Den Stoff des Shirts ließ sie einfach auf den Boden fallen. »Findest du mich nicht hübsch genug?«

Fuck! Fuck! Fuck! Nein, daran lag es definitiv nicht. Claires Kurven saßen an genau den richtigen Stellen und ihre Haut war makellos.

»Du solltest vorsichtig damit sein, was du dir wünschst«, drohte ich und ging auf sie zu, um das Shirt aufzuheben und ihr wieder entgegenzuhalten. Sie musste sich anziehen. Sofort! Sonst würde ich sie über den Tisch legen, ihren Arsch mit festen Schlägen rot färben und sie in Besitz nehmen. Doch statt das Shirt überzuziehen, nahm sie es mir ab und schleuderte es in die nächste Ecke. Sie sah so selbstsicher aus, als wüsste sie wirklich, worauf sie sich einließ, und als würde sie sich nicht abbringen lassen. Das wäre auch in Ordnung, wenn meine Geduld nicht langsam an ihr Ende käme. Auch ich war nur ein Mann und mein Schwanz war inzwischen mit so viel Blut gefüllt, dass ich kaum noch klar denken konnte. Alle Bedenken, dass ich Claire verletzen und sie nach dem Sex weinend im Bett zurückbleiben würde, traten in den Hintergrund, während mein Blick von ihren Augen weiter hinab zu ihrem Dekolleté wanderte.

»Du kannst mich anfassen«, flüsterte sie und griff nach meinen Händen, um sie an ihre Titten zu legen, doch ich riss meine Finger im letzten Moment weg. Wenn wir diese Grenze übertraten, dann gab es kein Zurück mehr, und ich wollte nicht, dass sie mich danach für einen Vergewaltiger hielt. Sie wollte das durchziehen? Wollte, dass ich ihr Schmerzen zufügte und sie fickte, bis sie nicht mehr wusste, wo oben und wo unten war? Schön. Wenn ich sie nicht davon abbringen konnte, dann musste ich wenigstens ihre Erlaubnis haben. Vielleicht würde sie mich dann im Nachhinein nicht so sehr hassen, wenn ich sie daran erinnerte, dass es das war, was sie gewollt hatte.

»Du weißt, was du tun musst, damit ich es tue.« Ich grub meine Finger in meine Handflächen, bis es schmerzte und konzentrierte mich auf dieses Gefühl anstatt auf das Pochen in meinem Schritt, das mit jeder Silbe von Claire steifer wurde. Der Hunger in meinem Inneren wuchs an. Hitze stieg in mir auf und Claire ging es wohl genauso, denn sie keuchte überrascht.

»Reed …«, wisperte sie und legte mir eine Hand auf die Brust. Wie jeden Morgen war auch ich halb nackt, sodass ihre Finger meine Muskeln berühren konnten. Sanft strichen sie über meinen Oberkörper und blieben dann an der Stelle über meinem Herzen liegen. Mein Puls beschleunigte sich. Das fühlte sich gut an. Claires Hand war so zierlich, dass jede Berührung sich wie eine Liebkosung anfühlte.

»Sag es, Claire. Nur ein Wort«, verlangte ich und drängte mich ihren Fingern entgegen, von denen ich wünschte, sie würden nach unten wandern und sich um meinen steifen Schwanz legen, der in meiner Boxershorts eingesperrt war.

»Ich …« Claire zögerte. Ihr Blick bohrte sich in meinen. Angst war darin zu lesen. Ich wusste nicht genau wovor, aber das reichte mir, um mich zusammenzureißen und zurückzutreten. Wenn sie sich jetzt schon fürchtete, war sie nicht die Richtige für mich.

»Dachte ich mir schon.« Trotzdem konnte ich nicht verhindern, dass ich enttäuscht war. Natürlich würde die ausgezeichnete Ärztin mit einem Doktortitel sich nicht mit einem Mörder einlassen. Was hatte ich denn erwartet? Selbst wenn wir uns auf normalem Weg kennengelernt hätten, hätte es nicht funktioniert, aber so? Entführung, Freiheitsentzug, Stalking. Nicht gerade Schlagwörter, die man mit dem Beginn einer Beziehung in Verbindung brachte. Ich seufzte, wandte mich ab und marschierte auf mein Zimmer zu, an das mein Badezimmer grenzte. Ich musste dringend kalt duschen. Doch ich kam nicht einmal über die Schwelle des Wohnzimmers, bevor Claires Stimme erneut erklang.

»Reed!«, rief sie mir nach und das Rascheln von Stoff war zu hören. Zog sie sich endlich wieder das Shirt an?

»Was?«, fragte ich und blieb stehen, ohne mich zu ihr umzudrehen, um ihren Anblick nicht doch noch einmal halb nackt ertragen zu müssen und meinen Schwanz nicht zwischen ihre Titten schieben zu dürfen.

»Bitte!« Ihre Stimme klang wie ein Hauchen. So leise, dass ich sie kaum verstand und plötzlich erklangen Schritte. Eine kühle Hand legte sich auf mein linkes Schulterblatt.

»Bitte, was?« Ich drehte mich um und schüttelte damit ihre Finger ab, doch im gleichen Moment bereute ich es. Nein, sie hatte sich nicht an-, sondern ausgezogen. Scharf sog ich die Luft ein. Ihr BH und auch die Boxershorts mussten irgendwo im Zimmer liegen, doch ich sah mich nicht einmal danach um. Meine Augen konzentrierten sich nur auf Claire. Alles andere, der Rest meines Sichtfelds wurde trüb und unscharf. Nur sie stach aus der Masse heraus. Ihre blonden Locken fielen ihr wie sanfte Wellen über die Schultern und verdeckten einen Teil ihrer Brüste, aber ansonsten war alles sichtbar. Von ihrem Haaransatz bis zu den Zehen.

»Geh wieder mit mir ins Bett zurück«, flüsterte sie und kam noch näher, bis ihre aufgestellten Brustwaren meinen Oberkörper streiften. Claire stöhnte. Der Laut war rein und unverfälscht. Sehnsüchtig. Anders als die Schreie von Frauen in Pornos. Claire schien ihre Lust nicht spielen zu müssen, nein, sie empfand wirklich dieses Verlangen, das auch in mir brodelte.

»Du …« Mir fehlten die Worte. Mein Gehirn setzte aus, während meine Hände wie von selbst nach ihren Hüften griffen und sie an meinen Körper zogen. Mein Schwanz drängte sich gegen ihre Mitte. Es war noch viel zu wenig, doch schon jetzt fühlte es sich unglaublich an. Mein Herz hämmerte gegen meine Brust. Erregung überschwemmte meinen Organismus.

»War das nicht richtig? Schlaf mit mir. Ist das besser?« In Claires Augen trat ein flehender Ausdruck und die Angst von gerade eben war wie weggewischt. Egal, was ihr Unwohlsein verursacht hatte, sie hatte es wohl mit sich selbst geklärt. Ich sollte es hinnehmen und mir holen, was ich wollte. Aber mein Mund schien das anders zu sehen.

»Wieso jetzt auf einmal?«, hinterfragte ich und stöhnte innerlich. Warum interessierte es mich? Wieso zwang ich sie nicht einfach wie alle anderen Schlampen vor ihr in die Knie und rammte ihr meinen Schwanz zwischen die Lippen, bis sie kaum noch Luft bekam?

»Frag einfach nicht.« Claire lachte nervös und schüttelte den Kopf, ehe ihre Züge sich wieder ernst verzogen und sie die Beine zusammenpresste. Trotzdem sah ich, wie der Ansatz ihrer Schenkel glänzte.

»Ich will eine Antwort.« Meine Stimme nahm einen grollenden Unterton an. Fast wie ein Knurren. Zeitgleich begann ich, beruhigend ihre Hüften zu streicheln. Ihre Haut war samtig weich und schon nach wenigen Berührungen gab Claire einen erregten Laut von sich. Perfekt, sie war genauso empfindlich, wie ich gedacht hatte.

»Du wirst aber keine bekommen. Also tust du es,

oder nicht?« Wieder lag ein Schatten der Angst über Claires Gesicht und nun begriff ich es endlich. Sie hatte keine Angst vor mir, oder davor, was ich ihr antun würde, sobald wir beide nackt waren. Nein, sie fürchtete sich davor, dass ich sie abweisen würde.

»Du verdienst Besseres«, murmelte ich und packte ihre Hüften fester. Zwar konnte ich sie so nicht mehr streicheln, aber sie zumindest enger an mich ziehen, sodass der Druck auf meinen Schwanz verstärkt wurde, als Claire anfing, ihren Körper gegen meinen zu bewegen.

»Ich will gar nichts anderes«, säuselte sie und legte ihre Arme um meinen Nacken. »Du kümmerst dich um mich. Jeden Abend, wenn ich wieder in dein Zimmer komme. Du sagst nichts, sondern lässt mich einfach unter deine Decke krabbeln und hältst mich fest.« Ein kleines Schmunzeln umspielte Claires Lippen. Ein verträumter Ausdruck trat auf ihre Miene.

»Und?« Ich schluckte und stellte mir vor, wie ihr Gesicht aussehen würde, wenn ich mir ihr fertig war. Würde sie dann immer noch bei so etwas Lächerlichem wie Nacktheit erröten, nachdem ich sie in jede erdenkliche Öffnung gefickt hatte?

»Vorher war ich immer für alle anderen da, aber wenn ich jemand gebraucht hätte, dann ... Pablo hat mich lieber zur Therapie geschickt, statt sich mit mir zu beschäftigen. Und mit Helena kann ich über ernste Themen auch nicht reden, aber du … Du verstehst mich, wenn ich sage, dass ich kaum atmen kann, weil die Trauer mich erdrückt.« Ein schmerzerfülltes Wimmern kam über ihre Lippen, obwohl sie mich anlächelte und ich löste eine Hand von ihrer Hüfte, um sie stattdessen an ihre Wange zu legen.

»Du solltest nicht traurig sein müssen. Niemals.« Behutsam strich ich mit dem Daumen über ihren Wangenknochen und senkte den Kopf. Ich wollte sie küssen. Unbedingt. Weil ihre Antwort absolut perfekt war. Es war ihr egal, dass ich ein gesuchter Verbrecher war und keinen Doktortitel hatte. Nein, sie interessierte sich für die Person hinter all den Vorurteilen. Der Mann, der ich war und wie ich mich ihr gegenüber verhielt. Und das reichte mir.

»Dann mach mich zur glücklichsten Frau auf der Welt. Wenigstens für die nächste Stunde«, flehte sie und hob das Kinn. Eine klare Einladung, dass ich sie küssen sollte. Sie keuchte. Ihr warmer Atem blies mir ins Gesicht.

»Ich werde dich verletzen.« Ich wusste nicht, ob es eine Warnung, eine Drohung, oder ein Versprechen war. Es war auch egal. Es gab kein Zurück mehr. Wir würden es tun und dann würden wir damit leben müssen. Wir beide.

»Nur wenn du nicht das Gleiche fühlst wie ich.«

NEUN

CLAIRE

»Geh ins Schlafzimmer und warte dort auf mich«, befahl Reed und drückte einen kleinen Kuss auf meine Lippen, obwohl ich so viel mehr wollte als das. Mein Körper kribbelte vor Vorfreude. Damit hatte ich nicht gerechnet, als ich heute aus dem Bett gestiegen war, aber jetzt war mir klar, dass es irgendwann so hatte kommen müssen. Seit der ersten Nacht, als ich zu ihm gegangen war. Vermutlich wäre es schon früher passiert, wenn wir nicht zu müde gewesen wären. Da war etwas zwischen uns, das ich nicht benennen konnte. Na ja, ich hatte auch zu viel Angst, dem einen Namen zu geben, weil es alles viel realer machen würde. Und es war gut, so wie es war. Hier waren nur wir. Er und ich. Niemand sonst, der mich für mein Verhalten verurteilte. »Deines oder meines?« Ich stahl mir einen weiteren Kuss von Reed, bevor er sich von mir lösen konnte, und tänzelte durch das Wohnzimmer auf die beiden Türen im Flur zu. Beide standen sperrangelweit offen und wenn es nach mir ginge, wäre es egal, wo er mich aufs Bett schmiss und mich berührte. Aber es ging nicht nach mir. So wie ich Reed einschätzte, würde ich in den nächsten Minuten gar nichts zu sagen haben. Ich würde mich um nichts kümmern und nicht denken müssen und das war genau das, was ich wollte.

»Meins«, bestimmte Reed, folgte mir jedoch nicht. Unschlüssig blieb ich stehen und merkte, dass ich mir zu viele Gedanken machte. Er hatte gesagt, ich solle gehen. Worauf wartete ich dann? Schleunigst nahm ich die Beine in die Hand und lief in sein Zimmer. Kleidung lag auf dem Boden verteilt und die Bettdecke war zerwühlt. Es war nicht perfekt. Wir beide waren unvorbereitet, aber das störte mich nicht. Es wirkte spontaner und echt. Wir wollten einander, also taten wir es. Mit einem Lächeln krabbelte ich auf das Bett und legte mich auf die Matratze. Hitze strömte durch meinen nackten Körper und ich wartete geduldig, bis Reed ins Zimmer kam und die Tür hinter sich schloss. In seiner Hand hielt er etwas, das ich zuvor noch nie gesehen hatte, er warf es ans Fußende und stieg lauernd zu mir ins Bett. Zentimeter für Zentimeter näherte er sich mir. Als würde ihm das nicht schnell genug gehen, packte er mich am Haar, krallte seine Finger in meine Locken und zog meinen Kopf in seine Richtung, um mir wieder einen Kuss auf die Lippen zu drücken. Unsere Münder knallten aufeinander. Sein Keuchen vermischte sich mit meinem. Seine freie Hand fand sofort den Weg zu meiner Brust und strich über meine steife Brustwarze, die sich seinen Berührungen entgegenstreckte. Zeitgleich verlangte er mit seiner Zunge um Einlass, den ich ihm gewährte. Sie drang in mich ein, erkundete meine Mundhöhle und fand schlussendlich meine Zunge. Meine Augenlider flatterten erregt. In meinem Schoß nahm das Pochen zu und aus dem ersten Keuchen wurden immer mehr, bis ich kaum noch Luft bekam. Reed stimulierte meine Brüste, streichelte den Übergang zu meinem Schlüsselbein und zog währenddessen immer wieder an meinen Haaren. Nicht so fest, dass es wehtat, aber genug, damit er mich immer wieder daran erinnerte, wo seine Finger gerade waren. Ein Stöhnen schlüpfte aus meinem Mund, gefolgt von einem kleinen Schrei. Überrascht japste ich, als Reed in meine Brustwarze kniff. Meine Augen weiteten sich. Ich erstarrte. Reed nutzte die Gelegenheit und küsste sich von meinem Mundwinkel hinab zu meinem Kiefer und weiter meinen Hals hinunter. Er hinterließ eine feuchte Spur auf meiner Haut, die eigentlich gegen die Hitze in mir helfen und mich abkühlen sollte. Stattdessen entfachte jeder Kuss ein neues Feuer in mir, das sich zu einem großen Brand ausweitete.

»Was hast du mit mir vor?« Ein Wimmern verließ meinen Mund, als Reed erneut begann, meine Nippel mit den Fingern zu liebkosen, fast als ob er mich nicht gerade gezwickt hätte. Doch schon in der nächsten Sekunde drückte er meine Brustwarze wieder zusammen. Im ersten Augenblick stach es, dann begann es zu brennen und gesellte sich zu den restlichen Flammen in mir. Wieder japste ich überrascht. Aber diesmal nicht, weil es unerwartet gekommen war, sondern weil ich nicht damit gerechnet hatte, dass es sich so gut anfühlen würde. Der sanfte Schmerz sandte Schauer der Erregung durch meinen Körper und ließ mich erzittern.

»Würdest du einen Rückzieher machen, wenn ich es dir sage?« Reeds Lachen erklang und er sah kurz zu mir auf, ehe sein Kopf von meinem Hals zu meinem Schlüsselbein wanderte und am Ende zu meinen Brüsten. Sanft leckte er mit der Zunge über meine rechte Brustwarze. Sein warmer Speichel fühlte sich ungewohnt an dieser Stelle an und gleich darauf bildete sich eine Gänsehaut auf meinen Armen, weil Reed leicht gegen meinen Nippel blies. Ich keuchte. Verdammt! Das fühlte sich himmlisch an und dabei hatte er noch nicht großartig viel getan. Doch allein das Gefühl, dass er mit mir machen würde, was er wollte, reichte, damit meine Klitoris nach Aufmerksamkeit bettelte.

»Nein.« Ganz bestimmt nicht. Für nichts auf der Welt würde ich auf das Gefühl verzichten, das meinen Organismus durchströmte, als Reeds Zunge wieder über meine Brustwarze leckte und er sie danach in seinen Mund sog. Ein kleiner Schrei entkam aus meiner Kehle und die Muskeln in meinem Schoß zogen sich zusammen.

Reed knabberte mit den Zähnen an meiner empfindlichen Haut und umspielte meinen Nippel mit der Zunge. Einmal. Zweimal. Dreimal. Und dann schaffte ich es nicht mehr, weiter zu zählen, weil das Gefühl der Lust mich überwältigte. Reed schien es zu bemerken, denn bevor sich meine Muskeln erneut verkrampfen konnten, entließ er meine Brust aus seinem Mund. »Dann kann es dir egal sein. Vertrau mir einfach und wenn du irgendetwas nicht willst …«

»Sage ich Nein?« Ich bog den Rücken durch, sodass Reed besser an meine Brüste kam. Ich wollte, dass er wieder daran saugte, mich streichelte oder mir Schmerzen zufügte. Ganz egal was, solange er irgendetwas tat. Aber Reed genoss es, wie ich mich wand und mein Körper sich ihm entgegen bog.

»Nein, dann schrei den Namen deines Bruders«, befahl Reed und verfestigte den Griff in meinen Locken. Er senkte den Kopf wieder, küsste meine beiden Brustwarzen und glitt dann tiefer hinab. Kuss für Kuss zog er einen Pfad bis zu meinem Bauchnabel, über den er mit der Zunge leckte. Frustriert wollte ich den Kopf in den Nacken werfen. Das ging einfach nicht schnell genug. Ich brauchte mehr. Verstand er das nicht? Doch Reeds Finger an meinem Hinterkopf erinnerten mich daran, dass er es sehr wohl wusste. Es interessierte ihn nur nicht oder er quälte mich mit Absicht. Gleichzeitig berührte er meinen Körper, als wäre er etwas Kostbares. Immer mit der richtigen Intensität. Niemals zu fest. Er wusste genau, was er tun musste und ich wollte gar nicht erst wissen, wie oft er das schon zuvor mit anderen Frauen getan hatte. Sie hatten in diesem Schlafzimmer keinen Platz. Nicht jetzt. Nun zählten nur Reed und ich und die sich steigernde Lust, die uns verband.

»Reicht ein Nein nicht?« Ich wimmerte und hob mein Becken ein Stück, aber Reed reagierte nicht darauf. Er küsste meinen Bauch, liebkoste meine Hüften und leckte immer wieder über meine Haut, als würde er sich meinen Geschmack einprägen wollen. Mein Eingang zog sich schmerzhaft zusammen. Ich fühlte mich so leer und ich wollte nichts anderes, als dass er mich füllte.

»Du wirst schon sehen, Kätzchen. Du wirst es entweder hassen oder lieben.« Und mit diesen Worten zuckte Reeds Kopf nach oben und er riss an meinen Haaren. So fest, dass ich zischen und mich herumrollen musste, bis ich auf allen Vieren vor ihm kniete. Den Kopf in den Nacken gelegt und nach Luft schnappend.

»Reed?« Unsicher versuchte ich, einen Blick auf ihn zu erhaschen, doch meine Position ließ es nicht zu und Reeds Griff in meinen Haaren war eisern. Ich hörte, wie er sich hinter mir bewegte und dann raschelte es. Der Druck an meiner Kopfhaut wurde stärker, aber schon kurz darauf hatte Reed wieder seine ursprüngliche Position hinter mir eingenommen und ich spürte etwas Kaltes an meiner Kehrseite. Was war das?

»Schweig, wenn ich dich nichts frage!«, ordnete Reed an und ich biss mir instinktiv auf die Lippen in der Hoffnung, unerwünschte Töne unterdrücken zu können. Doch schon als der kalte Stoff über meinen Hintern gezogen wurde, wimmerte ich. Was zum Teufel war das? Ich schloss die Augen und konzentrierte mich auf den Gegenstand, aber ich kam einfach nicht darauf. Er war glatt, kühl und fühlte sich ungewohnt an meinen Pobacken an.

»Hast du Angst?«, fragte Reed, als mein Körper sich erwartungsvoll anspannte und darauf wartete, was er damit vorhatte. Und Reed beantwortete meine unausgesprochene Frage auch gleich, indem er den Gegenstand leicht anhob und gegen meinen Hintern schnalzen ließ. Überrascht keuchte ich auf.

Okay, dafür war das Ding also. Aber es tat nicht weh, also war alles gut, richtig? Zumindest jetzt schmerzte es noch nicht. Aber ich war mir sicher, dass Reed mit Absicht zuerst sanft zugeschlagen hatte. Trotzdem braute sich Anspannung in mir zusammen und ich lechzte nach mehr von Reeds Zuwendung. Und es war genau das, was ich immer gewollt hatte. Das, was ich vermisst hatte bei all meinen Ex-Freunden, die mich immer nur gestreichelt und nach zehn Minuten aufgehört hatten, sobald sie einen Orgasmus gehabt hatten, sodass ich mich um mich selbst hatte kümmern müssen. Doch hier würde das nicht der Fall sein. Ich vertraute Reed. Er würde es gut für mich machen. Bisher hatte er immer darauf geachtet, dass es mir gut ging.

»Nein.« Meine Stimme war nur ein Flüstern, während Reed seine Finger aus meinem Haar nahm und sie dafür zwischen meinen Schulterblättern positionierte. Er drückte mich leicht nach unten, bis meine Brüste das Laken berührten und ich ihm meinen Hintern entgegenstreckte. Kurz durchfuhr mich Scham. In dieser Haltung konnte er jeden Millimeter von mir sehen. Aber Reeds Keuchen reichte, damit alle Bedenken sich in Luft auflösten. Er fand mich hübsch und nur darauf kam es an.

»Gut.« Reed hob den Gegenstand von meinem Hintern. War es eine Peitsche? Ein Flogger? Etwas anderes? Keine Ahnung, aber es schnalzte laut, als

Reed es mit voller Wucht auf meinem Hintern aufschlagen ließ. »Zähl mit!«

»Eins«, wisperte ich und biss vor Schmerz die Zähne zusammen. Es brannte. Der Schlag selbst nicht, der hielt nur den Bruchteil einer Sekunde an, doch das Kribbeln danach, das sich über meinen ganzen Hintern ausbreitete, ließ mich schlucken.

Erneut rieb Reed mit dem Ding über meine Pobacke, holte aus und schlug auf meinen Hintern. Es klatschte. Meine Haut spannte. Blut floss an die Stelle, an der mich die Peitsche – es musste eine Peitsche sein – traf. Mein Po erwärmte sich. »Zwei.«

»Drei.« Es knallte. Wieder und wieder. Diesmal auf meine andere Pobacke. Ich schluchzte. Tränen schossen mir in die Augen. Die Umgebung um mich herum verschwamm. Meine Knie zitterten. Meine Arme ebenfalls. Als würden sie mein eigenes Gewicht nicht tragen können. Doch ich hielt mich tapfer aufrecht.

»Vier.« Mein Schrei erfüllte den Raum. Reed hinter mir stöhnte. Die Hand zwischen meinen Schulterblättern fuhr meine Wirbelsäule entlang und streichelte die geschundene Haut an meinem Hintern. War sie bereits rot? Es fühlte sich auf jeden Fall so an. Jede Berührung an meinem Po schmerzte. Reeds Finger geisterten über die Stellen, auf die er mich geschlagen hatte. Ich wimmerte. Reeds Lachen erklang erneut, aber es klang weit weg. Der Schmerz übertönte all meine Sinne. Schon jetzt spürte ich meine Arme und Beine kaum noch. Stattdessen konzentrierte sich mein ganzes Sein auf den stechenden Schmerz an meinem Hintern und das Pochen in meiner Klitoris, das stärker war als je zuvor in meinem Leben. Als hätte jeder Schlag auch Blut in meine empfindlichsten Stellen gepumpt.

Reed tätschelte ein letztes Mal meinen Hintern, bevor er erneut die Peitsche anhob. Kurz passierte nichts und ich dachte schon, es wäre vorbei, als mich der nächste Schlag traf. Härter als alle zuvor. »Fünf. Fuck.« Ich schrie und kreischte. Es tat weh. Es tat verdammt weh. Tränen liefen mir über die Wangen und ich schniefte. Ich vergrub mein Gesicht in den Laken und versuchte, mich zu entspannen, aber der Schmerz wurde mit jedem Hieb schlimmer und ich hatte keine Ahnung, wie viele Reed geplant hatte. Doch ich wollte das schaffen. Ich wollte ihm beweisen, dass ich das durchhalten konnte und ich mehr war als die brave Ärztin aus der Vorstadt. Denn das musste ich, wenn ich bei ihm bleiben wollte. Und ob ich es mir eingestehen wollte oder nicht, genau das war es, was ich mir wünschte.

»Sechs.« Ich weinte. Ich konnte es nicht verhindern. Mein Schluchzen wurde durch die Matratze gedämpft, doch es war dennoch so laut, dass es das Klatschen der Peitsche übertönte. Meine Zehen krümmten sich. Atemlos keuchte ich, als Reed mir zwischen den Schlägen eine Pause gönnte. Sein Geruch stieg mir in die Nase und ich presste mein Gesicht tiefer in die Matratze.

»Sieben«, rief ich und meine Arme brachen unter mir weg. Nur Sekunden später folgten meine Knie. Mein ganzer Körper zitterte. Adrenalin pumpte durch meine Adern. Ich stöhnte, weil mein Eingang sich verengte, aber ich immer noch leer war. Das war fast noch schlimmer als das Brennen an meinem Hintern.

»Acht.« Ich versuchte, mich wieder aufzurichten, aber immer wieder gab mein Körper unter der Wucht der Schläge nach und ich fiel zurück auf die Matratze. Mit verklärtem Blick warf ich einen Blick über meine Schulter. Reed ragte hinter mir auf. Die Peitsche hoch erhoben. Das Bild ließ mich stöhnen. Er hatte seine Boxershorts ausgezogen und sein steifes Glied zuckte erwartungsvoll, als der nächste Schlag auf meine gerötete Haut traf.

»Neun.« Erneut quoll ein Schwall Tränen über meine Augenlider und liefen meine Wangen hinab, während Reed beruhigend über meinen unteren Rücken strich. Mein Körper bebte, zuckte und versuchte dem Schmerz zu entgehen, den ich bereitwillig über mich ergehen ließ. Meine Brustwarzen streiften über die Matratze, weil Reed mich mit jedem Schlag ein Stück nach vorne schob. Die zusätzliche Reizung war zu viel für mich. All meine

Muskeln spannten sich an und als der nächste Schlag mich traf, gaben sie alle nach.

»Zehn.« Erschöpft atmete ich aus und bemühte mich, keuchend wieder an Sauerstoff zu kommen. Mein Hintern schmerzte, aber auch all meine Glieder protestierten. Sie gehorchten mir nicht mehr. Ich wollte Reed meinen Po wieder entgegenstrecken, aber ich schaffte es nicht. Müdigkeit und eine Zufriedenheit, die mir bis dahin unbekannt gewesen war, breiteten sich in mir aus. Nur am Rande bekam ich mit, wie ein dumpfer Ton erklang, als Reed die Peitsche gegen die nächste Wand schleuderte und sich über mich beugte. Seine Hände strichen über meine Schultern und meinen Rücken hinab, während er sanfte Küsse auf meinem Hintern verteilte. Die Nässe seines Speichels linderte das Brennen ein wenig, aber noch immer hatte ich das Gefühl, in Flammen aufzugehen.

»Du bist wunderschön«, murmelte Reed und strich meinen Rücken wieder nach oben, um meinen Nacken zu küssen. Gern hätte ich irgendwas erwidert, aber es fühlte sich viel zu gut an, einfach hier zu liegen und seine sanften Berührungen zu genießen. Wie konnte der Mann, der mich jetzt umsorgte, derselbe sein wie der, der mich schlug, bis ich zitterte und vor Erregung verging? »Und du hast das großartig gemacht«, säuselte Reed in mein Ohr und sein Atem an meinem Hals ließ mich schaudern. Zeitgleich schob sich etwas Hartes zwischen meine Pobacken und rieb sich an mir. Es dauerte eine Weile, bis mein ausgelaugtes Gehirn begriff, dass es sein Penis war. Sein Schaft war groß und breit und er überreizte die geschundene Haut weiter, bis ich wieder ein Wimmern ausstieß und eine letzte Träne aus meinem Augenwinkel floss. Ich schluchzte leise. »Willst du aufhören?«, fragte Reed und küsste entschuldigend mein Ohr. Er nahm die Haut zwischen die Zähne und biss sanft daran.

»Bitte«, stöhnte ich und war mir selbst nicht sicher, wonach ich eigentlich bettelte. Es war auch unwichtig, solange Reed endlich die Leere in meiner Mitte füllte. Sein Penis glitt hinab zwischen meine Schenkel und rieb sich an meinem pochenden Eingang. Ich keuchte. Ja! Genau so! Bitte! Ich riss den Mund auf, aber kein Ton kam über meine Lippen. Meine Augen verdrehten sich von selbst. Verdammt, ja! Reed rieb sein Glied an mir und stimulierte damit meine pulsierende Klitoris. Seine Eichel streifte den empfindlichen Punkt, an dem meine Schamlippen einander berührten, und ließ mich erbeben.

»Stütz dich mit den Armen am Kopfteil des Bettes ab«, befahl Reed und packte mich an den Oberarmen, um mir zu helfen, meinen schwerfälligen Körper nach oben zu heben, bis meine Handflächen das Kopfteil umklammern konnten. Meine Fingernägel bohrten sich in das Holz, aber es kümmerte mich nicht. Genauso wenig wie Reeds viel zu fester Griff, der bestimmt blaue Flecken an meinen Armen hinterlassen würde. Nichts davon hatte für mich Priorität. Nicht so, wie das Rascheln hinter mir und das Geräusch einer reißenden Verpackung. Verhütung, ja, richtig. Das war fantastisch und ich war froh, dass Reed so bei Sinnen war, um daran zu denken, während sich mein Verstand inzwischen verabschiedet hatte. Aber auch er atmete schwer und seine Hände fuhren fahrig meine Kehrseite entlang. »Bereit?«

Ich nickte. Zu mehr war ich nicht mehr imstande, aber mehr brauchte es auch nicht. Reeds Penis rutschte ein Stück nach hinten und hörte auf, sich an mir zu reiben, nur um im nächsten Augenblick zur Gänze in mich einzudringen. Reed wartete nicht ab, bis ich mich an seine Größe gewöhnt hatte. Nein, sobald er in mir war, rutschte er wieder heraus, um sich dann wieder in mich zu rammen. Fest und fester. Immer wieder. Ich keuchte. Reed füllte mich perfekt aus und dehnte mein Innerstes, bis ich glaubte, daran zu vergehen. Er packte meine Hüften, um mich zu stabilisieren, damit ich nicht unter ihm zusammenbrach und änderte den Winkel, wann immer meine Muskeln sich verkrampften. Es war großartig. Wie ein Traum. Jede Berührung, jeder Stoß fühlte sich gut an. Reed hielt mich fest und sorgte sich um alles, während ich den Kopf nach hinten werfen und es genießen konnte. Und genau das tat ich auch. Mein Hintern brannte, mein Eingang pulsierte und meine Klitoris pochte. All das brachte mich dazu, immer lauter und lauter zu schreien. Ich zog mich um Reed zusammen, als wollte mein Körper ihn nie wieder gehen lassen. Als wäre er jetzt ein Teil von mir. Flatternd fielen mir die Augen zu und das Klatschen von aufeinanderschlagendem Fleisch erfüllte den Raum.

»Atme, wenn ich es dir sage«, befahl Reed und seine Stimme zeigte, dass auch er damit kämpfte, nicht sofort dem Strudel aus Lust und Erregung zu erliegen. Seine Töne klangen kehlig und dumpf in meinen Ohren. Eine Hand löste sich von meiner Hüfte und wanderte an meinen Hals. Seine Finger legten sich um die zarte Haut und verharrten dort. »Jetzt!«

Reed stieß hart in mich und ich schnappte nach Luft. Gerade rechtzeitig, denn schon in der nächsten Sekunde drückte die Hand an meinem Hals zu und sorgte dafür, dass ich nicht mehr atmen konnte. Meine Augen weiteten sich. Ich wollte ausatmen, aber es ging nicht. Dennoch verspürte ich keine Angst, weil Reed sich weiter in mir bewegte und die Finger an meiner Hüfte mich beruhigend streichelten. Schwarze Flecken bildeten sich vor meinen Augen. Meine Umgebung löste sich auf. Dunkelheit umfing mich, in der ich nichts wahrnahm außer den

Stößen in meinem Inneren. Ich stöhnte, aber es klang eher wie ein Krächzen. Mein Mund klappte auf. Mir wurde schwindelig. Bis auf meine Mitte wurde der Rest meines Körpers taub, sodass ich auch meinen Hintern nicht mehr spürte.

»Du machst das toll, Kätzchen«, lobte Reed mich und sein Griff löste sich von meinem Hals. Er zog das Tempo seiner Stöße weiter an und änderte erneut den Winkel. Gierig schnappte ich nach Sauerstoff und genoss die harten Bewegungen. Meine Schenkel waren feucht. Ich stöhnte.

»Bitte!«, rief ich, als Reeds Keuchen lauter wurde. Seine Stöße wurden unkontrollierter. Er hämmerte in mich hinein und traf immer wieder diesen einen Punkt, der mich schreien ließ.

»Ich habe nicht gesagt, dass du sprechen sollst.« Reeds Finger verengten sich wieder um meinen Hals. Ich konnte nicht atmen. Mein Mund stand weit offen. Speichel lief über meinen Mundwinkel und wieder kamen mir die Tränen, doch ich ignorierte sie, genauso wie seinen Befehl. Ich konnte nicht mehr. Ich brauchte es so dringend. Keine Chance, jetzt noch still zu sein und ich würde jede Strafe dafür in Kauf nehmen, solange er mich endlich kommen ließ.

»Reed!«, brüllte ich, als sich der Griff wieder löste und Reed die Hand von meinem Hals nahm. Das Pochen meiner Klitoris wurde übermächtig. Ich drohte, den Verstand zu verlieren. Bei jedem Stoß kam ich Reed inzwischen entgegen, auch wenn ich wusste, dass ich morgen vermutlich nicht würde sitzen können. Es war mir egal. Alles war egal. »Oh Gott!«

»Böses Mädchen!«, knurrte Reed und schlug mir mit der freien Hand, die eben noch an meinem Hals gewesen war, auf den nackten Po. Es klatschte. Doch das reichte ihm als Strafe offenbar noch nicht, denn seine Finger wanderten zu der Stelle, an der sich mein Hintern teilte.

»Nein, Reed! Nein!«, bettelte ich, aber er hörte nicht darauf und nutzte die Flüssigkeit auf meinen Schenkeln, um mit dem Daumen in mein zweites Loch einzudringen. Und das reichte. Er musste ihn nicht einmal mehr bewegen. Es war so gut, so dreckig, dass der nächste Stoß mich aufschreien ließ. Mein Körper verkrampfte sich. Alle Anspannung fiel von mir ab. Jeder Muskel zuckte. Ich schrie und schrie, ohne meine eigenen Schreie hören zu können. Reeds Schaft in mir erbebte und irgendwo im hintersten Winkel nahm ich wahr, dass auch er gerade einen Orgasmus haben musste. Doch ich schaffte es nicht, mich aus meinem eigenen Gefühlschaos zu befreien. Die Wellen meiner Erregung fegten über mich hinweg und rissen alles mit sich. Meine Erinnerungen, meine Ängste, sogar einen Teil von mir selbst. Nur langsam tauchte ich wieder aus all den Empfindungen auf. Zuerst kehrte meine Sicht wieder zurück, als ich mehrmals blinzelte und dann erklangen Stimmen.

»Oh, fuck«, fluchte jemand und es dauerte, bis mir klar wurde, dass ich zum zweiten Mal an diesem Tag dieses furchtbare Wort verwendet hatte. Meine Töne mischten sich mit Reeds erschöpftem Stöhnen. Ein letztes Mal rammte er sich tief in mich, bevor er auf mir zusammenbrach.

»Ich liebe es, wenn du fluchst«, hauchte er und setzte einen einzelnen Kuss hinter mein Ohr. Seine Brust hob und senkte sich schnell, während er die Nachwehen seines Höhepunkts auskostete. Ich hatte keine Ahnung, wie lange er an mich gelehnt liegen blieb, doch es war nicht unangenehm. Ich genoss seine Wärme und den Geruch nach Sex und Schweiß. Es fühlte sich gut an. Ruhig. Außerdem konnte ich mir nicht vorstellen, jetzt aufzustehen. Zum Glück war Reed mit mir einer Meinung, denn er zog sich keuchend aus mir zurück, streifte das Kondom ab und verknotete es, ehe er es auf den Boden warf und mich an der Hüfte packte. »Siehst du, du hast doch zwischendurch Nein gesagt.« Er lachte, legte sich auf den Rücken und zog mich an sich, bis mein Kopf auf seiner Brust lag. Ich schnaubte amüsiert. Ja, er hatte recht, aber das war mir absolut egal, solange er das von eben immer und immer wieder mit mir tat.

ZEHN

REED

»Wie fühlst du dich?«, wollte ich wissen und fuhr über die roten Male an ihrem Oberarm. Jetzt waren sie noch gerötet, aber schon bald würden sie dunkelblau anlaufen und meine Fingerabdrücke auf ihrer Haut verewigen. Der Gedanke ließ mich grinsen. Es war wie eine Markierung. Jeder würde sie sehen und wissen, dass sie jemandem gehörte. Mir.

Der Gedanke jagte durch meinen Schädel, bevor ich ihn verhindern konnte und fraß sich durch mein Herz, aber es brachte nichts mehr, es abzustreiten, während ich ihre Haut streichelte und genoss, wie ihre Haare meinen Oberkörper kitzelten. Ich wollte, dass sie Mein war. Sie hatte wunderschön ausgesehen, als sie sich in ihrer eigenen Lust verloren und gleichzeitig meinen Namen geschrien hatte. Immer wieder und wieder. Es war der schönste Laut, den ich je gehört hatte und entgegen meinen Erwartungen lief Claire auch jetzt nicht schreiend davon. Nein, sie lag entspannt auf mir und zeichnete mit den Fingern meine Bauchmuskeln nach.

»Gut«, hauchte sie und schloss zufrieden die Augen. Sie musste unheimlich erschöpft sein. Keine Ahnung, wie lange wir schon hier lagen, aber ihr Körper hatte Großartiges geleistet und hatte es sich verdient. Vielleicht war der letzte Sex mit einer unbedeutenden Schlampe zu lange her, doch in diesem Moment hätte ich schwören können, dass ich niemals befriedigter gewesen war. Grinsend erhaschte ich einen Blick auf Claires geröteten Hintern. Breite Striemen zeichneten sich darauf ab und tauchten ihren Arsch in ein glühendes Rot. Wunderschön.

»Hast du Schmerzen?« Sanft fuhr ich über die gereizte Haut. Sie war warm und ich spürte, wie das Blut darunter zirkulierte. Viel zu schnell. Claires Arsch spannte sich unter meiner Berührung an. Sie wimmerte leise und ich wanderte mit der Hand höher, um ihr nicht zusätzlich Schmerzen zu bereiten.

»Kaum. Willst du noch mal?« Claire gähnte verhalten und öffnete nicht einmal die Augen, um mich anzusehen. Sie war wirklich müde und ich ebenfalls, auch wenn ich sie am liebsten sofort wieder gefickt hätte. Sie war so tapfer gewesen. Stolz keimte in mir auf. Jeder ihrer Schreie war wie Musik in meinen

Ohren gewesen und es gab noch so viel, das ich mit ihr tun wollte. Aber das musste warten.

»Du solltest eine Runde schlafen«, murmelte ich, griff nach der Decke, die wie ein Knäuel auf der Seite des Bettes lag, und zog sie über ihren nackten Körper. Später würde ich ihren Arsch mit Heilsalbe behandeln müssen, aber ein Nickerchen davor konnte nicht schaden. Es brachte niemandem von uns etwas, wenn sie auf dem Weg zum Bad zusammensackte, weil sie vor Erschöpfung nicht mehr stehen konnte.

»Bleibst du bei mir?« Claire rieb ihre Wange an meinem Brustmuskel und ihre Atmung wurde flacher. Ihr Herzschlag verlangsamte sich. Sie gähnte erneut.

»Bis du eingeschlafen bist«, versprach ich und wollte am liebsten selbst die Augen schließen, um zu schlafen, doch die Zeit hatte ich nicht. Ich warf einen Blick auf die Uhr, die auf meinem Nachttisch stand und zeigte, dass ich mich schon vor einer halben Stunde mit Santiago hätte treffen sollen. Doch er konnte warten. Nicht ewig, aber für ein paar Minuten, in denen ich mir einreden konnte, dass Claire kein Problem mit meinen illegalen Geschäften und meiner Vergangenheit hätte. Hätte sie sich irgendwann in mich verliebt, wenn ich nicht der Sohn meines Padres wäre? Vielleicht. Sexuell waren wir auf jeden Fall auf einer Wellenlänge. In ihr steckte wirklich eine kleine Wildkatze. Ich hatte es nicht erwartet, aber es hatte ihr gefallen. Meine raue, unkontrollierte Gewalt hatte sie in neue Sphären geschickt und ihr Körper hatte unter mir gezuckt und sich gewunden, als wollte er immer mehr. Als dürstete sie danach, dass ich sie zerstörte und danach wieder zusammenflickte.

Schweren Herzens schob ich Claire irgendwann doch von meinem Körper und stand auf, um mich anzuziehen und mein Telefon unter die Lupe zu nehmen, auf dessen Bildschirm mir Unmengen an Nachrichten angezeigt wurden. Fuck! Aber nach genauerer Betrachtung wurde klar, dass Santiago nur wissen wollte, ob Claire mich umgebracht hatte und ich deshalb nicht zum Treffpunkt gekommen war. Dieses Arschloch!

Genervt schnaubte ich und schrieb ihm, dass er auf mich warten sollte und ich gleich bei ihm wäre. Wobei *gleich* ein sehr dehnbarer Begriff war. Schadenfroh grinste ich und ließ mir extra viel Zeit, um mir im Bad das Gesicht zu waschen. Ich wusste, dass ich duschen sollte und man den Sex an mir riechen konnte, aber ich brachte es nicht über mich, mir Claires Duft jetzt schon abzuwaschen. Also verzichtete ich auf die Dusche und öffnete stattdessen die Kamera auf meinem Handy. Schwerfällig ging ich zurück ins Schlafzimmer und zog die Decke von Claires Körper. Sie grummelte unzufrieden, schlief aber einfach weiter, während ich ein Bild von den Abdrücken an ihren Armen und den Striemen auf ihrem Arsch machte. Die Bilder waren gerade so, dass man erkannte, wer sie war, und die Wunden zu sehen waren, aber da sie auf dem Bauch lag, war der Rest ihres Körpers geschützt, sodass ich die Fotos wirklich verwenden konnte. Zufrieden legte ich die Decke wieder über Claire und machte mich auf den Weg in mein Arbeitszimmer. Mal sehen, was Garcia als Nächstes tun würde, wenn es nicht nur um das Leben seiner Schwester, sondern die Ehre seiner Familie ging.

»Santiago!«, rief ich und eilte auf die Baumstämme zu, bei denen sein Auto parkte. Doch er saß trotz der kühlen Temperaturen nicht im Wagen, sondern hatte sich an einen der Bäume gelehnt und eine Zigarette im Mund, die er erst herausnahm, als er mich entdeckte.

»Wo warst du?«, fragte er und entließ im gleichen Atemzug den Rauch aus seinem Mund. Kurzzeitig bildete sich eine kleine Wolke um seinen Kopf, bevor der Wind den Nebel forttrug. »Ich wollte schon zur Hütte kommen und sehen, ob dich das kleine Biest abgestochen hat.«

»Was hast du gegen sie?« Ich schüttelte genervt den Kopf. Warum konnte er es nicht einfach lassen? Merkte er nicht, dass ich keine Zeit für diesen Schwachsinn hatte? Schön, ich konnte es wohl nicht mehr leugnen, ich mochte Claire, aber das hieß noch lange nicht, dass ich mich von ihr umbringen lassen würde.

»Sie lenkt dich ab.« Santiago stieß sich vom Baumstamm ab und kam näher auf mich zu, ehe er seine Zigarette wieder zwischen die Lippen nahm und daran zog. »Außerdem ist sie nicht gerade loyal. Sie hilft dir, ihren Bruder zu hintergehen.«

»Sie denkt, es geht nur um irgendwelchen bürokratischen Scheiß.« Und selbst wenn nicht, konnte ich ihr keinen Vorwurf daraus machen, dass sie versuchte, sich mit mir gut zu stellen. Erstens würden ein paar fehlende Akten ihren Bruder nicht töten und zweitens war sie diejenige, die mit einem Mörder in einer Hütte an der Grenze des Staates war. Was sollte sie sonst tun? Eine Waffe suchen und sich bemühen, mich zu erschießen? Wenn das schiefginge, wäre sie sofort tot. Außerdem war es widersprüchlich, dass Santiago sich einerseits Sorgen zu machen schien, sie könne mich töten und andererseits genau das von ihr wollte, damit sie in seinen Augen ein besserer Mensch war.

»Da wäre ich mir nicht sicher. Es heißt, Pablo Garcia hätte bei der Sache mit Alvaro einen Komplizen gehabt und wenn das stimmt, kann sie vielleicht einfach gut schauspielern.« Santiago hob zuckend die Schultern und legte den Kopf leicht schief, als würde er über seine Theorie nachdenken, doch ich glaubte keine Sekunde, dass Claire so gut darin war, mich zu täuschen. Lächeln, wenn man einem Serienmörder gegenüberstand und ihn eigentlich hasste? Ja, das war möglich. Aber schreien und nach mehr betteln, während er einen fickte? Das schoss doch übers Ziel hinaus.

»Noch jemand von der Polizei?«, überlegte ich laut und ging alle Namen durch, die auf meiner Liste standen. Doch es war niemand dabei, bei dem ich es mir vorstellen konnte. Von der Polizei war nur noch Pablo übrig. Der Rest war tot. Fuck! Das hieß, wir standen wieder ohne Antworten da, wenn wir die Akten nicht bekamen. Sollte ich Santiago erneut zu Pablo schicken, um danach zu suchen? Und ihm vielleicht jemanden an die Seite stellen, damit er nichts übersah. Ich schnaubte. Nein, das war lächerlich. Vier Mal mussten verdammt noch mal reichen. Dort war nichts.

»Nein.« Santiago schüttelte den Kopf und zog an seiner Zigarette. Die Asche rieselte auf den Waldboden wie Schnee, der vom Himmel fiel. Flocke für Flocke.

»Sie hat keine Ahnung«, versicherte ich Santiago erneut und sah hinüber zur Hütte. Nein, sie war es definitiv nicht gewesen. Der Umschlag in meiner Hand bewies das. Er war schwer, gefüllt mit hunderten Kopien der Bilder, die ich von Claire gemacht hatte.

»Bist du dir sicher? Vertraust du ihr?« Santiago knirschte mit den Zähnen und ließ den Stummel seiner Zigarette los. Er landete auf dem Boden, wo er ihn austrat, bis die rote Glut erlosch. Gute Frage. Vertraute ich ihr? Anscheinend genug, um mich nackt und unbewaffnet mit ihr in ein Bett zu legen und keinen Angriff zu erwarten. Also ja? Aber es war noch mehr als das. Da war etwas tief in mir, das es mir unmöglich machte, sie zu verdächtigen. Eine Gewissheit, dass sie mich nicht hintergehen würde. Genau wie all meine Männer. »Genauso sehr wie dir. Übrigens, hier.« Ich zwinkerte Santiago zu und drückte ihm den Umschlag mit den Bildern in die Hand. Widerstandslos nahm er ihn entgegen und betrachtete ihn genauer. Vorsichtig schwenkte er ihn in seinen Fingern und hielt ihn näher an sein Gesicht, als erwarte er, das Kuvert würde gleich in Flammen aufgehen.

»Was ist das?« Skeptisch hob er eine Augenbraue und verlagerte sein Gewicht von einem Bein aufs andere. Fragend sah er mich an, öffnete den Umschlag aber nicht, worüber ich erleichtert war. Obwohl die Bilder nicht sehr erotisch waren, wollte ich nicht, dass er sie sah. »Unwichtig. Sorg einfach dafür, dass es im Postfach von Garcias Polizeistelle landet«, ordnete ich an und verschränkte die Arme locker vor meiner Brust. Ich unterdrückte ein Gähnen. Müdigkeit nahm wieder Besitz von meinem Körper und ich vermisste Claires Wärme jetzt schon. Auch mein Blick fiel auf den Umschlag. Das reichte an Arbeit für heute, oder? Ein Lächeln bildete sich auf meinem Gesicht. Das musste es, denn ich brauchte mehr von Claire. Schon jetzt war ich süchtig nach ihren Schreien. Außerdem musste ich mich noch um ihren wunden Arsch kümmern.

»Du hast es echt durchgezogen, oder? Ohne mich?« Santiagos Grinsen verrutschte auf seinen Zügen. Seine Pupillen weiteten sich und sein Mund klappte überrascht auf. Er wedelte mit dem Umschlag und in seinen Augen flackerte eine ungeheure Gier auf. Er musste dringend mal Dampf ablassen, wenn ihn allein der Gedanke daran geil machte.

»Kümmere dich darum!«, befahl ich erneut und versuchte ernst zu bleiben, weil ich die Freude über die Tatsache, dass ich Claire haben konnte und kein anderer, zurückhalten wollte. Es gelang mir nicht. Das Lächeln auf meinen Zügen wurde breiter und Blut schoss in meine Lenden. Ein Ziehen ging durch meinen Unterbauch, während mein Schwanz begann, sich aufzurichten. Ja, ich musste definitiv zu Claire zurück.

»Sicher, Boss.« Ein dreckiges Lachen kam aus

Santiagos Mund, und obwohl ich ihm gestern dafür noch den Hals umgedreht hätte, störte es mich jetzt nicht mehr. Ich war viel zu entspannt durch meinen eigenen Orgasmus, sodass es mir egal war, wenn Santiago sich aufführte wie ein pubertierendes Kind, das noch nie nackte Brüste zu Gesicht bekommen hatte. »War es wenigstens gut?«

»Wir haben keinen Porno gedreht.« Lachend verdrehte ich die Augen. Auch wenn wir gekonnt hätten, und irgendwann in der Zukunft würde ich Claire und mich ganz sicher filmen, um mir ihr Gesicht immer und immer wieder ansehen zu können, während sie unter mir lag und ihre Lust in die Welt hinausschrie.

»Fuck, wieso nicht? Wenn wir schon in dieser Scheiße sitzen, hättest du uns ruhig ein wenig Spaß gönnen können.« Santiagos Lachen wurde lauter, aber er warf den Umschlag durchs offene Fenster seines Wagens auf den Beifahrersitz. Wenn er gleich losfuhr, würden die Bilder schon in ein paar Stunden bei Pablo Garcia sein. Und dann hieß es abwarten.

»Verpiss dich, Alter!« Ich knurrte gespielt erbost, drehte mich um und trat den Weg zurück zur Hütte an, ohne noch einmal zurückzusehen. Santiago würde das erledigen und dazwischen hatte ich Zeit für vergnüglichere Dinge. Ich grinste, rückte meine Hose ein Stück zurecht, sodass sie nicht mehr gegen meinen Schwanz drückte und ging in die Hütte. Schon als ich die Tür öffnete, wehte mir der Geruch von angebratenem Käse entgegen und sofort meldete sich mein Magen. Ein Brutzeln erklang, gefolgt vom Rauschen der Abzugshaube. Verwirrt runzelte ich die Stirn und lief durchs Wohnzimmer, bis ich einen guten Blick in die Küche hatte, wo Claire mit dem Rücken zu mir vor einer Pfanne stand und den Käse darin umdrehte. Sie trug eines meiner Shirts und sonst nichts. Zumindest nichts, das ich auf den ersten Blick sehen konnte. Ihr Hintern kam unter dem Saum des Stoffes hervor und bei jeder Bewegung rutschte das Shirt ein Stück nach oben. Ich leckte mir über die Lippen. Fuck! Sie war so unendlich heiß.

»Du bist schon wach«, murmelte ich, trat mir beim Gehen die Schuhe von den Füßen und stellte mich hinter sie. Besitzergreifend legte ich meine Hände auf ihre Hüften und zog sie ruckartig an mich. Ihr Arsch drückte sich gegen meine Leiste und Claire schmiegte ihren Rücken an meine Brust. Überraschte zischte sie, als der Schmerz bei der Berührung von ihrem Hintern in ihren ganzen Körper schoss, doch gleich darauf entspannte sie sich wieder.

»Mein Arm ist eingeschlafen und das Kribbeln hat mich geweckt«, flüsterte sie und lehnte ihren Kopf nach hinten, bis er an meiner Schulter aufkam.

Sie seufzte entzückt und schloss die Augen, während ich ihr einen Kuss auf den nackten Hals drückte, an dem die Male meiner Hände immer dunkler wurden. »Hast du Hunger?«

»Du kochst?«, wollte ich wissen, auch wenn sich die Frage eigentlich erübrigte, als sie den Käse erneut in der Pfanne wendete. Trotzdem war ich verblüfft. Ich hätte erwartet, dass sie im Bett liegen bleiben und darauf warten würde, bis ich wiederkam, weil ihr ganzer Körper wehtat. Doch wieder hatte sie mich überrascht. »Ja, ich dachte das wäre für uns beide nicht schlecht.« Ein belustigter Ton mischte sich in ihre Stimme und sie löste sich von mir, um mir über die Schulter einen amüsierten Blick zuzuwerfen. Ihre Pupillen waren winzig, was bedeutete, dass sie ebenfalls noch müde war, doch das breite Grinsen auf ihrem Gesicht ließ mich mein schlechtes Gewissen vergessen, auch wenn die blauen Flecken auf ihrem Oberarm sich nun deutlich auf ihrer Haut abzeichneten.

»Danke, aber wir sollten deine Wunden kühlen und eincremen, damit sie sich nicht entzünden und schneller heilen.« Sanft wanderte ich mit meinen Fingern ihre Haut entlang und schob dann ihr Shirt ein Stück nach oben, bis ihr Arsch frei lag. Scharf sog ich die Luft ein bei dem Anblick, der sich mir bot. Es war wunderschön. Ihr Hintern war perfekt geformt und wie ein Muster zogen sich die Striemen über die blasse Haut. Sie waren gerötet und fügten sich perfekt mit den Hämatomen zusammen, die über ihrem Arsch verteilt waren.

»Damit du bald neue machen kannst?« Claire stöhnte und drückte sich meinen Berührungen entgegen. Obwohl es schmerzen musste, stöhnte sie auf und wimmerte, als ich mit dem Zeigefinger über eine der Rötungen fuhr.

»Gefallen sie dir?« Meine Stimme klang heiser, als die Worte aus meinem Mund kam. Mein Schwanz pochte in meiner Hose und das Ziehen in meinem Schritt wurde stärker. Claire war eine unwiderstehliche Versuchung. Ich musste sie dringend ficken, aber nicht hier. Sie brauchte eine Pause und es wäre zu anstrengend, sie zu zwingen, sich die ganze Zeit an der Küchenzeile abzustützen. Schon jetzt protestierten ihre Muskeln. Sie verkrampfte sich und ein Zittern ging durch ihre Beine, als sie den Herd abschaltete und die Pfanne von der heißen Platte schob. Perfektes Timing. Ich lächelte. Eine Idee formte sich in meinem Kopf. Vielleicht wäre es hier im Stehen zu anstrengend für sie, aber in der Dusche unter warmem Wasser, das ihre Muskeln lockerte, nicht. Das Essen konnte warten. Wir würden es später in der Mikrowelle aufwärmen, auch wenn mein Magen etwas dagegen hatte. Mein Schwanz konnte nicht länger warten.

»Ja. Sie sind von dir«, säuselte Claire und kassierte von mir dafür einen Schlag auf den Arsch. Sie wollte es so. Also wieso sollte ich mich zurückhalten? Es sah aus, als wäre Claire nicht der Engel, für den ich sie gehalten hatte. Nein, sie war ein Dämon, der sich um meinen Körper schlang und mein Herz stahl. Und ich hatte absolut nichts dagegen einzuwenden.

»Dann ab unter die Dusche, Mieze. Wir haben noch viel miteinander vor.«

ELF

CLAIRE

»Müssen wir schon aufstehen?«, fragte Reed und rieb sich gähnend den Schlaf aus den Augen, als die ersten Sonnenstrahlen des Tages durch das Fenster brachen. Sie tauchten das Zimmer in ein warmes Licht und holten auch mich aus meinen Träumen. Ich streckte mich und blickte auf die Uhr, die zeigte, dass wir keine drei Stunden geschlafen hatten. Ob ich mir selbst oder Reed daran die Schuld geben sollte, wusste ich jedoch nicht. Eigentlich waren wir am Ende beide dafür verantwortlich, weil keiner von uns die Hände vom anderen lassen konnte. Nach dem Sex in der Dusche hatten wir es im Bett noch einmal getan und danach in der Küche, als wir endlich den von mir zubereiteten Käse gegessen hatten. Danach waren wir wieder ins Schlafzimmer gegangen und nach einer weiteren Nummer in einen komaähnlichen Zustand gefallen. All meine Muskeln fühlten sich an wie Pudding. Jede Faser meines Körpers schmerzte von der Anstrengung und Reed konnte es nicht anders gehen. Zwar hatte er keine Blessuren, aber dafür hatte er die Hauptarbeit gemacht und mich immer wieder kommen lassen, bis ich glaubte, mich in meinem eigenen Orgasmus für immer aufzulösen.

»Nein, wir haben noch Zeit. Woran hättest du denn gedacht?« Ich rollte mich in Reeds Armen herum, sodass ich ihn ansehen konnte und genoss das Gefühl, das seine Umarmung in mir auslöste. Ich fühlte mich beschützt. Wie ein Schatz, auf den jemand aufpassen musste. Wahrscheinlich war es für Reed auch so, immerhin funkelte ich ebenfalls wie Edelsteine in den verschiedensten Farben. Aber es tat nicht weh. Meine Haut war stellenweise ein wenig empfindlich, doch wirkliche Schmerzen hatte ich nicht. Stattdessen erinnerte mich jede meiner Bewegungen, jedes Ziehen meiner Muskeln an die wunderschönen Momente, wenn Reed sich hinter mir versteift und sein Glied erfüllend in mir gezuckt hatte. »Wir könnten noch weiterschlafen«, schlug Reed vor und fuhr mit seiner rechten Hand meinen Rücken entlang bis zu meinem Hintern. Seine Finger strichen dabei zärtlich über meine Wirbelsäule. Ein Schauer jagte durch meinen Körper. Ich bekam eine Gänsehaut und ein Stöhnen bahnte sich einen Weg an die Oberfläche. Obwohl ich erschöpft war, begann mein Herz schneller zu schlagen und ich drückte mich näher an Reed, bis meine nackten Brüste sich gegen seinen Oberkörper pressten.

»Ja, könnten wir. Oder ...« Ich ließ den Satz offen und strich verführerisch über seinen Nacken, während ich durch meine langen Wimpern zu ihm aufsah. Ich wollte ihn schon wieder. Meine Mitte zog sich zusammen und zeigte mir, wie leer ich mich ohne Reed fühlte. Aber schaffte ich überhaupt noch eine Runde? Das Stechen in meinen Oberschenkeln schrie deutlich nein und auch der Muskelkater in meinen Oberarmen erinnerte mich daran, dass ich es lassen sollte. Aber ich konnte nicht. Reeds Geruch war berauschend und ich wollte mich darin vergraben.

»Oder?« Reed lachte und lehnte seine Stirn an meine. Sein warmer Atem blies mir ins Gesicht und seine dunklen Augen starrten mir tief in die Seele. Was er wohl sah, wenn er mich mit diesem Blick betrachtete? Ich würde es wohl nie erfahren, aber es konnte mir auch egal sein, solange Reed nicht damit aufhörte. Er leckte sich begierig über die Lippen und rieb seine Nase sanft an meiner, was mein Blut zum Kochen brachte. In meiner Klitoris begann es zu pochen. Verflucht! Mein Innerstes war schon ganz wund, aber dennoch wollte ich Reed wieder in mir spüren. Und ihm ging es ähnlich. Ich spürte genau, wie sein Glied anwuchs und an meinen Schenkel gepresst wurde.

»Ich denke, uns wird etwas einfallen«, wisperte ich, hob das Kinn ein Stück und drückte Reed einen Kuss auf die Wange. Die Stoppeln seines Bartes reizten die weiche Haut um meinen Mund, aber das verhinderte nicht, dass ich ihm einen weiteren Kuss gab, als Reed nicht reagierte, sondern die Augen schloss und das Gefühl meiner Lippen auf ihm genoss. Genüsslich seufzte er und legte seine Hände auf meinen nackten Hintern. Er begann, ihn zu kneten und drehte den Kopf leicht, damit ich beim nächsten Kuss seine Lippen traf. Ich stöhnte auf, als sein Mund auf meinen traf und meine Augen fielen wie von selbst zu. Mein Puls begann zu rasen. Das Blut zirkulierte schneller und schneller in meinen Adern und schickte die Erregung, die sich in meinem Schoß ausbreitete, durch meinen ganzen Körper. Ich presste mich fester an Reed und stöhnte, als seine Zunge in mich eindrang und über meine strich. Reeds Geschmack explodierte in meinem Inneren und ließ mich stöhnen. Obwohl ich müde war und mir nachts ohne Decke zu kalt gewesen war, spürte ich nun die Hitze, die sich in mir hocharbeitete. Reed entfachte mit seinen Berührungen ein Feuer in mir. Wieder und wieder. Egal, wie oft er mich in den vergangenen Stunden schon berührt hatte, die Flammen wurden immer neu entzündet und auch danach schien die Glut nie ganz zu verschwinden.

»Reed!«, flüsterte ich, aber wusste selbst nicht genau, was ich wollte. Tatsache war, dass ich keine weitere Runde wilden Sex mit Schlägen ertragen konnte, aber ich war unendlich feucht und meine Klitoris pulsierte unangenehm. Doch ich musste mir gar keine Gedanken darüber machen. Wie immer übernahm Reed das Kommando und schien genau zu wissen, was ich brauchte und was ich ertragen konnte. Seine Lippen schmiegten sich wieder an meine und Reed ließ seine Hand meinen Schenkel hinunter wandern, bis er bei meiner Kniekehle ankam und mein Bein anwinkeln konnte.

»Entspann dich«, befahl er und lehnte sich so weit zurück, dass ich seine Lippen nicht mehr erreichen konnte. Enttäuscht seufzte ich, doch Reed entschädigte mich, indem er seinen Unterkörper nach vorne schob und mein Bein über seine Hüfte legte. Sein harter Penis drängte sich zwischen meine Schenkel und rieb an meiner feuchten Spalte. Scharf sog ich die Luft ein. Verdammt. Das war perfekt.

»Reed!« Wieder flehte ich, weil ich verhindern wollte, dass Reed aufhörte, auch wenn die Stimmung zwischen uns diesmal anders war. Bisher war immer eine Verzweiflung mitgeschwungen, wenn wir einander berührt hatten. Schmerz und Gewalt hatten die Lust angestachelt und die aufkeimenden Gefühle in meinem Inneren überschattet. Aber nun war es anders. Diesmal gab es keine Schläge, als Reed ein Kondom überzog, das er aus seiner Nachttischschublade geholt hatte, und sein Glied in mich schob. Seine Eichel drängte sich in meinen Eingang und durchbrach den kleinen Widerstand, den meine Muskeln bildeten. Sein Penis weitete meine Wände, rieb an meinen empfindlichsten Punkten und brachte mich zum Keuchen. Reed ließ sich Zeit. Millimeter für Millimeter schob er sich in mich und hielt kurz inne, als er mich komplett ausfüllte. Unser schwerer Atem vermischte sich und ich lehnte mich näher an ihn. Meine Finger krallten sich in seinen Nacken, während Reed meinen Hintern streichelte. »Gut so?«, fragte Reed und setzte einen Kuss auf meine Wange. Er gab mir Zeit, mich an das Gefühl von seinem harten Schaft zu gewöhnen. Ein weiteres Zeichen dafür, dass es diesmal anders war als all die anderen Male. Und ich sollte recht behalten. Sachte begann Reed zuzustoßen. Seine Bewegungen waren kontrolliert und sanft. Wir beide bewegten uns nicht viel, weil jeder von uns erschöpft war, doch deshalb war der Sex nicht weniger schön. Träge stieß Reed in mich und umschlang meinen Körper. Zeitgleich küsste er mich immer und immer wieder. Sein Keuchen vermischte sich mit meinem Stöhnen. Hitze loderte zwischen uns auf. Schweiß bildete sich auf meiner Stirn und plötzlich hatte ich das Gefühl zu ersticken. Reed hatte seine Position nicht verändert und seine Hände waren immer noch an meinem Hintern, dennoch fühlte es sich an, als hätte er sie um meinen Hals gelegt und würde zudrücken. Verwirrung stieg in mir hoch und verdrängte für einen kurzen Augenblick die Lust, die in mir wütete, bis ich erkannte, dass es nichts von außen war, das mich immer schwerer atmen ließ. Nein, es waren meine eigenen Empfindungen, an denen ich zu ersticken drohte. Reed bettete seinen Kopf an meine Schulter und rammte sich fester und fester in mich. Seine Stöße wurden unkontrollierter und seine Finger strichen fahrig über meinen Hintern, meine Hüfte und zwischen meine Schenkel. Er war mir so nah wie menschenmöglich, unsere Körper waren miteinander verschlungen genau wie unsere Seelen. Immer wieder flüsterte Reed, wie schön ich war, wie fantastisch es sich anfühlte und wie sehr er mich wollte. Gleichzeitig wurde das Pochen in meinem Schritt stärker und ich konnte nicht sagen, ob es mein Blut war, das durch meine Mitte pulsierte, oder sein Schwanz in mir. Überhaupt konnte ich nicht ausmachen, wo Reeds Körper endete und meiner begann. Wir schienen zu einer Einheit zu verschmelzen. Bewegte er sich, bewegte ich mich. Bei jedem Stoß kam ich ihm mit der Hüfte entgegen, bis er den Rhythmus beschleunigte.

»Reed, bitte!«, bettelte ich, weil es einfach nicht

reichen wollte. Es war eine bittersüße Folter. Es fühlte sich wahnsinnig gut an. Schön. Aber ich brauchte mehr. Nicht nur vom Sex, sondern auch von ihm. Tränen brannten mir in den Augen. Mein Herz zog sich in meiner Brust zusammen, während meine Klitoris nach Aufmerksamkeit flehte. Wieso fühlte sich das so unheimlich großartig an? Warum genau bei ihm? Und weshalb schrie jede Zelle in mir, dass ich für immer bei Reed bleiben sollte? Das war falsch, aber es fühlte sich richtig an. Jeder Stoß brachte mich näher an meinen Orgasmus und ließ das Feuer in mir höher werden. Die Flammen zischten in die Luft und brannten alles nieder, was ihnen in den Weg kam. Auch meine Fragen und Gedanken, bis von meinen Zweifeln nichts mehr übrigblieb und mein Gehirn sich abschaltete. Befreit atmete ich durch und genoss die Reibung zwischen meinen Schenkeln. Das hier war nicht nur Sex. Nein, wir liebten uns gerade und mit den Konsequenzen würden wir uns irgendwann auseinandersetzen müssen. Aber nicht jetzt.

Reed zog sich ein Stück zurück und am liebsten hätte ich ihn wieder an mich gezogen, doch er gab ein beruhigendes Geräusch von sich und fuhr mit einer Hand zwischen unsere Körper. Seine Finger umfassten meine Brust, kneteten sie kurz und hörten erst auf, als meine Brustwarzen sich den Berührungen entgegenstreckten.

»Du bist so ungeduldig. Und so wahnsinnig feucht.« Reed stöhnte und glitt mit seiner Hand weiter hinunter, bis er über die Haut an meinem Bauchnabel wanderte. Seine Lippen drückte er an meine Schulter, meinen Hals, meine Wangen und meine Lippen. Jedes Stückchen, das er erreichen konnte, küsste er und jedes Mal brachte er mich damit zum Stöhnen. Sein Mund auf meiner Haut ließ meinen Körper kribbeln und schickte Schauer der Erregung durch mich hindurch. Fast, als würde er in mein Feuer immer wieder Benzin kippen. Mir wurde heißer und heißer, bis ich es kaum noch aushielt. Mein Puls raste. Mein Körper glühte. Schweiß kitzelte an meiner Schläfe. Meine Muskeln zogen sich um Reeds Schwanz zusammen. Mir fielen die Augen zu. Ich konnte ihn nicht ansehen. Sein Blick war zu durchdringend, zu intensiv. Ich wollte so dringend kommen. In meiner Klitoris pochte mein Blut und dann spürte ich plötzlich Reeds Finger, die sich gegen den Punkt drückten, an dem meine Schamlippen sich trafen. Ich riss die Augen auf. Mein Körper verkrampfte sich. Wie von selbst krümmten sich meine Zehen.

»Komm für mich«, wisperte Reed und das war alles, was ich noch brauchte, um meine Welt für ein paar Sekunden anzuhalten. Ein Stöhnen löste sich aus meiner Kehle, was ich kaum mitbekam. Fest presste ich die Augenlider zusammen, die gefährlich zu flattern begannen. Ein Beben ging durch meinen Körper. Mein Rücken wölbte sich. Die Anspannung in mir erreichte den Gipfel und explodierte. Wie ein Feuerwerk, das von einem Funken entzündet wurde. Ich löste mich vollständig darin auf, war nur noch Farben und Licht. Ich keuchte und stöhnte. Dann stockte mein Atem. Wieder raste die Lust über mich hinweg und ließ mich erzittern. Unablässig streichelte Reed mich und verlängerte damit meinen Höhepunkt, bis mein Körper erstarrte und ich erschöpft in die Matratze zurücksank. Ich atmete schwer. Mein Brustkorb hob und senkte sich heftig, während Reed seine Hand wieder nach oben zu meinen Brüsten wandern ließ. Er verlangsamte seine Bewegungen, hörte aber nicht auf, in mich zu gleiten. Raus und rein und raus und rein.

»Reed«, hauchte ich und öffnete die Augen, um in sein strahlendes Gesicht zu sehen. Er lächelte mich an und setzte einen Kuss auf meine Stirn. Liebevoll schlang er seinen Arm um meine Hüfte und zog mich wieder näher zu sich, bis unsere Körper aneinanderrieben. Noch immer zuckten die Muskeln in meiner Mitte. Sie drückten Reeds Glied zusammen und ließen ihn stöhnen.

»Ich liebe es, wenn du kommst«, murmelte er abwesend und nahm einen langsamen Rhythmus auf, der schon nach kurzer Zeit dafür sorgte, dass sich ein schmerzhafter Druck in meinem Unterleib ausbreitete. Es klingelte. Irgendwo in meinem Gehirn erkannte ich, was der Rest meines Verstandes nicht begriff. Ein Telefon. Es läutete. Einmal. Zweimal. Aber niemand ging ran. Dreimal. Viermal. Dann verstummte es. Reeds Stöße wurden fester. Ich hörte sein Keuchen an meinem Ohr und blendete alles andere in meiner Umgebung aus. Meine Sicht verschwamm. Ich gab mich dem Gefühl hin, dass sich schon wieder in mir zusammenbraute. Aber dann läutete es erneut. Ring, Ring, Ring. Dazu ein Brummen, wie eine Vibration. Laut und durchdringend. Reed passte seine Stöße dem Takt der Melodie an. Ring, Ring, Ring. Sein steinhartes Glied schob sich durch meine zuckenden Muskeln. Ein Schauer jagte durch Reeds Körper. Seine Augen fielen zur Hälfte zu. Sein Atem wurde abgehackt. Er war so kurz davor. Doch wieder klingelte das Telefon.

»Fuck!«, brüllte Reed wütend und griff mit einer Hand hinter sich. Er hob das Handy vom Nachttisch und hämmerte es dann wieder auf das Holz. Es knirschte. Das Display sprang, aber es läutete weiter.

»Warte! Du solltest rangehen«, schlug ich atemlos vor, auch wenn meine Klitoris mich verzweifelt anschrie, dass Reed weitermachen sollte, damit das Gefühl in meinem Unterleib nicht verschwand. Aber das wäre egoistisch gewesen. Mit dem ständigen Klingeln im Ohr würde Reed sich nicht entspannen können. Und ich ebenfalls nicht.

»Jetzt?« Reed warf mir einen Blick zu, als hätte ich den Verstand verloren und stieß seinen Penis demonstrativ tiefer in mich. Er entlockte mir ein langgezogenes Stöhnen, das ich nicht unterdrücken konnte. Und dabei versuchte ich es mit aller Kraft. Meine Zähne bohrten sich in meine Unterlippe, doch der Laut erkämpfte sich dennoch einen Weg nach draußen.

»Ja. Niemand ruft so oft an, wenn es nicht wichtig ist.« Und wenn doch, würde Reed ihn vermutlich umbringen, weil er uns gestört hatte. Diese Vorstellung ließ mich grinsen, weshalb Reeds Blick noch irritierter wurde. »Nimm einfach ab!«

Reed knurrte wütend, packte aber das Handy und drückte auf dem zersprungenen Display auf den grünen Knopf. Seine Miene verdunkelte sich. »Nicht bewegen«, befahl er, als ich wegrutschen wollte, um ihm mehr Freiraum zu lassen. Doch stattdessen schlang er seinen Arm wieder um mich und klemmte sich das Telefon zwischen das Ohr und die Schulter. Ich kicherte belustigt und schmiegte mich enger an seine Brust.

»Was ist? Und wehe, es ist nicht wenigstens eine Leiche involviert«, spie Reed erzürnt ins Telefon und seine Stimme klang beinahe wie das Grollen eines Donners. Egal, wer am anderen Ende der Leitung war, ich beneidete ihn nicht. Hektische Satzfetzen waren die Antwort auf Reeds Frage. Ein Gemenge an Stimmen und Geräuschen dröhnte aus dem Lautsprecher zu mir, aber ich verstand kaum, was gesagt wurde. Reed schien jedoch keine Schwierigkeiten dabei zu haben, aus den Bruchstücken etwas Sinnvolles zusammenzusetzen. »Was? Nein! Ich komme sofort«, rief er und unterbrach damit das Stimmengewirr. Es wurde still. Reeds Blick bohrte sich in meinen. »Ich bin gleich da«, versicherte er nochmals, nahm den Arm von mir und beendete das Gespräch. Er legte das Handy zurück an seinen Platz und schenkte mir ein Lächeln.

»Alles in Ordnung?«, fragte ich, obwohl mir klar war, dass irgendetwas passiert sein musste. Und die Ungewissheit störte mich. War es etwas Ernstes?

»Ja, da ist nur etwas, um das ich mich kümmern muss.« Reed seufzte und legte sich wieder bequemer in die Kissen. Er vergrub seine Finger an meiner Hüfte und begann langsam, sich in mir zu bewegen

»Was?« Ich keuchte überrascht. Sein Glied kam mir plötzlich noch breiter vor. Meine Muskeln umschlossen ihn und pumpten das Blut in seine Eichel, die in mir anschwoll. Sie wurde größer und größer, bis sie jeden Zentimeter meines Inneren ausfüllte.

»Santiago.« Reed zischte. Sein Mund blieb offen stehen. Immer schneller schnappte er nach Sauerstoff. Jeder Stoß war tiefer als der letzte.

»Ist ihm etwas passiert?« Es interessierte mich nicht. Nicht wirklich. Und wenn er in diesem Moment von einem Löwen zerfleischt wurde, wäre es mir egal, solange Reed sich nicht aus diesem Bett bewegte.

»Noch nicht. Er hat nur wieder den Wald in Brand gesetzt und ... Ich muss mich darum kümmern. Mal sehen, ob ihm das wieder passiert, wenn er seine Zigaretten aufgefressen hat.« Reed schnaufte vor Anstrengung. Er pausierte mehrfach während des Satzes und rang nach Atem. Sein Glied in mir zuckte. Trotz der Unterbrechung versteifte sich sein Körper schon nach wenigen Stößen. Reeds Augen fielen zu. Er stöhnte. Zitternd drang er noch ein-, zweimal in mich ein. Und dann spürte ich es. Sein Penis wurde starr. Sperma schoss schubartig aus seiner Eichel. In meinem Schoß wurde es noch wärmer, als die warme Flüssigkeit das Kondom füllte. Reeds Kopf fiel nach hinten auf eines der Kissen. Sein Glied rutschte ein Stück heraus, doch ich kippte mein Becken, damit es tief in mir blieb. Reed erbebte. Seine Muskeln entspannten sich alle gleichzeitig. Wieder kam ein Stöhnen aus seinem Mund. »Fuck!«, brüllte er und riss die Augen wieder auf. Sein Blick suchte meinen, obwohl er mich im ersten Moment nicht zu erkennen schien. Seine Miene wurde ausdruckslos, ehe seine Züge sich zufrieden verzogen. Nur langsam drang sein Bewusstsein wieder an die Oberfläche und ein Lächeln schlich sich auf seine Lippen. »Das war großartig.« Er atmete keuchend aus und ich wartete, bis sein Brustkorb sich nicht mehr wie nach einem Marathon hob und senkte, bevor ich meine Brüste gegen ihn drängte, sodass Reed auf dem Rücken landete und ich mich auf ihn legen konnte. Dabei blieb er die ganze Zeit über in mir. Hart und unnachgiebig, obwohl er gerade erst gekommen war.

»Musst du sofort weg?«, fragte ich und fuhr mit meinem Zeigefinger die Tätowierungen an seiner Schulter nach. Nicht zögerlich oder ängstlich wie sonst, sondern als wäre es eine Selbstverständlichkeit. Als würde Reeds Körper mir gehören. Und auf eine gewisse Art und Weise tat er das auch. Zwar war ich bestimmt nicht die Erste, die ihn so berührte, aber ganz sicher die Einzige, die er je so gestreichelt hatte.

»Nein, ganz bestimmt nicht.« Reed gab einen zufriedenen Laut von sich und kuschelte sich tiefer in das Kissen, während er mein Becken packte und mich ein Stück nach oben zog, bis ich den Oberkörper krümmen musste, sodass ich praktisch auf ihm saß. Meine Hände stemmte ich gegen seine Brust und krallte meine Nägel in das harte Fleisch seiner Muskeln. Überrascht japste ich auf und stöhnte gleich darauf, weil Reeds Glied genau gegen meinen G-Punkt rieb. Verdammt! Aber nicht nur mich ließ die neue Position schwerer atmen. Auch Reed knurrte erregt. »Du fühlst dich so gut an. Möchtest du noch einmal?« Fragend sah er zu mir auf und mir wurde klar, dass wir vermutlich gar nicht mehr zum Schlafen kommen würden. Nicht, bevor wir den Hunger in uns nicht gestillt hatten. Die Frage war nur, ob wir das jemals schaffen würden.

»Auf jeden Fall.«

ZWÖLF

CLAIRE

»Stimmt etwas nicht?« Zögerlich trat ich ins Wohnzimmer. Eigentlich hatte ich darauf gewartet, dass Reed wieder zu mir ins Bett kommen würde. Ich hatte sogar auf jedes Geräusch gehört, um den Moment nicht zu verpassen, wenn die Tür zur Hütte aufging und er zurückkam. So, wie ich es immer in den letzten zehn Tagen getan hatte, seit wir das erste Mal miteinander geschlafen hatten. Doch statt zu mir ins Schlafzimmer zu kommen und sich an mich zu kuscheln, war er diesmal im Wohnzimmer geblieben. Zuerst eine Minute, dann zehn, dann dreißig und nach einer Stunde hatte ich die Hoffnung aufgegeben, hatte mich angezogen und tapste jetzt auf nackten Sohlen nach draußen, wo Reed und Santiago saßen und auf zwei Gläser starrten, in denen eine bräunliche Flüssigkeit schwamm. Whisky schätzte ich, aber sicher war ich mir nicht. Verwirrt legte ich die Stirn in Falten und trat näher. Es war inzwischen zur Seltenheit geworden, dass Santiago in der Hütte war. Früher hatte er hier geschlafen, um jederzeit zur Verfügung zu stehen, wenn Reed etwas brauchte – auch mitten in der Nacht. Aber seit er wieder unbeabsichtigt einen der Bäume im Wald abgefackelt hatte, wodurch beinahe das Haus eines der anderen Männer Feuer gefangen hatte, hatte er sich eigentlich in sein Revier am Beginn des Waldstücks zurückgezogen. Ihn nun hier sitzen zu sehen, war kein gutes Zeichen. Das wusste ich. Dennoch setzte ich ein Lächeln auf, ging zu Reed und beugte mich zu ihm hinunter, um ihm einen Kuss auf die Lippen zu drücken. Doch anstatt ihn wie sonst zu erwidern, wich er mir aus und nickte zur Couch. Perplex lehnte ich mich zurück und zog die Augenbrauen zusammen. Irritiert sah ich von einem zum anderen, ehe ich mich zu ihnen setzte.

»Dein Bruder hat sich gemeldet«, murmelte Reed, als ich endlich saß. Unruhig rutschte ich auf dem Stoff der Bank herum und verschränkte faltend die Hände in meinem Schoß. Knapp zwei Wochen war ich nun hier, aber noch nie hatte ich diesen Ausdruck in Reeds Gesicht gesehen. Es war eine Mischung aus Leid und Wut. Und ... war das Angst?

»Was will er?« Ich bemühte mich, meine Stimme monoton klingen zu lassen, auch wenn der Schmerz in meiner Brust bei der Erwähnung von Pablo stärker wurde. Er hatte mich im Stich gelassen. Einfach so. Nach all den Jahren, in denen wir nur uns gehabt hatten, war er bereit gewesen, mein Leben zu opfern. Also was wollte er? Wusste er überhaupt, dass Reed mich nicht umgebracht hatte?

»Dich«, hauchte Reed und erübrigte damit meine Frage. Er griff nach dem Glas vor sich und schüttete die braune Flüssigkeit in sich hinein, als wäre sie Wasser. Dabei verzog er nicht einmal das Gesicht, obwohl mir der stechende Geruch in der Luft verriet, dass es hochprozentiger Alkohol sein musste.

»Jetzt doch?« Ein Lachen kam aus meinem Mund, aber es klang nicht wirklich belustigt. Eher freudlos und verbittert. Zuerst hatte Pablo mich nicht gewollt und mich meinem Schicksal überlassen, auch wenn ich alles dafür gegeben hätte, von Reed wegzukommen, und nun, da ich glücklich war, wollte er plötzlich doch helfen? Das war ein schlechter Witz. Ich schnaubte und hätte am liebsten selbst zur Flasche gegriffen. Zeitgleich fiel mir auf, dass es stimmte. Ich war glücklich. Nicht dieses Pseudo-Glück, das ich früher empfunden hatte, als ich jeden Tag Menschen geheilt und mich mit Helena getroffen hatte. Sondern auf eine andere Art. Auf die richtige. Ich freute mich jeden Morgen darauf, neben Reed aufzuwachen, uns Frühstück zu machen und danach mit ihm zu duschen. Und das war mehr, als viele andere hatten.

»Ich ...« Reed wandte den Blick von mir ab und starrte auf das leere Glas vor sich. »Ich hab ihm ein paar Fotos von dir geschickt«, beichtete er und mein Herz setzte einen Schlag aus. Welche Bilder? Und wann? Wut brodelte in mir hoch, aber noch bevor ich den Mund öffnen konnte, verrauchte sie wieder. Ich hatte ihm dieses Angebot gemacht. Verflucht, ich hätte ihn mich sogar filmen lassen. Also konnte ich mich jetzt unmöglich darüber beschweren, dass er das getan hatte, richtig? Wieder setzte der Schmerz in meiner Brust ein. Nicht unbedingt, weil ich mich von Reed verraten fühlte, sondern weil er es bestimmt nicht erst gestern getan hatte, immerhin kam es jetzt immer öfter vor, dass er mich liebte, statt mich nur zu ficken. Das hieß, die Wunden an meinem Körper waren teilweise schon zur Gänze verblasst, bis auf die Striemen an meinem Hintern von gestern Abend. Das bedeutete, er hatte diese Bilder vor einigen Tagen gemacht und sie Pablo geschickt, aber mein Bruder hatte gewartet und gewartet, hatte Zeit verstreichen lassen, bevor er reagiert hatte. Er hatte zugelassen, dass Reed mich schlug und missbrauchte. Und das war etwas, womit ich nicht umgehen konnte. Tränen schossen mir in die Augen.

»So schlimm sahen die Verletzungen nicht aus.«

Meine Stimme zitterte. Die Töne klangen ungewöhnlich schief. Es schmerzte in meinen eigenen Ohren, meine Trauer zu hören, die sich mit dem Unverständnis für meinen Bruder mischte. Ich war seine Schwester! Wir waren eine Familie! Wie konnte er mir das antun?

»Doch.« Reed griff nach der Karaffe, die mit der braunen Flüssigkeit gefüllt war und schenkte sich ein weiteres Glas ein, das genauso schnell wieder leer war wie das erste. Ich wollte gar nicht wissen, wie viel er schon getrunken hatte, aber noch sah er nicht beschwipst aus, auch wenn seine Augen gerötet waren. Ich lächelte ihn an und nahm ihm die Karaffe aus der Hand, nachdem er sein Glas erneut aufgefüllt hatte. Ich stellte sie außerhalb seiner Reichweite auf den Tisch und sah ihn abwartend an. Egal, was mein Bruder genau von mir wollte, es musste schlimm sein, wenn es Reed derart aus der Fassung brachte. Er griff nach meiner Hand, führte sie an seinen Mund und küsste meinen Handrücken. Ich seufzte wohlig, doch ich drohte an dem Laut zu ersticken, als Reed wieder den Mund öffnete. »Pablo möchte mir die Akten geben, wenn ich dich dafür gehen lasse«, erklärte er und das Lächeln auf meinem Gesicht verblasste, als mir klar wurde, was er damit sagen wollte. Er schickte mich weg. Instinktiv zog ich meine Hand aus seinen Fingern und sprang von der Couch auf. Mir wurde eiskalt. Das

Feuer, das sonst immer in Reeds Gegenwart in mir loderte, erlosch, als würde jemand Wasser darüber schütten.

»In Ordnung.« Meine Stimme wurde leblos, ruhig und starr. Jeder Ton hörte sich an wie der andere und mein Blick ging ins Leere, obwohl ich meine Augen auf Reed gerichtet hielt. Fest biss ich die Zähne zusammen, bis es schmerzte. Ich würde nicht weinen. Nicht jetzt und nicht hier. »Wann?«

»Claire ...« Reed erhob sich ebenfalls von seinem Stuhl und wollte mit den Händen nach mir greifen, doch ich wich zurück, bis die Couch sich in meine Kniekehlen drückte.

»Wann?«, wiederholte ich und widerstand dem Drang, der in mir schrie und mich anflehte, die Beine in die Hand zu nehmen und vor dieser schrecklichen Situation zu fliehen. Ich wollte seine Erklärungen, seine Entschuldigungen nicht hören und ich wollte keine Sekunde mehr bei ihm sein, wenn ich nicht bleiben durfte. Spürte er nicht dasselbe? Hatte sich für ihn nichts geändert?

»Santiago, mach einen Spaziergang!«, befahl Reed und trat einen Schritt auf mich zu. Er würdigte Santiago keines Blickes, der sein Glas exte und willig aufsprang, um schleunigst von hier zu verschwinden. Wollte er nicht sehen, wie ich heulte? Oder hatte Reed vor, mich vorher noch einmal zu ficken, weshalb Santiago nicht hier sein durfte? In beiden

Fällen wünschte ich, Santiago würde bleiben, damit ich nicht mit Reed allein war. Dabei hätte ich heute Morgen noch alles getan, um ein paar Stunden länger mit Reed allein im Bett zu sein. So schnell konnte das Leben sich ändern.

»Ich brauche diese Akten.« Ein bettelnder Ausdruck trat in Reeds Gesicht. Er wollte, dass ich ihn verstand und das tat ich. Wirklich. Aber deshalb schmerzte es nicht weniger. Verzweiflung mischte sich in seine Worte. Wieder wollte er nach mir greifen, aber ich ließ es nicht zu und wich zur Seite aus. Kopfschüttelnd schob ich das Kinn nach vorn und drückte den Rücken durch. Ich musste stark sein. Er hatte schließlich recht. Er wollte die Akten und ich mein altes Leben zurück, oder? Es war nie geplant gewesen, dass ich für immer hierblieb. Das war mir doch von Anfang an klar gewesen. Also warum tat es dann so weh?

»Ich weiß. Wann?« Tränen bildeten sich in meinen Augen. Ich blinzelte, aber sie wollten nicht vergehen. Meine Sicht verschwamm. Reeds Gesicht verformte sich vor mir zu verwaschenen Flecken aus Farben und Formen, aber ich war froh, weil ich dann die Verzweiflung in seinen Augen nicht mehr sehen musste.

»Morgen.« Er sprach das Wort aus wie einen Urteilsspruch. Im Grunde war es das ja auch. Es bestimmte über mein restliches Leben, ohne dass ich etwas dagegen tun konnte. Aber worauf warteten wir? Wieso erst morgen? Er konnte mich heute abliefern und seinem Bruder so einen Tag hinter Gittern ersparen. Oder wollte er ... Mein Herz verkrampfte sich bei der Vorstellung, aber was sollte es anderes sein?

»Willst du dich noch einmal austoben, damit Pablo mehr Wunden zu betrachten hat?« Ich schluchzte. Immer wieder blinzelte ich, doch irgendwann war so viel Flüssigkeit vor meinen Augen, dass die Tränen über mein Lid quollen. Beschämt wandte ich das Gesicht ab. Zumindest wollte ich das, doch ich hatte nicht mit Reed gerechnet. Seine Hand schoss nach vorn, so schnell, dass ich diesmal nicht entsprechend reagieren konnte, und packte mich am Kinn, sodass ich ihn ansehen musste.

»Claire, wir müssen nicht ...«, begann er und mein Herz zog sich weiter zusammen. Natürlich musste ich nicht. Reed hatte mich nie zu irgendetwas gezwungen, seit ich in diese Hütte gekommen war. Ich hatte all das freiwillig mit mir machen lassen. Und was hatte es mir am Ende gebracht? Ich wollte, dass er mich noch ein letztes Mal anfasste, nur um ihn noch einmal zu spüren, auch wenn es mein Herz in tausend Stücke zerriss.

»Ja oder nein?«, unterbrach ich ihn und wischte mir über meine linke Wange. Meine Tränen waren seltsam kühl auf meinem erhitzten Gesicht. Dennoch schien ich innerlich zu erfrieren. Mir war wahnsinnig kalt und mit jeder Sekunde schienen die Temperaturen weiter abzufallen.

»Setz dich hin!«, verlangte Reed lautstark und entließ mein Kinn aus seiner Umklammerung, nur um seine Hände stattdessen auf meine Schultern zu legen. Fest drückte er mich nach unten, bis meine zittrigen Beine einknickten und ich auf die Sitzfläche der Couch fiel. »Und lass mich verflucht noch mal ausreden!« Reeds Brüllen ließ mich zusammenzucken. Seine Nasenflügel bebten. Er lief rot an. Doch auch in seinen Augen glitzerte es verdächtig. Er litt. Ich wusste nicht wieso, aber es war so.

»Ich ... Entschuldige«, flüsterte ich und verstummte. Ich senkte den Blick und starrte auf meine Finger hinab. Vor ein paar Tagen hatte ich mich beim Kochen verbrannt, aber die rote Stelle war kaum noch zu sehen. Trotzdem wirkte sie nun wie ein Warnsignal. Doch jede Warnung kam zu spät. Ich hatte nicht gut genug auf mein Herz aufgepasst und nun hatte ich es für immer verloren.

»Willst du hierbleiben?« Reeds Stimme wurde wieder leiser und die Wut verschwand daraus. Stattdessen schwang ein trauriger Unterton in seinen Worten mit. Er seufzte schwer und ging vor mir auf die Knie, bis unsere Gesichter auf gleicher Höhe waren.

»Was?« Mein Kopf fuhr ruckartig nach oben.

Seine dunklen Augen funkelten. Im künstlichen Licht des Kronleuchters sahen sie genauso schwarz aus wie seine Pupillen. Ich erkannte nur Dunkelheit. Doch inmitten der Schwärze war ein heller Punkt, der mich daran erinnerte, dass ein Mensch nicht nur schlecht war. Wir alle hatten unsere guten Seiten und in genau diese Seite von Reed hatte ich mich verliebt.

»Einfache Frage, einfache Antwort.« Er griff nach meinen Händen und verschlang unsere Finger miteinander. So fest, dass ich mich nicht einmal von ihm hätte lösen können, wenn ich gewollt hätte. Doch ich wollte es gar nicht. Genauso wenig wie ich raus aus dieser Hütte oder wieder in mein altes Leben wollte. Aber durfte ich das? Hierbleiben? Bisher hatte ich mein Verhalten damit erklären können, dass ich nicht weg konnte, weil Reed mich gefangen hielt. Aber nun hatte ich eine »Du kommst aus dem Gefängnis frei«-Karte und somit keine Entschuldigung mehr, bei einem Serienmörder zu bleiben.

»Das geht doch nicht. Du brauchst die Akten«, widersprach ich, weil er unrecht hatte. Es war nicht einfach. Oder machte ich es mir unnötig schwer? War ich diejenige, die alles verkomplizierte? Er hatte gefragt und ich sollte ehrlich antworten. Aber da war ein Teil in mir, der logisch denkende Teil, der sich fragte, wofür ich studiert und jahrelang gekämpft hatte. Ich glaubte doch an die Justiz. Wie sollte ich dann mit einem Mörder zusammen sein? Doch wenn ich Reed ansah, erblickte ich nicht das Blut an seinen Händen, das er vergossen hatte. Sondern ihn. Nur ihn.

»Würdest du bleiben wollen, Claire?«, wiederholte Reed und lehnte seine Stirn an meine. Er schloss die Augen und sog meinen Geruch tief in sich ein, während seine Wärme mich einhüllte und die Kälte langsam vertrieb. Eiszapfen für Eiszapfen schmolz in meinem Inneren und mein erstarrtes Blut begann wieder durch meine Adern zu fließen.

»Ich vermisse meine Arbeit und mein Zuhause. Ich kann ja nicht für immer für dich kochen und Däumchen drehen, bis wir ins Bett gehen.« Ich kicherte, als wäre der Gedanke absurd, aber genau das wollte ich bis ans Ende meines Lebens tun. Na gut, vielleicht würde ich auch lesen, mich weiterbilden und Wunden verarzten, wenn ich nicht grade mit Reed auf einer Matratze lag und nach den Sternen griff.

»Ist das ein Nein?« Reeds Blick wurde düster. Er löste seine Hände von meinen und erhob sich aus seiner Position, bis er auf mich herabsehen konnte. Plötzlich war er wieder viel zu weit entfernt, dabei wollte ich nichts lieber, als meine Lippen auf seine zu pressen und alles zu vergessen. Die Akten, die Toten und meinen Bruder. Ich musste nur noch dazu stehen. Konnte ich das? Würde ich es verkraften, in Pablos anklagendes Gesicht zu sehen, wenn ich ihm erklärte, dass ich Reed liebte? Die Antwort war einfach. Reed hatte recht. Ja. Ich würde es ertragen, wenn ich dafür bei Reed bleiben durfte.

»Reed, ich ... ich würde bleiben wollen.« Ich schniefte und stand zögerlich von der Couch auf, um meine Hände auf seine Unterarme zu legen. Sanft strich ich über die Tätowierungen, die ich inzwischen im Schlaf nachzeichnen könnte.

»Wieso?« Reeds Gesichtszüge entspannten sich. Er verlagerte sein Gewicht von einem Bein auf das andere und lehnte sich mir entgegen, bis er seine Nase an meiner reiben konnte.

»Weil ...« *Weil ich dich liebe. Weil ich bei niemandem so glücklich bin wie bei dir. Weil ich mein ganzes Leben auf jemanden wie dich gewartet habe.* Doch nichts davon sagte ich, weil es irgendwie nicht reichte, um zu äußern, was genau ich fühlte. »Ist das wichtig?«

»Ja.« Reeds Stimme klang kehlig. Ein sehnsüchtiger Unterton schwang in dieser einzigen kleinen Silbe mit. Konnte es sein, dass er sich das genauso wünschte wie ich? Fühlte er auch so? Oder spielte mir mein zerbrochenes Herz einen Streich, damit es nicht mehr wehtat?

»Du kennst die Antwort doch schon.« Er musste sie kennen. Ansonsten würde ich nicht weinend vor ihm stehen, nur weil ich gehen musste. Er wusste das und ich ebenfalls. Es brachte nichts mehr, meine Gefühle für ihn zu verstecken.

»Ich will auch, dass du bleibst«, murmelte Reed und legte seine Arme um mich, sodass er meinen Körper an sich ziehen konnte. Erleichtert atmete ich aus und schmiegte mich in seine Umarmung. Mir war gar nicht aufgefallen, wie viel Angst ich davor gehabt hatte, von Reed nicht gewollt zu werden. Doch nun, da die Sorge von mir abfiel, fühlte ich mich leicht wie eine Feder. Als hätte jemand den Amboss von meiner Brust genommen.

»Und jetzt?«, wollte ich wissen und überlegte selbst fieberhaft, was wir tun könnten. Sollte ich zu Pablo zurückgehen und ihm vorgaukeln, dass es furchtbar bei Reed gewesen und ich dankbar war, wieder zu Hause zu sein, bis Reed die Akten hatte und mich erneut holen kam? Aber was, wenn Pablo mich dann nicht mehr aus den Augen ließ und ich damit Reed in Gefahr brachte?

»Jetzt suche ich einen anderen Weg, um Alvaro zu helfen.« Auf Reeds Lippen erschien ein Lächeln, bevor er seinen Mund auf meinen drückte. Zeitgleich seufzten wir auf, als unsere Zungen sich trafen und ein wilder Kuss zwischen uns entbrannte. Meine Arme schlangen sich um Reeds Nacken, während seine Hände meinen Hintern anhoben, bis ich meine Beine um seine Hüften schlang. Seine Berührungen vertrieben auch noch die letzte Kälte aus meinem Inneren und brachten die brodelnde Wärme zurück.

»Was? Reed, das kann nicht dein Ernst sein«, schrie eine aufgebrachte Stimme und zerstörte damit den perfekten Moment. Wobei perfekt vermutlich das falsche Wort war. Nichts war je wirklich fehlerlos und wenn der Fehler nur darin bestand, dass der Augenblick vergänglich war. Reed löste den Kuss und drehte den Kopf in die Richtung, aus der die Stimme kam. Sein Gesichtsausdruck verdüsterte sich wieder.

»Santiago? Was machst du hier?«, wollte er wissen und stellte mich sanft wieder auf den Boden zurück. Liebevoll streichelte er über meine Wange, ehe er sich von mir löste und sich vor Santiago aufbaute, dessen Gesicht rot anlief.

»Ist das wichtig?«, brüllte er und eine Ader trat an seiner Stirn hervor. Sie pochte im Gleichtakt meines klopfenden Herzens, aber während mein Körper von Lust beherrscht wurde, wütete in seinem die blanke Wut.

»Wenn du uns belauschst, schon.« Reed erhob ebenfalls die Stimme und die Harmonie von gerade eben löste sich in Luft auf. Das Glück und die Liebe wurden von der Wut und dem Hass verdrängt. Der Umschwung ließ mich schlucken. Mein Herz begann zu rasen. Noch nie hatte ich die beiden streiten gesehen und jetzt sah es so aus, als würde nicht mehr viel dafür fehlen, dass sie sich an die Gurgel gingen. Doch mir war nicht klar, wieso. Verwirrt blickte ich zwischen den beiden hin und her, doch niemand von ihnen reagierte auf meinen verständnislosen Blick. Hatten sie früher schon Streit wegen mir gehabt? Wenn ja, weshalb hatte Reed es mir nicht gesagt?

»Alvaro versauert im Knast, und du willst ihn länger da drin lassen, damit du weiterhin mit Garcias Schwester ficken kannst?« Santiago spie die Worte in Reeds Richtung, doch sie trafen dennoch in mein Herz. Ficken. Wie sehr ich dieses Wort verabscheute. Das war definitiv nicht das, was Reed und mich verband. Um mich zu ficken, wäre es nicht notwendig gewesen, mich zu küssen, mir zu sagen, wie schön es sich anfühlte bei mir zu sein oder mich zuzudecken, wenn wir beide atemlos im Bett lagen.

»So ist das nicht und das weißt du auch«, verteidigte sich Reed und verschränkte die Arme vor der Brust. Trotzdem sah ich, wie er die Hände zu Fäusten ballte, bis seine Knöchel weiß unter der Haut hervortraten.

»Ich weiß, dass Alvaro dich niemals im Stich lassen würde.« Santiago hob anklagend das Kinn und verengte die Augen zu Schlitzen. Natürlich, er war Alvaros Freund und er wollte ihm helfen, aber so würden die beiden sich am Ende nur gegenseitig umbringen und Alvaro würde für immer dort bleiben, wo er jetzt war.

»Wir werden eine Lösung finden. Ich kann mit meinem Bruder sprechen. Er wird verstehen ...«, versuchte ich, die beiden zu beruhigen und hob beschwichtigend die Arme. Mit wenig Erfolg.

Santiago richtete seinen Blick auf mich und schüttelte lachend den Kopf, als hätte er noch nie etwas so Lächerliches gehört. »Einen Scheiß wird er! Nicht nachdem Alvaro und Reed ...«

»Santiago!« Reeds Stimme hallte durch den Raum und unterbrach Santiago, sodass er seinen Satz nicht beenden konnte. Dabei hätte ich gern gehört, was er zu sagen hatte. Was hatten Alvaro und Reed getan, dass mein Bruder mir nicht einmal zuhören und eine Chance geben würde, es zu erklären?

»Was? Wieso soll sie es nicht wissen?« Santiago schaute von mir zu Reed und wieder zurück. Ein hämisches Grinsen legte sich auf seine Züge. Er schien meine Verwirrung und Reeds Wut geradezu zu genießen.

»Das ist unwichtig«, behauptete Reed, aber sein Ton machte deutlich, dass es alles andere als das war. Irgendwas verheimlichte er mir und das gefiel mir ganz und gar nicht. Was war hier los?

»Ist es nicht, wenn du mit ihr verfickt noch mal Vater, Mutter, Kind spielen willst«, zischte Santiago und fletschte die Zähne wie ein tollwütiger Hund.

Er warf die Arme in die Luft und ging einen Schritt weiter auf Reed zu.

»Was soll ich nicht wissen?«, fragte ich und legte eine Hand auf Reeds bebende Schulter. Sein ganzer Körper war angespannt. Jeder Muskel trat hervor und zeichnete sich unter seinem Shirt ab.

»Ich werde Alvaro aus dem Knast holen, aber nicht so. Du warst doch von Anfang an gegen den Plan, seine Schwester zu entführen«, brüllte Reed zurück und überging damit meine Frage einfach, als wäre ich nicht da. Er zuckte mit der Schulter und schüttelte damit meine Berührung ab. Perplex zog ich die Hand zurück und und entfernte mich ein Stück von den beiden, weil ich nicht zwischen die Fronten geraten wollte. Aber dafür war es wohl schon zu spät.

»Ja, weil sie seine Komplizin ist. Einer unserer Männer hat Pablo mit einer Blondine bei Alvaro gesehen. Lass uns sie zurück zu ihrem beschissenen Bruder bringen.« Santiago warf mir einen Blick zu, der selbst Kakerlaken in die Flucht geschlagen hätten. Er betrachtete mich wie etwas Widerwärtiges. Schimmel oder verdorbener Abfall. Dabei hatte ich keine Ahnung, wieso er so erpicht darauf war, mich wieder bei Pablo abzuladen. Ich hatte ihm doch nichts getan und Alvaro kannte ich nur aus Reeds Erzählungen.

Reed schnalzte missbilligend mit der Zunge und

schüttelte den Kopf. Es ehrte mich, wie viel Vertrauen er in mich setzte, sodass er nicht einmal erwog, dass Santiago recht haben könnte. Wärme breitete sich um mein Herz aus. »Na und? Das könnte jede Frau mit blonden Haaren sein. Viele hätten einen Grund, wütend auf Alvaro zu sein, so wie er Frauen behandelt hat.«

»Was soll ich nicht wissen?«, fragte ich erneut, aber wieder bekam ich keine Antwort. Zumindest keine direkte. Die Wärme in meinem Inneren verwandelte sich wieder in Kälte. Ich fröstelte. Eis bildete sich um meine Haut, überzog meinen Körper und machte aus mir eine Skulptur. Ich fühlte nichts anderes außer eisige Kälte. Doch diesmal hatte ich das Gefühl, dass mich nichts und niemand je wieder aus meiner Starre erlösen konnte.

»Aber keine hat ihren Dad dank euch verloren außer deiner kleinen Schlampe.«

DREIZEHN

REED

»Was?« Claires Stimme klang verloren. Wenn sie wütend geworden wäre und geschrien hätte oder auf mich losgegangen wäre, hätte ich es verkraften können, aber jeder Ton war leiser als der davor und darin schwang so viel Verwirrung und Schmerz mit, dass ich glaubte, daran zugrunde zu gehen.

»Verschwinde, Santiago!«, befahl ich und stieß ihn mit meinen Händen fest von mir fort. Er taumelte rückwärts und riss die Augen auf, als würde ihm jetzt erst klar werden, was er gerade getan hatte. Er hatte mir Claire weggenommen. Mit ein paar unbedachten Worten.

»Nein. Tut mir leid, Reed, und du kannst mich gern erschießen, aber hier geht es um Alvaro und ich werde sein Leben nicht wegen deiner Gefühle für irgendeine Pussy riskieren.« Sein Blick wanderte zu

Claire und nicht ein Hauch Mitleid war in seiner Miene zu lesen, obwohl an Claires Gesicht bereits Tränen entlangliefen. »Die Typen, die deinen Alten gekillt haben, waren Reed und sein Bruder. Wenn du es wirklich nicht wusstest und keine Ahnung davon hattest, dass dein Daddy und dein Bruder dafür Reeds Familie gekillt haben, weißt du es wenigstens jetzt. Willst du immer noch bleiben? Nein? Dachte ich mir fast. Dann können wir dich jetzt zu deinem Bruder bringen, um dann Alvaro aus dem Knast zu holen.« Santiago klatschte in die Hände, als hätte er die optimale Lösung gefunden, aber das hatte er nicht. Das hier war eine Katastrophe epischen Ausmaßes. Gerade noch hatte sie gesagt, sie würde bei mir bleiben. Und nun ...

»Wer hat wen getötet? Reed, wovon redet er?« Claire sah mich fragend an. In ihren Augen lag ein letzter Hoffnungsschimmer, während sie darauf wartete, dass ich Santiago als Lügner entlarvte und ihr sagte, dass es nicht die Wahrheit war.

»Gar nichts, er ...«, murmelte ich, weil ich es nicht übers Herz brachte, auch noch den letzten Funken in ihr zu zerschlagen. Ja, ich hatte ihren Dad getötet, aber fuck, damals hatte ich sie noch nicht gekannt. Ich hätte ihr das nie, niemals angetan, wenn ich gewusst hätte ... Wenn ich gewusst hätte, dass ich sie irgendwann lieben würde.

»Du hast gesagt, du würdest mich nicht anlügen,

um in meine heile Welt zu passen.« Claire schluchzte. »Was ist hier los?« Tränen rannen ihre geröteten Wangen entlang. Sonst liebte ich dieses Bild. Wann immer sie unter ihrer Lust zusammenbrach und weinte, brauchte ich nur Sekunden, um ebenfalls zu kommen. Aber diesmal hasste ich jeden einzelnen Tropfen, der über ihr Gesicht lief. Weil sie ein klares Zeichen für das waren, was ich niemals wiederhaben würde.

»Ich ...« Ich biss mir auf die Unterlippe. Sie hatte recht. Ich hatte versprochen, sie nicht anzulügen und doch war der Drang in mir, genau das zu tun, unendlich stark. Aber was brachte es noch? Sie wusste es jetzt. Mir blieb nur noch, ihr den Rest der Geschichte zu erzählen und zu beten, dass sie mir verzieh. Meine Sünden und die meiner Familie. »Meine Mom starb bei einem Unfall. Das war zumindest die offizielle Erklärung. In Wahrheit wurde sie vom Sohn eines Politikers erschossen, der gerade aus dem Polizeipräsidium entlassen worden war, obwohl er eine illegale Waffe in der Schule bei sich getragen hatte. Die Bullen haben ihn mit der Pistole gehen lassen. Er war schließlich der Sohn eines Politikers.« Ich gab einen frustrierten Laut von mir. Sie hätten ihn nur nicht laufen lassen dürfen. Hätten sie ihn in dieser Nacht auf dem Revier behalten, wäre ich aufs College gegangen und nicht der Mafia beigetreten. »Er schoss Mom zweimal in den Bauch und ließ sie auf offener Straße liegen. Sie verblutete.« Ich schluckte. Sollte ich Claire sagen, dass er keine Arterie getroffen hatte? Als Ärztin würde sie wissen, wie lange es dann gedauert haben musste, bis Mom so viel Blut verloren hatte, dass sie daran starb. Stunden. Sie hatte bis zum Sonnenaufgang auf der Straße gelegen. »Ganz allein«, hauchte ich und stellte mir vor, wie verzweifelt Mom gewesen sein musste. Hatte sie anfangs noch um Hilfe geschrien? Hatten Passanten sie vielleicht sogar gesehen? Hätte ihr irgendjemand helfen können und hatte es nicht getan, weil er keine Probleme hatte haben wollen? »Die Kamera eines Geschäfts hat es durch Zufall aufgezeichnet und dadurch konnte der Schütze gefasst werden. Aber er war immer noch der Sohn von jemandem aus der Regierung und deshalb wurde keine Anklage von Seiten des Staats erhoben.« Ich unterdrückte ein Knurren und wandte den Blick von Claire ab, um nicht den Schock auf ihrem Gesicht sehen zu müssen. War ihr jetzt klar, wieso ich nie über meine Eltern gesprochen hatte? Es gab bestimmt kaum eine schlimmere Familiengeschichte als unsere.

»Wieso nicht? Er hätte ...« Claires Stimme brach. Sie schluchzte. Ob aus Angst, weil sie wusste, dass das noch nicht alles war, oder aus Trauer, weil das von ihr so geschätzte System versagt hatte, konnte ich jedoch nicht sagen. Im Endeffekt machte es auch keinen Unterschied. Claire litt und das hatte ich nie gewollt.

»... ins Gefängnis gemusst? Das dachte Dad auch und unternahm zuerst alle rechtlichen Schritte, die er zur Verfügung hatte. Doch irgendwann stieß er an seine Grenzen. Das Rechtssystem half ihm nicht und er war schon damals in illegale Geschäfte verwickelt gewesen. Drogen, Menschenhandel, solche Dinge. Sein Padre war ein hohes Tier bei der Mafia in Mexiko und obwohl sie über Kontinente entfernt waren, waren sie immer noch Familie und die kam immer an erster Stelle. Sie wollten Rache. Also töteten sie den Politiker und sorgten dafür, dass das Bürschchen nie wieder eine Waffe in die Hand nehmen konnte.« Kurz schloss ich die Augen und dachte daran zurück, wie mehrere schwarz gekleidete Männer den Politiker und seinen Sohn in unser Wohnzimmer geschleift und ihnen in die Kniekehlen getreten hatten, damit sie sich auf den Teppich knieten. Ich war noch nicht einmal volljährig gewesen, weshalb Dad gewollt hatte, dass ich ging, doch ich war eisern stehen geblieben, während der Politiker um Gnade gewinselt hatte. Um sein Leben, nicht um das seines Sohnes. Noch heute hörte ich ihn sagen, dass sein Sohn sie getötet hatte und nicht er. Dabei war es sein Status, der Mom das Leben gekostet hatte.

»Damit hattet ihr eure Rache?« Claires Frage

holte mich aus meinen Erinnerungen und versetzte mich wieder ins Hier und Jetzt. Ich blinzelte ein paar Mal, bis die Bilder vor meinem inneren Auge verschwammen und ich wieder Claire statt des zerquetschten Kopfes des Politikers sah.

»Ja. Es brachte uns Mom nicht zurück, aber ...« Aber nichts würde sie uns zurückbringen. Dann wollten wir wenigstens, dass die anderen denselben Schmerz fühlen mussten wie wir. Doch das konnte ich Claire nicht sagen. Ich schaffte es einfach nicht, weil sie eine von denjenigen war, die den Schmerz abbekommen hatten. »Das Leben ging weiter. Zumindest so gut wie.« Nichts war danach mehr gewesen wie zuvor. Dad war inzwischen wieder bei der Mafia und hatte Alvaro und mir beigebracht, wie man Menschen tötete. Er meinte, das würden wir eher brauchen als den Satz des Pythagoras. Er hatte recht behalten. Doch im tiefsten Inneren wusste ich, dass er nur gewollt hatte, dass wir uns verteidigen konnten. Damit er nicht noch ein Familienmitglied zu Grabe tragen musste. »Wir dachten, es wäre damit vorbei, aber die Freunde des Typen waren nicht sehr begeistert davon, dass er plötzlich von der Bildfläche verschwand. Sie konnten es Dad zwar nicht nachweisen, aber sie fanden andere Wege, um Padre ins Gefängnis zu bringen. Waffenhandel, Beamtenbeleidigung, solche Scheiße eben.« Kleinere Delikte, doch irgendwann hatte es gereicht, um ihn hinter Gitter zu bringen. Und wenige Stunden später war er tot. Ich stockte in meiner Erzählung, aber Santiago schien es nicht zu kümmern, wie schwer es für mich war, an all das erinnert zu werden und gleichzeitig höllische Angst zu haben, dass auch Alvaro jetzt schon nicht mehr am Leben sein könnte.

»Und dort schossen sie ihm mehrfach in den Schädel. Dein Daddy hat das getan, um genau zu sein«, übernahm Santiago für mich und sprach das Wort *Daddy* aus wie ein Schimpfwort. Claire zuckte unter seinem harschen Tonfall zusammen. Sie wich vor uns zurück, bis sie an der Wand ankam.

»Nein, Dad hätte nie ...« Sie schüttelte den Kopf. Ihre Stimme versagte, sodass sie erneut ansetzen musste. Ihre Knie bebten. Gefährlich wackelten sie unter ihr. »Er war ein guter Polizist.«

»Der beste. Zuerst hat er das Politiker-Bürschchen mit einer Waffe gehen lassen und danach hat er geholfen, die Sache zu vertuschen, indem sie Alvaros und Reeds Padre abschlachteten.« Santiago lachte über seinen eigenen Witz, den außer ihm aber niemand lustig fand. Selbst ich nicht. Moms Tod war kein Scherz. Der von Dad auch nicht und dass Alvaro in Lebensgefahr schwebte, war auch nichts, was mich amüsierte.

»Nein, das stimmt nicht. Das kann nicht ... Das ist eine Lüge.« Claires Beine brachen unter ihr weg.

Sie rutschte mit dem Rücken an der Wand zu Boden, wo sie sitzen blieb. Ihr fehlte die Kraft, um wieder aufzustehen. Ich wollte auf sie zugehen und ihr helfen, doch die Angst in ihrem Blick, als ich einen Schritt auf sie zuging, ließ mich innehalten.

»Glaub es, oder glaub es nicht. Dein Dad war ein Schwein und er hat aus deinem Bruder einen Lügner gemacht.« Santiago ging zum Tisch hinüber, schnappte sich die Whiskyflasche und setzte sie an seine Lippen, um direkt daraus zu trinken. Ich konnte es ihm nicht verdenken. Auch ich wollte meinen Verstand mit Alkohol benebeln.

»Pablo hat die Beweise gegen Padre geliefert. Sie waren ausnahmslos erfunden, aber das interessierte niemanden. Padre war tot, bevor wir etwas tun konnten«, erklärte ich und ein Stich fuhr durch mein Herz. Obwohl ich wusste, dass es nicht meine Schuld gewesen war, fragte ich mich immer noch, ob wir mehr hätten tun können. Aber Alvaro und ich waren so jung gewesen, als Dad verhaftet worden war und keiner von uns hatte damit gerechnet, dass er zu seinem Prozesstermin schon lange tot sein würde.

»Ihr habt Dad aus Rache getötet.« Claire starrte auf ihre Finger hinab, die nass von den ganzen Tränen war, die sie vergoss. Immer wieder wischte sie sich über die Wange, aber ihre Augen hörten nicht auf zu tränen. »Du warst das. Der Mann, der …

Du hast meine Wunde versorgt, nachdem ihr mich angeschossen habt.« Claires Hand schloss sich um ihren Arm, an der Stelle, an der ich sie mit der Kugel getroffen hatte.

»Ja.« Ich hatte schon damals Mitleid gehabt. Sie war noch ein Kind gewesen. Nicht halb so alt wie Alvaro, aber im gleichen Alter wie ich, als Mom starb. Ich wusste also, wie beängstigend es für sie sein würde, zu wissen, dass ihr Dad jetzt tot war. Sie hatte gezittert und geweint und dieses farbenfrohe Buch an ihre Brust gedrückt, während sie mich mit großen, traurigen Augen angestarrt hatte. Die gleichen Augen, die mich auch jetzt verurteilend anblickten.

»Nein.« Claire schluchzte. »Nein, bitte! Sag, dass das nicht wahr ist. Bitte«, flehte sie und zog die Beine schützend an ihre Brust. Sie krümmte sich wie ein Häufchen Elend zusammen, während ihr unablässig die Tränen übers Gesicht kullerten.

»Claire, ich ...« Meine Stimme versagte. Ich wusste auch nicht, was ich hätte sagen sollen. Dass es mir leidtat? Das tat es. Unheimlich leid. Aber es war nicht mehr zu ändern. Wir waren, was wir waren, und ich war der Mörder ihres Vaters, ob ich wollte oder nicht.

»Ja, er hat deinen Alten unter die Erde gebracht und dein Bruder wird der Nächste sein, weil er einfach nichts aus damals gelernt hat und wieder mit

Falschaussagen um sich wirft.« Santiago zwinkerte Claire hämisch zu und mir drehte sich der Magen um, als Claire verstört von ihrem eigenen Heulkrampf geschüttelt wurde. Ihr Körper bebte und ihre Hände umschlossen ihre Beine, sodass sie den Kopf auf ihre Knie betten konnte.

»Dein Bruder ist wegen Pablo im Gefängnis?«, fragte sie leise. Mehr sich selbst als mich, dennoch antwortete ich ihr, damit ich wenigstens irgendetwas sagte, wenn ich sie schon nicht mit meinen Berührungen trösten konnte.

»Ja.« Leider. Weil Pablo einfach nicht aufgehört hatte. Wir alle hatten unsere Eltern verloren. War das nicht genug gewesen? Offensichtlich nicht, denn er hatte Jahre später wieder dafür gesorgt, dass ein Rivera im Knast saß, statt uns in Ruhe zu lassen.

»Und deshalb müssen wir …«, begann Santiago und stellte den Whisky wieder an seinen Platz auf dem Tisch ab. Ich war in gewisser Weise stolz, dass er sich so vehement dafür einsetzte, Claire wieder nach Hause zu bringen, damit Alvaro freikam, aber merkte er nicht, was er Claire gerade antat? Schon jetzt befürchtete ich, sie würde sich nie wieder von diesem Tag erholen. Ihr Gesicht war kreidebleich und sie war leicht grün um die Nase, als würde sie gleich vor ihre eigenen Füße kotzen.

»Santiago, halt endlich die Fresse, bevor ich sie einschlage!«, rief ich und warf ihm einen bösen Blick zu. Er konnte sie nicht leiden und wollte, dass sie verschwand. Nachricht angekommen. Und wie er bereits passend erwähnt hatte, würde sie jetzt bestimmt auch nicht mehr bleiben wollen. Richtig? Ich würde es an ihrer Stelle auf jeden Fall nicht. »Gibst du uns einen Moment?« Ich formulierte es als Frage, aber sollte Santiago nicht in den nächsten Sekunden verschwinden, würde ich meine Waffe nehmen und sie ihm so tief in den Arsch rammen, dass er das Metall an seiner Zunge schmecken konnte. Ich musste mit Claire allein sein, um ihr zu erklären, dass ... ich kein Monster war. Sie musste es einfach verstehen. Nichts von alledem hatte ich gewollt.

»Sicher, aber die nehme ich mit. Wer weiß, auf welche Ideen sie sonst kommt.« Wieder lachte Santiago, schnappte sich die Flasche mitsamt den Gläsern und verließ den Raum. Was dachte er denn? Dass Claire mir die Flasche überziehen und dann panisch aus der Hütte rennen würde?

»Bitte sag, dass es nicht stimmt. Er denkt sich das aus, richtig?«, wisperte Claire, als Santiago die Tür hinter sich zufallen ließ und wir endlich allein in der Hütte waren. Normalerweise würde ich zu ihr gehen, sie küssen und auf die Couch werfen, um jeden Zentimeter ihres Körpers zu schmecken, doch Claires Tränen zeigten, dass das nicht passieren würde.

»Es tut mir leid, Claire, aber es ist die Wahrheit.«

Meine Augen begannen zu brennen. Ein Kloß bildete sich in meinem Hals. Schritt für Schritt lief ich auf Claire zu und ging vor ihr in die Hocke. Ich konnte nicht anders. Sie musste dringend aufhören zu weinen. Sofort. Bevor es mich umbrachte.

»Die Liste.« Verständnis zeichnete sich auf ihren Zügen ab, als würde ihr erst jetzt ein Licht aufgehen. Vielleicht war es auch so. Nun wusste sie, was ich war, und ich wusste, dass sie mich hasste. »Die Liste mit Menschen, die du töten willst, steht der Name meines Bruders darauf?«

»Ja, ganz oben. Er ist der Nächste.«

VIERZEHN

CLAIRE

»Oh mein Gott! Was hab ich getan?« Es war eine dumme Frage, aber dafür passte sie zu mir. Weil ich selbst dumm war. Ich hatte schlechte Entscheidungen getroffen, zu wenig nachgedacht und war am Ende in den Armen des Mannes gelandet, vor dem ich seit meiner Kindheit am meisten Angst hatte. Scham kroch in mir hoch. Ich hatte zugelassen, dass er mich berührte. Dieselben Hände, die Dad erschossen hatten, waren für die besten zwei Wochen meines Lebens verantwortlich. War das irgendein Witz? Lachte das Schicksal gerade köstlich über mich? Das durfte doch nicht wahr sein.

»Claire, ich …« Reed griff nach meinem Handgelenk und wollte mir hoch helfen, doch ich schüttelte seine Finger sofort ab, als hätte er eine ansteckende Krankheit. Ich wollte seine Haut nicht auf meiner spüren. Die Panik, dass es sich zu gut anfühlen würde, war zu groß. Es sollte mir nicht gefallen. Jetzt sowieso nicht mehr und auch vorher war es falsch gewesen. Was hatte ich mir nur dabei gedacht?

»Fass mich nicht an!«, zischte ich und stemmte mein Gewicht von allein nach oben. Mein Rücken schleifte an der Wand entlang und meine Beine fühlten sich immer noch an wie Wackelpudding, doch ich schaffte es, zu stehen, ohne wieder zu Boden zu fallen. Wie hieß es so schön? Fallen war keine Schwäche, aber liegenbleiben. Aber das war Schwachsinn. Jetzt wusste ich das. Egal, ob ich stand, saß oder lag – ich fühlte mich immer gleichermaßen scheiße. »Was steht in diesen Akten? Warum sind sie so wichtig?« Wichtiger als mein Leben und offenbar auch meine Gefühle. Wussten Pablo und Reed, wie ähnlich sie sich eigentlich waren? Beiden schien ich absolut egal zu sein.

»Darin stehen alle Namen, die damals an der Vertuschung von Moms Tod beteiligt waren und die Information, wie Pablo immer Beweise fälscht, um zuerst Dad und dann Alvaro in den Knast zu bringen.« Reed richtete sich ebenfalls auf und trat sogar einen Schritt zurück, um mir mehr Freiraum zu geben. Aber das war noch lange nicht genug. Ich ertrug seine Nähe nicht, weil ich sie zeitgleich so sehr brauchte. War ich abhängig? Süchtig nach ihm? Wenn es so war, hoffte ich, der Entzug würde erträglich werden. »Du denkst, er will mit dir dasselbe machen?« Für was für eine Art Mensch hielt er meinen Bruder? Pablo war Polizist, ein Hüter des Gesetzes, der gute Freund von nebenan, und Reed stellte ihn wie einen Psychopathen dar, der wahllos Leute einsperrte. Aber so war mein Bruder gar nicht. Oder? Er brachte keine Menschen um. Da war ich mir sicher. Ganz im Gegensatz zu Reed.

»Keine Ahnung, aber wenn, will ich vorbereitet sein.« Reeds Mimik wechselte kurz von leidend zu entschlossen, doch dann fiel sein Blick wieder auf mich und der traurige Ausdruck kehrte auf seine Züge zurück.

»Gut, dann hat es wenigstens einen guten Grund, warum ihr alle mein Leben zerstört habt.« Verbitterung war in meiner Stimme zu hören, dabei hatte ich durchaus Verständnis dafür, dass er wissen wollte, was mit seiner Mom passiert war, beziehungsweise welche Arschlöcher dafür gesorgt hatten, dass ihr Tod unter den Teppich gekehrt worden war. Auch ich hatte mich jahrelang gefragt, warum Dad gestorben war. Ich dachte, die Wahrheit würde reichen, um damit abschließen zu können. Aber das war nicht der Fall. Rückblickend betrachtet wünschte ich, ich hätte es nie erfahren. Vielleicht wäre ich dann mit Reed glücklich geworden. Oder noch besser: Ich wünschte, ich wäre in einen anderen Staat gezogen. Eventuell hätte ich Reed dann nie kennengelernt. Doch all diese Gedankenspiele brachten nichts. Ich konnte es nicht mehr ändern. Egal, wie sehr ich es versuchte.

Reeds Atem stockte. Er räusperte sich und fuhr mit der Hand durch sein Haar, das ihm ins Gesicht fiel. »Ich wollte nicht, dass …«

»Was? Mich entführen? Mit mir schlafen?« Meine Stimme brach. Ich schniefte. »Dafür sorgen, dass ich mich in dich verliebe?« Tränen benetzten meine Wangen. Der Schmerz in meinem Herzen breitete sich in den Rest meines Körpers aus und zwang mich in die Knie, bis ich unter dem Druck zusammenbrach und nur noch sterben wollte. Wieso waren alle in meiner Umgebung Lügner? Was hatte ich verbrochen, um das zu verdienen?

»Ja. Ich habe nichts davon gewollt.« Reed senkte die Schultern. Seine sonst so stolze Haltung fiel in sich zusammen und er krümmte den Rücken. Er zog den Kopf ein, als hätte er Angst, ich könnte ihn schlagen. Wobei, nein, wir beide wussten, dass Worte viel schmerzhafter sein konnten als Taten. Also hatte er wohl Panik, was ich erwidern könnte, auch wenn ich nicht verstand, warum. Er fühlte nichts für mich, richtig? Sonst hätte er mir diese Sache über sich nicht verschwiegen. Und wenn er mich nicht liebte, dann konnten ihm meine Worte egal sein.

»Entschuldige bitte, dass meine unerwünschten

Gefühle so eine Belastung für dich sind, aber sei dir sicher, dass sie bald vergehen werden.« Ich hoffte es zumindest. Ich würde den Schmerz in mir nicht ewig ertragen können. Schon jetzt wollte ich nur noch, dass es aufhörte und mein Herz zu heilen begann. Aber dafür war es zu früh. Gerade brach es noch in hunderte Stücke auseinander und kein Kleber der Welt würde es wieder narbenlos zusammenkleben können.

»Claire, bitte, du musst ...« Reed packte mich am Handgelenk und wollte mich an sich ziehen, doch schon als er seine Finger um mein Gelenk schloss, begann mein ganzer Körper zu kribbeln. Wohlige Schauer schüttelten mich. Sofort entzog ich ihm meine Hand.

»Ich habe gesagt, fass mich nicht an!«, keifte ich und wich zur Seite aus, um an ihm vorbeigehen und mehr Abstand zwischen uns bringen zu können. Reed ließ es zu, obwohl sein Blick deutlich machte, dass er etwas anderes wollte. Was? Würde er immer noch auf einen Abschiedsfick bestehen? Wieder schluchzte ich. Zeitgleich verließ ein Kichern meinen Mund. Ja, jetzt verlor ich wirklich den Verstand. Mein freudloses Gelächter ging jedoch in einem Knarren unter, als die Tür zur Hütte geöffnet wurde.

»Störe ich?« Santiago steckte seinen Kopf durch den Eingang und blickte sich in der Hütte um, als erwarte er, wir hätten in der Zwischenzeit alles zu Kleinholz verarbeitet. »Pablo Garcia ist am Telefon. Er will wissen, wann die Übergabe stattfindet«, erklärte er und trat mit erhobener Hand durch die Tür. In seinen Fingern hielt er ein Smartphone, dessen Display hell leuchtete.

»Gar nicht«, rief Reed, während ich »sofort« schrie. Unsere Blicke begegneten sich. Kurz schien die Zeit stillzustehen. Mein Herz schlug einmal gegen meine Rippen. Reed schluckte. Noch ein Schlag. Er öffnete den Mund. Ein weiterer Schlag. Er blinzelte mich an, als wäre ich ein Geist. Als würde er mich sehen und gleichzeitig auch nicht. Noch einer. Und dann blieb mein Herz plötzlich stehen.

»Du willst gehen?«, fragte Reed und alles in mir brüllte nein. Aber ich musste es. Jetzt oder nie. Er hatte Dad umgebracht. Er wollte Pablo töten. Irgendwie hatte er mir auch Mom weggenommen. Meine ganze Familie zerstört. Wofür? Rache?

»Wer würde das nicht?« Ich nickte langsam und drehte meinen Kopf in Santiagos Richtung, der mit der Flasche und dem Handy in der Hand näher zu uns trat und abwartend die Augenbraue hob. Er legte fragend den Kopf schief, als würde er von mir eine Antwort verlangen. Also musste ich es sagen, richtig? Nur einmal. Und dann würde ich mich schon wieder in meinem Haus wiederfinden und der

Horror würde hinter mir liegen. Ich wandte meine Aufmerksamkeit wieder Reed zu und blendete die Gefühle in mir aus. Ich musste stark sein. Für mich. Für Mom, Dad und Pablo. »Du hast mich getröstet, als ich Angst hatte und wusstest dabei die ganze Zeit ...« Ich brach ab. Wie hatte er mir das antun können? Er hatte gesehen, wie ich gelitten hatte und er hatte nichts gesagt. Kein Sterbenswörtchen. »Ich glaube, mir wird schlecht.« Er hatte alles mit mir tun dürfen. Ich hatte mich vor ihm erniedrigt und er hatte die ganze Zeit gewusst, dass ich die Tochter meines Dads war. Hatte er mich deshalb wieder und wieder geschlagen? War es am Ende gar nicht sein Fetisch, so wie bei mir, sondern nur seine Gier nach Rache? Hatte er mir einfach nur wehtun wollen?

»Lass uns darüber reden, wir können ...«, schlug Reed vor, doch was sollte das bringen? Wir könnten stundenlang analysieren, wer was wann gesagt oder getan hätte, aber das Ergebnis würde dasselbe bleiben. Es würde mich nur noch weiter in die Verzweiflung stürzen und mir wehtun. Ich sollte nicht weiter vor ihm heulen. Wenigstens ein bisschen Stolz wollte ich mir bewahren. Also drückte ich den Rücken durch, zog die Schultern nach hinten und versuchte die Frau zu sein, die ich immer gespielt hatte, sobald ich früher das Haus verlassen hatte. Die starke, unabhängige Ärztin, der nichts und niemand etwas anhaben konnte. Leider verhinderten die Tränen in meinem Gesicht, dass meine Darbietung glaubwürdig war, aber zumindest fühlte ich mich selbst besser. Stärker. Als könnte ich das hier überleben.

»Ich will nach Hause«, verkündete ich und schlang meine Arme um mich selbst in der Hoffnung, es würde gegen die Kälte in meinem Inneren helfen. Das tat es natürlich nicht, aber einen Versuch war es wert.

»Claire, bitte! Tu mir das nicht an«, flüsterte Reed und schüttelte den Kopf, als könnte er dadurch seine eigenen Gedanken aus seinem Gehirn schleudern. Aber das war nicht möglich. Zu gern hätte ich gewusst, woran er dachte, doch es ging mich nichts an. Jetzt nicht mehr.

»Was denn? So sollte es doch ablaufen. Das war der Plan. Du bekommst die Akten und ich gehe zurück in mein altes Leben. Das ist das Beste für alle.« Schon während ich es sagte, wusste ich, dass es Blödsinn war. Doch ich wollte wirklich daran glauben. Ich musste es. Was hatte ich auch für eine andere Wahl?

»In einer Stunde, Arschloch. Bei deiner Schwester zu Hause.« Mit diesen Worten legte Santiago auf und warf das Handy unbeachtet auf den Tisch. Das Telefon rutschte über die Tischplatte und knallte durch den Schwung auf der anderen Seite wieder zu Boden.

»Santiago, ich sagte …«, setzte Reed an, doch er kam nicht weit, bevor Santiago ihn unterbrach.

»Denk an Alvaro, Mann!« Santiago warf die Arme in die Luft, wobei Flüssigkeit aus der Whiskyflasche tropfte und auf seinen Haaransatz fiel. Doch Santiago ignorierte es einfach und sah Reed nachdrücklich an.

»Es muss nicht so enden.« Reeds Ton wurde bettelnd. Etwas, das nicht wirklich zu ihm passen wollte. Ich war es gewohnt, dass er Befehle gab oder kraftvoll seine Meinung äußerte, aber nun war seine Stimme schwach und er flehte mich an. Ich schniefte. Was war nur aus uns geworden? Was war zwischen heute Morgen und jetzt passiert? Richtig, das Leben.

»Nichts kann enden, wenn es nie begonnen hat. Einfach alles war eine Lüge«, fauchte ich und starrte in Reeds Augen, damit er wusste, dass ich es ernst meinte. Und das tat ich. Ich musste mich nur noch selbst davon überzeugen.

»Das stimmt nicht, Claire. Meine Gefühle für dich …« *Sind echt.* Er sprach es nicht aus und ich wusste nicht, ob ich froh darüber sein sollte. Ich wollte es hören. Unbedingt. Aber gleichzeitig wusste ich, dass es mich zerstören würde, zu wissen, dass er mich genauso sehr wollte wie ich ihn, aber wir nicht zusammen sein durften. Weil er ein Monster war.

Ein Mörder. Wie hatte ich das die ganze Zeit über nicht sehen können?

»Wir sollten fahren, wenn wir nicht zu spät kommen wollen«, drängte Santiago und unterbrach damit den Blickkontakt von Reed und mir. Wofür ich ihm zur Abwechslung mal dankbar war. Ich wollte hier weg. Sofort. Ich musste zu Pablo, damit er mir sagte, was hier gespielt wurde und weshalb Alvaro im Gefängnis war.

»Ja«, hauchte Reed und sah ein letztes Mal in meine Richtung, als hoffte er, ich würde meine Meinung doch noch ändern. Aber das würde ich nicht. Weil er Dad getötet hatte und dasselbe mit meinem Bruder tun wollte, der bestimmt gute Gründe hatte, weshalb er Alvaro Rivera hinter Gitter gebracht hatte. »Dann los.«

»Was passiert jetzt?« Meine Stimme klang leise und dünn in der Stille des Wagens, als Santiago den Motor abstellte. Die Gegend kam mir bekannt vor, aber er müsste noch die Straße hinunterfahren, um zu meinem Haus zu kommen. Doch das tat er nicht. Stattdessen stieg er aus dem Auto aus und öffnete die Autotür, die mir am nächsten war. Abwartend sah er mich an, doch ich rührte mich nicht. Die

Fahrt war unangenehm gewesen. Die ganze Zeit hatte niemand mehr etwas gesagt und ich hatte aus dem abgedunkelten Fenster gestarrt, ohne wirklich etwas zu erkennen, nur um keinen ansehen zu müssen. Doch nun, da uns nur noch wenige Minuten vom Abschied trennten, lechzte ich nach Reeds Blicken. Ich wollte, dass er mich noch einmal berührte, oder mich küsste. Doch es war falsch. Er hatte mich belogen und mich in dem Glauben gelassen, dass er ein guter Mensch war. Wie hatte ich nur so naiv sein können? Er war ein skrupelloser Mörder. Es hätte mir klar sein müssen, dass ich nicht alles aus seinem Mund glauben durfte.

»Santiago geht mit dir hinein und kommt mit den Akten wieder raus.« Ohne mich anzusehen, murmelte Reed es vor sich hin und starrte dabei aus der Windschutzscheibe. Seine Hände waren zu Fäusten geballt und ein harter Zug hatte sich um sein Kinn gebildet. Seine Haltung wirkte steif. Er war wütend, vielleicht hasste er mich auch, und diese Erkenntnis schmerzte so sehr, dass ich am liebsten geweint hätte. Doch ich riss mich zusammen und dachte daran, was mein Bruder denken würde, wenn ich heulend und nach Reed wimmernd zurückkommen würde.

»Wieso gehst du nicht mit?« Unsicher rutschte ich auf meinem Sitz hin und her. Ich wollte nicht aufstehen. Sobald ich einen Schritt aus dem Auto machte, war es vorbei, und meine Seele krümmte sich bei dieser Vorstellung zusammen. Warum war das so schwer? Und wieso sprach ich nicht aus, was mir wirklich auf der Zunge lag? *Bringst du mich nicht, weil du meine Nähe nicht mehr ertragen kannst? Lässt du Santiago deine Arbeit übernehmen, um mich zu bestrafen? Werde ich dir fehlen?*

»Das Risiko ist zu hoch, dass dein Bruder ihn erschießt«, murrte Santiago kalt, packte mich am Oberarm und zog daran, bis ich meinen Hintern vom Sitz löste und näher an die Tür rutschte. Auffordernd sah er mich an. Ich sollte aussteigen. Das war mir klar und ich bemühte mich. Wirklich. Aber je weiter ich mich von Reed entfernte, desto schlimmer wurde das Stechen in meinem Herzen, das angefangen hatte, als wir die Lichtung verlassen hatten.

»Und bei dir ist es egal?« Ich schindete Zeit. Sie hatten ihre Entscheidung bereits getroffen, und es machte für mich auch keinen Unterschied, wer mich in mein Haus zurückbrachte, richtig? Aber ich wünschte mir diese letzten Sekunden mit Reed. Doch die Zeit rann durch meine Finger und langsam verlor Santiago die Geduld.

»Nein, wenn er mich abknallt, weiß er, dass Reed ihn umbringt. Und jetzt los!« Santiago verdrehte die Augen, verfestigte seinen Griff an meinem Arm und zerrte mich schmerzhaft fest aus dem Wagen, sodass ich meine Beine auf den Asphalt schwingen musste, und ehe ich mich versah, stand ich neben ihm. Ich atmete tief aus, doch neben der Luft kam auch ein Schluchzen über meine Lippen. Ich setzte einen Schritt vor den anderen und wollte losgehen, mich geschlagen geben, doch dann schlangen sich kühle Finger um mein Handgelenk.

»Claire!«, rief Reed und zog damit wieder meine Aufmerksamkeit auf sich. Seine Stimme war monoton und verriet nichts über seine Gefühle, während meine tränenerstickt klang. Ich wünschte, ich könnte ebenfalls verheimlichen, was ich empfand. Doch es war so schwierig. Mein Herz weinte und ich hasste es, dass ich nichts dagegen tun konnte.

»Was?« Perplex warf ich einen Blick über meine Schulter und sah Reed an, der auf der Rückbank auf die Seite herübergerutscht war, auf der ich gerade noch gesessen hatte. Sein Daumen strich sanft über meinen Handrücken. Ich erschauderte unter der Berührung.

»Es tut mir unendlich leid.« Der Adamsapfel an Reeds Hals hüpfte leicht auf und ab. Er schluckte mehrfach, als hätte er denselben bitteren Geschmack im Mund wie ich.

»Was?« Oder eher: was nicht? Denn das würde vermutlich schneller gehen. Wie viele Menschen hatte er umgebracht, nachdem er mit Dad angefangen hatte? Hätte er mich auch irgendwann beseitigt? Vielleicht nicht, aber ich hatte keine Ahnung, was aus mir geworden wäre, wenn ich geblieben wäre. Jetzt würde ich es auch nicht mehr erfahren.

»Dass du mich hassen musst.« In Reeds Augen glitzerte es verdächtig, als er seine Hand von meiner löste und durch seine langen Wimpern zu mir aufsah. Seine Stimme wurde gegen Ende immer leiser, bis sie brach. Er ließ den Mund geöffnet, als wollte er noch etwas sagen, doch er tat es nicht.

»Wieso?« Tränen stiegen in mir hoch. Zentimeter für Zentimeter kämpften sie sich an die Oberfläche. *Ich hasse dich nicht*. Die Worte lagen mir auf den Lippen, aber ich schaffte es nicht, sie zu sagen. Er hatte Dad getötet. Oder war es doch Alvaro gewesen? Selbst wenn, änderte es am Ergebnis nichts mehr.

»Weil ich dich liebe.« Reed zog die Autotür hinter mir zu und verschwand hinter den getönten Scheiben des Wagens, während ich steif davor stehenblieb und mit brennenden Augen bettelte, er würde sie wieder öffnen, damit ich ihn ansehen konnte. Nur ein paar Sekunden länger. Aber das war mir nicht vergönnt. Die Tür blieb zu und obwohl mein Gehirn mir sagte, dass es die richtige Entscheidung war, schrie mein Herz und bettelte mich an, es nicht zu tun.

»Schneller, ich will hier keine Wurzeln schlagen.« Santiago packte mich an der Schulter und stieß mich vom Auto weg, sodass ich nichts mehr erwidern konnte. Erbarmungslos trieb er mich vom Wagen weg und die Straße hinunter, während mir Reeds Worte im Kopf herumspukten. Ich liebe dich. Das hatte er gesagt. Liebe. Aber das konnte nicht sein. Man belog niemanden, den man liebte, richtig? Und schon gar nicht brachte man die Familie seiner großen Liebe Stück für Stück um. Dennoch erkannte ich kein Anzeichen von einer Lüge. Weder in seiner Stimme noch in seinem Gesicht.

»Ich wollte noch ...« Ich blieb stehen und drehte mich um, damit ich noch einmal zum Auto zurückgehen und die Tür öffnen konnte, hinter der Reed sich verbarg. Aber Santiago dachte gar nicht daran. Er packte mich am Ellbogen und zog mich vorwärts, sodass ich nicht mehr zu Reed konnte. Und selbst wenn, was hatte ich gesagt? Dass ich ihn ebenfalls liebte? Auch wenn das vielleicht stimmte und mein Herz nach ihm schrie, änderte es doch nichts an der Tatsache, dass er meinen Dad umgebracht hatte. Und dann hatte er auch noch versucht, seine Tat mit Lügen und Erklärungen irgendwie zu vertuschen. Er hatte meine Familie zerstört, uns auseinandergerissen und mein ganzes Leben verändert. Verstand er das nicht? Jeder Albtraum, jedes Zittern in der Nacht und meine Panik vor irgendwelchen Männern mit Schusswaffen – all das war auf den Mann zurückzuführen, der mich im Arm gehalten, mich gestreichelt und mir liebevolle Worte ins Ohr geflüstert hatte.

»Komm schon!«, drängte Santiago, als ich beinahe über meine Füße stolperte, weil ich das Tempo nicht halten konnte, und zerrte mich weiter. Er hielt auf meine Eingangstür zu, öffnete sie und marschiert mit mir hinein, als würde ihm das Haus gehören. Verblüfft riss ich die Augen auf. Ich hatte viel erwartet, aber bestimmt nicht, dass wir einfach durch die Vordertür spazieren würden und sie auch noch unverschlossen war. Und noch weniger hatte ich damit gerechnet, dass mein Bruder im Flur stehen und mich mit in die Hüfte gestemmten Armen empfangen würde.

»Na endlich! Ich dachte schon, er hätte Claire doch noch abgeknallt«, beschwerte Pablo sich und schnaubte wütend. Seine braunen Haare standen in alle Richtungen ab und er trug einen Anzug, dessen Stoff überall Falten aufwies. Fast, als wäre er schon seit Tagen hier, ohne sich umzuziehen oder zu duschen. Das erklärte dann wenigstens auch seine schlechte Laune. Aber ich hatte keine Erklärung dafür, dass Pablo nicht bewaffnet war. Hatte Reed recht und Pablo traute sich nicht, Santiago zu erschießen, weil Reed ihn dann umbringen würde? Vielleicht. Aber an Pablos Stelle hätte ich dennoch eine Pistole an Santiagos Schläfe gehalten, nur um sicherzugehen, nicht selbst von Santiago erschossen zu werden. Aber stattdessen stand Pablo locker neben meiner Garderobe und sah uns beide an, als wäre es normal, dass die kleine Schwester von einem Kriminellen nach Hause gebracht wurde, nachdem sie mehrere Tage bei ihrem Entführer gewesen war.

»Nein, alles gut.« Santiago nahm seine Finger von mir und trat demonstrativ einen Schritt zurück, um zu zeigen, dass ich von allein stehen konnte. Und ja, das konnte ich, obwohl meine Knie weich waren und mir immer wieder Reeds Worte in den Sinn kamen. *Es tut mir leid, dass du mich hassen musst. Weil ich dich liebe.* Ich schluckte. Wieso war das so schwer? Warum konnte ich ihn nicht einfach hassen und vergessen, was zwischen uns war?

»Claire! Alles in Ordnung? Hat er dir sehr wehgetan? Dieser verdammte Psychopath!« Pablo knurrte wütend und musterte mich von oben bis unten. Doch er würde keine Wunden sehen. Nicht, solange ich mich nicht auszog. Und das würde ich nicht. Meine Markierungen – Reeds Markierungen – gehörten Reed und mir und niemandem sonst, auch wenn sie bereits verblasst waren. Ja, vielleicht hatte Reed die ganze Zeit gelogen, aber als er mich liebkost und mich Dinge hatte fühlen lassen, die keiner sonst je in mir ausgelöst hatte, war er er selbst gewesen. Daran hatte ich keine Zweifel. Und ich würde nicht zulassen, dass Pablo aus meinen Wunden etwas Falsches oder Perverses machte. Sie waren keine Strafe von Reed gewesen, sondern eine Belohnung und genauso würde ich sie in Erinnerung behalten, während sie verblassten. Immer mehr, bis sie nicht mehr zu sehen sein würden. Der Gedanke verursachte mir eine Gänsehaut. Ich wollte nicht, dass sie verschwanden. Aber was war die Alternative? Ich wusste es nicht.

»Nein, er …«, begann ich und schlang meine Arme um meinen Oberkörper. Aber weiter kam ich gar nicht, weil Pablo wohl nur an meiner physischen Unversehrtheit interessiert war und da er keine Verletzungen entdeckte, sich wieder Santiago zuwandte.

»Dort sind die gefakten Akten, San«, meinte er und zuckte mit den Schultern, bevor er sich umdrehte und ins Wohnzimmer marschierte, ohne mich ein weiteres Mal anzusehen. Irritiert zog ich die Augenbrauen zusammen und folgte ihm. Zeitgleich beobachtete ich, wie Santiago Pablo brüderlich gegen die Schulter schlug und zu einem Tisch ging, auf dem mehrere Akten aufgestapelt waren.

»San?«, hauchte ich und versuchte, mir auf die Szene einen Reim zu machen. Da standen sie, nur wenige Meter von mir entfernt und wirkten nicht wie zwei Männer, die gerade eine Geisel gegen wichtige Informationen austauschten. Nicht einmal wie ein Polizist und ein Verbrecher, die sich immer wieder begegneten. Nein, sie sahen aus wie zwei alte Freunde, die sich nach langer Zeit wiedersahen. Aber das war unmöglich. Santiago hasste Pablo. Das hatte Reed ständig durchblicken lassen und auch Santiago selbst hatte nie einen Hehl daraus gemacht.

»Danke, und du bist sicher, dass du keine wichtige Info vergessen hast zu streichen? Ich will am Ende nicht mit einer Kugel im Kopf enden, weil du etwas übersehen hast.« Santiago lachte, als hätte er einen Scherz gemacht, während ich zusammenzuckte. Im Alltag war es so leicht zu vergessen, dass es hier um Leben und Tod ging, aber in Momenten wie diesem erinnerte ich mich daran, wie viel auf dem Spiel stand. Santiagos Leben, das von Pablo, von mir und Reed. Und dennoch witzelte Santiago darüber. Es war abstoßend, aber was war von ihm sonst zu erwarten gewesen? Er war ein Arschloch. Ein größeres, als ich je vermutet hatte. Konnte es sein, dass ... Nein, ausgeschlossen. Pablo und Santiago konnten nicht unter einer Decke stecken. Aber wieso sollte Pablo ihm sonst so bereitwillig die Akten hinterlassen und warum würde Santiago nicht zur Waffe greifen, obwohl Pablo zugab, wichtige Informationen gefälscht zu haben? Darauf gab es nur eine Antwort, und ich wusste schon jetzt, dass sie mir nicht gefallen würde.

»Ich hab es extra auch noch einmal überflogen,

damit das nicht passiert.« Eine weitere Stimme erklang durch die geöffneten Türen und mein Blick wandte sich überrascht in Richtung Küche, aus der gerade Helena mit einem falschen Lächeln marschierte. Sie hatte zwei Tassen mit dampfender Flüssigkeit in der Hand und ging damit auf Santiago und Pablo zu, um ihnen die Getränke vor die Nase zu stellen. Dabei ging sie an mir vorbei, schien mich aber nicht zu bemerken.

»Helena? Was machst du denn hier?«, sprach ich sie an und verschränkte die Arme vor der Brust. Ein Beben ging durch meinen Körper, als auch sie bei den Akten stehen blieb. Als würde sie dazugehören. Als wären es ihre. Pablo bedeckte die Papiere nicht, sodass Helena alles lesen hätte können, wenn sie gewollt hätte. So viel zur Geheimhaltung bei der Polizei. Wut keimte in mir hoch. Sie durfte diese beschissenen Akten sehen und ich – die wirklich etwas damit zu tun hatte – wurde jahrelang im Dunkeln gelassen? Das konnte nicht sein Ernst sein.

Helena drehte sich mit einem riesigen Lächeln zu mir und breitete die Arme aus. So, wie sie es immer tat, um mich zu umarmen. Doch diesmal wich ich zurück. Irgendwas an dieser ganzen Situation stimmte nicht. Es war falsch. Niemand schien wirklich erleichtert zu sein, dass ich wieder da war, als hätten sie keine Angst um mich gehabt, weil sie zu jederzeit gewusst hatten, was mit mir geschah.

Oder weil es ihnen egal gewesen war. Beide Optionen gefielen mir nicht.

»Claire! Wir haben uns ja solche Sorgen gemacht, was dieser Killer mit dir anstellen könnte. Er hat Steven wie ein Monster überfallen, um an dich heranzukommen. Steven hat zwar eisern geschwiegen, aber Rivera muss dich dennoch gefunden haben. Wie barbarisch er dich verschleppt hat. Du musst Todesangst gehabt haben.« Helena ging einen Schritt auf mich zu, als ich nicht reagierte, und legte von selbst ihre Arme kurz um mich, bevor sie sich wieder zurückzog und mein Gesicht in ihre Hände nahm, um mich genauer zu betrachten. Sie rümpfte die Nase und automatisch fragte ich mich, was sie störte. Saßen meine Haare nicht akkurat genug? Hatte ich Staub im Gesicht? War es nur mein trauriger Ausdruck, der ihr nicht passte? Oder war ich in ihren Augen undankbar, weil sie mich herausgeholt hatten und ich bisher nichts dazu gesagt hatte? Fragen über Fragen türmten sich in meinem Gehirn auf und zeigten mir deutlich, was ich nicht vermisst hatte. Ich war offiziell wieder zu Hause.

»Nein, ich …« Ich bin freiwillig mitgegangen. Es war ein einfacher Satz, aber er kam nicht über meine Lippen, denn dann hätte ich viel mehr erklären müssen, als ich wollte. Beispielsweise, dass Steven ein verdammtes Arschloch und jedes seiner Worte gelogen war. Reed hatte ihm aufgelauert und verhört, um an mich heranzukommen? Er hatte trotz der schlimmen Folter nichts verraten? Er hatte Reed nicht gesagt, wo ich war? Richtig! Aber nur, weil er bei mir gewesen war, als Reed mich holen gekommen war. Und vielleicht wäre mit seinen Knien immer noch alles in Ordnung, wenn er nicht versucht hätte, mich gegen meinen Willen anzufassen. Trotzdem redete Helena von ihm, als wäre er ein Heiliger. Ich hätte kotzen können. War sie immer schon so gewesen? Definitiv ja! Aber wieso störte es mich dann plötzlich so sehr? Wir waren schon seit Jahren befreundet. Ich atmete schwer aus. Natürlich. Früher hatte ich es nicht anders gekannt. Jeder hatte die ganze Zeit darauf gewartet, dass ich einen Fehler machte und sich dann darauf gestürzt, um mich zu maßregeln. Aber ich war es gewohnt gewesen, weshalb ich gar nicht gewusst hatte, dass es anders ging und nun ... Reed fehlte mir. Er war ein Mörder und ein Lügner, aber in diesem Moment wünschte ich, er wäre hier. Er würde Helena auslachen wegen ihrer schlechten Schauspielkünste, mit denen sie mir ihre Freundschaft vorzuspielen versuchte, und würde mich küssen, damit Helena sah, dass ich nicht die Frau war, für die sie mich hielt. Und ich würde es zulassen. Aber Reed war nicht hier, sondern Santiago, und der begann nur schallend zu lachen.

»Es geht ihr gut. Nur ihre Würde hat gelitten.«

Santiago lachte immer weiter und weiter, bis sein Gesicht rot anlief und sich Tränen in seinen Augen bildeten. Auch Pablo lachte kurz auf, kaschierte es jedoch hinter einem Husten und warf mir dann einen entschuldigenden Blick zu. Doch den hätte er sich sparen können. Die Wut verdrängte die Verwirrung und ich biss die Zähne zusammen. Mein Herzschlag beschleunigte sich. Ich schloss für eine Sekunde die Augen, um das Chaos in meinem Inneren zu sortieren, aber es war schwierig die Wahrheit von all den Lügen zu trennen. Und dann war es ausgerechnet Helena, die mir dabei half zu entscheiden, ob ich wie immer in meinem Leben still bleiben oder den Mund aufmachen sollte.

»Das bekommen wir wieder hin. Steven hat angeboten, dich zum Essen auszuführen, sobald du wieder da bist«, sagte sie mit einem verschwörerischen Unterton, als wäre es etwas Großartiges, das nur wir wissen durften, und zwinkerte mir zu, bevor sie mein Gesicht losließ. Die Nachricht war klar. Sie erwartete, dass ich mich wieder mit Steven traf, genau wie mein Bruder erwartete, dass ich Reed hasste. Für sie gab es eine klare Antwort. Es gab schwarz oder weiß, aber ich wollte alle Töne kennenlernen. Ich hatte ein Recht darauf, alles zu erfahren. Und zwar jetzt. Hier ging es um meine Familie und ja, Pablo war ein Teil davon, aber deshalb konnte er nicht über meinen Kopf für mich bestimmen, ob ich die Riveras auslöschen wollte oder nicht. Ich hatte mitzureden. Eigentlich schon viel länger.

»Pablo?«, fragend hob ich eine Augenbraue und sah zu Santiago und meinem Bruder, die sich über die Akten beugten und Blätter von einer in die nächste Akte schoben. Sie standen so nah, dass kein Zweifel an meinen Gedanken blieb. Die beiden waren Freunde. Sie arbeiteten zusammen. Aber wie passte Santiagos Position bei Reed in dieses Bild?

»Ja?« Pablo sah von den Papieren auf, schnappte sich seine Tasse und trank einen Schluck, während er mich erneut musterte. Erst dann erschien ein kleines Lächeln auf seinem Gesicht, als sein Blick an meinem Oberarm hängenblieb. Schnell zupfte ich den Ärmel meines Shirts zurecht aus Angst, er könnte die blauen Flecken darunter entdecken.

»Was ist hier los?«, verlangte ich zu wissen und trat zwei Schritte näher auf die Männer zu, sodass ich ebenfalls einen Blick auf die Akten werfen konnte. Ganz oben lagen zwei Bilder nebeneinander. Zwei Frauen, die unterschiedlicher nicht hätten sein können. Eine davon erkannte ich sofort. Die blonden Haare, die gräulichen Augen, die immer aussahen, als würde ein Sturm darin toben und die hohen Wangenknochen. Mom. Sie war es. Unverkennbar. Auch wenn sie auf dem Bild wesentlich jünger zu sein schien. Oder war sie nach Dads Tod schlagartig gealtert? Ich wusste es nicht mehr und hatte sie zu lange nicht gesehen, um es beurteilen zu können. Es war auch unwichtig. Viel bedeutender war die andere Frau. Ihre schwarzen Wellen fielen ihr wie ein Rahmen um ihr helles Gesicht, in dem dunkelblaue Augen erstrahlten, die so dunkel waren, dass ihre Iriden beinahe schwarz wirkten. Ihre Lippen waren blutrot. Sie erinnerte mich an Schneewittchen. Noch während der Gedanke in mir aufkeimte, bereute ich ihn schon wieder, weil ihre blasse Haut nicht ins Gesamtbild passte und mir gleich klar war, wieso nicht. Weil sie eigentlich dunkler gewesen war. So wie Reeds. Weil sie seine Mom gewesen war. Und auf diesem Bild war sie bereits tot.

»Wovon redest du?« Pablo zog die Augenbrauen zusammen, als hätte er tatsächlich keine Ahnung, wovon ich redete. Vielleicht hatte er das auch nicht. Wahrscheinlich war all das für ihn so normal, dass ihm gar nicht auffiel, wie schräg es auf einen Außenstehenden wirkte. Auf mich. Die Rädchen in meinem Gehirn begannen, sich zu drehen, während ich meinen Blick wieder auf die Bilder richtete, als würde dort die Antwort auf all meine Fragen liegen und ich musste nur lange genug suchen, bis ich sie fand. Hatte Reed recht? War meine Familie schuld, oder seine? Wer hatte mit all dem angefangen? Wieso hatten so viele Menschen sterben müssen?

»Helena ist hier und sieht Polizeiakten durch,

obwohl sie in einem Krankenhaus arbeitet. Du klopfst einem Verbrecher auf die Schulter, als wäre er dein Freund und ihr alle habt gute Laune, obwohl gerade ein Entführungsopfer zurückgebracht wurde.« Entführungsopfer. Das klang falsch. Ich hatte mich bis auf den Anfang in Reeds Hütte nicht wie ein Opfer gefühlt. Aber das war ich schließlich, richtig? Ich war Reeds Gewalt ausgeliefert gewesen – nur dass er nicht gewalttätig gewesen war. Nicht mir gegenüber. Ganz anders als Pablo, oder nicht? Auch jetzt schob Pablo mich hin und her, wie es ihm passte. Ich war wieder zu Hause und stand eigentlich nur im Weg, während ich darauf wartete, dass mir irgendwer erklärte, was ich denken sollte. Dabei funktionierte mein Gehirn einwandfrei. Es war nur mein Herz, das beschädigt war. Das musste es zumindest sein, sonst hätte es sich nicht in einen Mörder verliebt. Ich unterdrückte ein Schluchzen. Verdammt, ja, ich wollte zu Reed. Und ja, er hatte Dad umgebracht, aber ... Aber es änderte nichts daran, dass der Mann, der mich damals unbeabsichtigt mit einem Streifschuss erwischt hatte, derselbe war, der mich zum Einschlafen geküsst hatte. Und gerade hätte ich alles gegeben, um bei diesem Mann zu sein. Weil er mich nicht behandelt hatte wie eine Schachfigur, die man spielerisch hin und herschob.

»So ist das nicht, Claire. Entspann dich einfach. Ich erkläre dir alles, wenn es vorbei ist«, murrte

Pablo und seufzte schwer, als wären meine Fragen und ich eine Belastung. Vermutlich war das auch der Fall. Früher hätte ich mich in eine Ecke gesetzt und gewartet. Aber das war vor Reed. Verflucht! Würde es nun immer so sein, dass ich alles mit vor und nach Reed beschrieb?

»Wieso vorbei?« Und warum nahm er sich nicht jetzt die Zeit? Er hatte sie ja offensichtlich, wenn er auch eine Minute hatte, um seine Tasse leer zu trinken und sie wieder Helena in die Hand zu drücken, damit sie neuen Kaffee holte, der in meiner Nase viel zu stark roch. Er hätte mir eine Erklärung liefern können, aber er wollte nicht. Die Wut in mir erreichte ihren Höhepunkt. Ich war kein naives, dummes Mädchen mehr, das an die Hexe in irgendeinem Buch glaubte und daran, dass alles wieder gut werden würde, wenn sie nur fest genug darauf vertraute. Ich war Ärztin und hatte es mehrere Wochen bei einem Serienmörder ausgehalten, der meine Familie hasste. Und das anscheinend zu Recht. Wieder fiel mein Blick auf die beiden Frauen auf den Bildern. Mom lächelte. Ein ungewohnter Anblick. Am Ende war sie unglücklich gewesen. Ich dachte, es würde an Dads Tod liegen, aber was, wenn ich mich geirrt hatte? Was, wenn ich genau wie Mom war? Hatte sie auch nie irgendetwas von dieser Misere erfahren und als Dad starb, konnte Pablo es nicht mehr unter den Teppich kehren? Hatte die Wahrheit sie so hart getroffen, dass sie uns verlassen hatte? Mein Magen verkrampfte sich. Er zog sich zusammen, drehte sich um sich selbst und drückte auf meine anderen Organe. Schmerz explodierte in meiner Brust. Es ergab Sinn, oder nicht? Mom hatte mir das Kochen beigebracht. Das hätte sie nicht müssen, aber sie hatte es getan, weil sie mich liebte. Wieso hätte sie uns dann allein lassen sollen in der schlimmsten Zeit unseres Lebens? Ich hatte jahrelang gedacht, dass sie es getan hatte, weil sie uns nicht liebte. Aber was, wenn meine Vermutung falsch war? Was, wenn sie nicht in einem Haus mit einem Mörder – meinem Bruder – hatte leben können?

»Wir werden den Riveras endlich das Handwerk legen.« Mit stolzgeschwellter Brust hob Pablo das Kinn, sah mich vielsagend an und dann zu der Waffe, die auf dem Couchtisch neben Unmengen an anderem Zeug lag. Kisten standen im ganzen Raum verteilt, also wunderte es mich gar nicht, trotzdem ballten sich meine Hände zu Fäusten, als ich die Pistole sah.

»Wieso? Sie haben nichts getan.« Zumindest jetzt nicht. Konnte das Töten nicht endlich aufhören? War noch nicht genug Blut vergossen worden? Würden Pablo und Reed wirklich erst aufhören, wenn von beiden Familien niemand mehr übrig war? Ich hatte gedacht, dass Reed allein der Fanatiker war, aber nun setzte sich Bruchstück für Bruchstück ein neues Bild meines Bruders zusammen. Ob es mir gefiel oder nicht. Er war genauso verantwortlich für all diese Morde wie Reed. Er hatte vielleicht nicht das Messer geführt – bei keinem – aber er hatte im Hintergrund dafür gesorgt. Und war das nicht genauso verwerflich? Ich dachte immer, mein Bruder wäre ein guter Polizist. Der verlängerte Arm des Gesetzes, aber das hier – Santiago, die Akten – das widersprach dieser Vorstellung. Reed hatte recht gehabt. Pablo war korrupt.

»Sie haben dich entführt und vergewaltigt. Das hat das Fass zum Überlaufen gebracht.« Pablo verzog keine Miene und seine Stimme blieb monoton. Wusste er von Santiago, dass ich eingewilligt hatte, mit Reed zu schlafen? Reagierte er deshalb so? Oder hätte ich diese Worte auch ertragen müssen, wenn Reed mich wirklich ... Ich konnte nicht einmal daran denken. Das war das Schlimmste, was einer Frau widerfahren konnte, aber Helenas Anblick genügte, damit ich wusste, dass Santiago ihnen nichts davon gesagt hatte, wie Reed und ich zueinander standen. Weil es für sie nicht wichtig war. Selbst wenn ich mit blutverschmierten Schenkeln und weinend vor ihnen gestanden hätte, wäre ihr Plan immer noch vor mir auf der Prioritätenliste gewesen. Kurz durchzuckte Schmerz mein Herz und breitete sich dann in meinem Körper aus, doch die ungeheure Wut konnte er nicht verdrängen. Doch nun richtete sie sich nicht mehr gegen Reed. Nicht nur. Sondern gegen Pablo, Helena und Santiago. Ja, sogar gegen Dad.

»Ich bin freiwillig mit ihm mitgegangen«, hauchte ich und fügte alle Informationen an ihren Platz. Das ungeordnete Chaos in meinem Kopf wurde Kiste für Kiste gestapelt und sortiert, bis alles zueinanderpasste und ich eine Vorstellung davon hatte, was hier gespielt wurde. Und was ich nicht wusste, würden sie mir sagen. Nicht morgen oder übermorgen oder irgendwann. Sondern jetzt.

»Wie bitte?« Pablo stutzte. Er gefror in der Bewegung. Sein Kopf drehte sich in meine Richtung und seine Pupillen wurden groß. Unglaube stand in seinem Gesicht geschrieben und ... War das Ekel? Keine Ahnung. Der Ausdruck auf seiner Miene schmerzte. Er war mein Bruder und ich liebte ihn. So sehr, wie er mich lieben sollte. Aber es war genug gelogen worden. Irgendwann musste irgendwer anfangen die Wahrheit zu sagen. Also würde ich das jetzt.

»Hat Mom uns verlassen, weil sie nach Dads Tod herausgefunden hat, was ihr getan habt?« Mein Ton wurde schneidend, während ich wieder zu den Bildern der Frauen sah. Sie waren beide so jung und früher wahnsinnig glücklich gewesen und nun war eine von ihnen tot und die andere hatte ihr altes

Leben hinter sich gelassen, weil sie es nicht ertragen hatte. Mom war gestorben und hatte dieser neuen Frau Platz gemacht, damit wenigstens ein kleiner Teil von ihr leben konnte. Zählte das ebenfalls als Mord? Wahrscheinlich nicht, aber ich empfand es als ebenso grausam.

»Claire, w-was soll das?«, stotterte Pablo und sah verunsichert zu Santiago und dann zu Helena, als glaubte er, er hätte sich meine Worte nur eingebildet. Doch die Gesichter seiner Freunde machten klar, dass es nicht so war. Beide starrten mich an, als wäre mir gerade ein Auge auf der Stirn gewachsen. Das wäre auch passend, denn zum ersten Mal kam es mir so vor, als würde ich wirklich sehen. Nicht nur meinen Bruder, sondern auch den Rest meiner Welt. Wie viele Menschen mir etwas vorgemacht hatten. Mein Dad, meine angeblich beste Freundin, mein Bruder, sogar meine Mom. Sie hätte mich mitnehmen können, oder mir zumindest alles sagen, damit ich selbst entscheiden konnte. Aber das hatte sie nicht.

»Du bist die blonde Zeugin, die gegen Alvaro ausgesagt hat«, murmelte ich und zeigte auf Helena. Ich erinnerte mich daran, dass Reed gesagt hatte, mein Bruder würde nicht allein arbeiten. Eine Zeugin hätte seinen Bruder ins Gefängnis gebracht. Sie hätte Alvaro gesehen und dadurch stand ihr Wort gegen seines. Und wer glaubte schon dem

Sohn eines Verbrechers? Genau, niemand. »Und du Pablos Komplize.« Mein Blick bohrte sich in Santiagos. Arbeitete er wirklich für die Polizei und war nur undercover bei Reed? Es könnte sein, doch sicher war ich mir nicht. Inzwischen hätte er doch genug Beweise, um Reed hinter Gitter zu bringen. Ein weiteres Zeichen, dass das alles eine persönliche Sache und keine offizielle Polizeiarbeit war. Zum Kotzen. Sie sollten sich schämen. Wofür gab es unser Justizsystem denn? »Aber wieso das alles? Ich verstehe nicht ... Reed hätte mich töten können. Einfach so.« Er hätte sich genauso gut denken können, dass ich den Ärger nicht wert war und mich erschießen, sobald ich in seiner Hütte gewesen war. Er hatte schließlich nicht gewusst, dass Santiago es dann Pablo gepetzt hätte. Oder? Hatte Reed einen Verdacht gehabt und mich deshalb nicht getötet? Mein Herz wurde schwer. Nein, das konnte nicht sein. Er hatte gesagt, er liebte mich. Aber was bedeuteten Worte schon? Am Ende gar nichts, wenn die Handlungen nicht dazu passten. Doch Reeds taten es. Bei all dem hatte er mich immer gefragt, ob es mir gut ging. Und das war der Fall. Außer jetzt. In diesem Augenblick fühlte ich mich furchtbar und ich wollte jemanden, der mir über das Haar strich und mir sagte, dass bald alles wieder gut werden würde.

Pablo verengte die Augen zu Schlitzen und ein dunkler Schatten lag über seinem Gesicht, als er mir antwortete. Seine Stimme wurde lauter. Er klang aufgebracht, beinahe wütend. Hasserfüllt. »Das hat er aber zum Glück nicht, Claire, und Kollateralschäden sind notwendig, um diese Familie loszuwerden, nachdem sie Dads Bruder und unseren Cousin umgebracht haben.«

Ja, er hat mich nicht getötet, weil er ein besserer Mensch ist als du. Offensichtlich. »Der Politiker und sein Sohn«, hauchte ich, als mir endlich ein Licht aufging und ich es schaffte, alle losen Fäden miteinander zu kombinieren. Dad und Pablo waren die Polizisten gewesen, die den Mörder von Reeds Mom laufen gelassen hatten. Weil er zur Familie gehört hatte und sie für ihn keinen Ärger gewollt hatten. Sie hatten eine tote Zivilistin in Kauf genommen, damit sie keinen Garcia hatten festnehmen müssen. Das durfte nicht wahr sein. Und nachdem sie dadurch eine Leiche gehabt hatten, die sie nicht hatten erklären können, hatten sie begonnen zu lügen und sich in immer mehr Geheimnisse und Morde zu verstricken. Weil sie keine Verantwortung dafür hatten übernehmen wollen. Obwohl sie schuld waren. Und das waren sie. Hundertprozentig. Reeds Dad hatte nur Gerechtigkeit für seine Frau gewollt, und selbst die war ihm nur im Austausch gegen sein eigenes Leben vergönnt gewesen.

»Ich erledige den Rest mit Rivera«, murrte Santiago, schnappte sich einen Teil der Akten und ein

Rechteck, von dem ich nicht wusste, was es war, bevor er an mir vorbeihuschte und zur Tür hinaus verschwand. Gern hätte ich ihn aufgehalten oder wäre ihm gefolgt, um zu Reed zu kommen, aber kein Muskel in meinem Körper hörte auf mich. Geschockt stand ich da und hoffte, Pablo würde zu lachen beginnen und mir erklären, dass es nur ein Scherz gewesen war. Aber das würde nicht passieren.

»Dann kümmere ich mich um die richtigen Akten.« Auch Helena schien der wachsenden Spannung zwischen Pablo und mir entkommen zu wollen. Sie stellte Pablos leere Tasse auf den Tisch, nahm sich einen Stoß der Akten und ging hinüber zu einem Schredder, der auf seinen Einsatz wartete. Was hatte sie vor? Wollten sie alle Beweise vernichten?

»Wir haben zuerst jemanden von ihnen getötet«, flüsterte ich und konnte es immer noch nicht glauben. Reeds Mom war eine unschuldige Frau gewesen. Sie hatte niemandem etwas getan. Sie war nur zur falschen Zeit am falschen Ort gewesen und hatte deshalb sterben müssen. Und das hatte Reeds Dad zugrunde gerichtet. Und seine Söhne. Und am Ende sogar mich. Pablo schüttelte den Kopf, als würde ich Unsinn reden. Seine Stimme wurde immer lauter, bis er schrie. Seine Miene wurde hasserfüllt. Jedes Wort spie er mir entgegen. Er hatte keine Zweifel, keine Skrupel. »Es war ein Unfall. Jeremy hat das nicht gewollt. Er hatte keine Ahnung vom Schießen und wollte nur so sein wie Dad und ich, weil sein eigener Vater ihm zu langweilig war.«

Diese arme Frau, die Mutter von zwei Kindern, eine liebende Ehefrau war gestorben, weil ein Junge lieber Polizist statt Politiker spielen wollte und niemand eingegriffen hatte. Und um nicht die Verantwortung übernehmen zu müssen, hatten alle ihre Augen verschlossen und es vertuscht. Die Erkenntnis traf mich hart. Es war leichter gewesen, Reed als den Bösen zu sehen und ihm die Schuld an allem zu geben. Aber die Schuldigen waren in diesem Raum und wenn ich zuließ, dass sie ihm die falschen Akten brachten und die richtigen zerstörten, würde ich dazugehören. Und das wollte ich nicht.

Ein Knall ertönte. Und noch einer. Bumm, bumm. Lauter als von einer Waffe. Es klang metallisch und explosiv. Wie ein Krachen zu Silvester. Die Geräusche ließen mich zusammenzucken. Panisch sah ich mich um, aber es war nichts zu sehen. Ein eigenartiges Déjà-vu überkam mich. Dads Tod hatte ähnlich begonnen. Ich war verwirrt gewesen und verängstigt wegen all der Geräusche, aber diesmal begann ich nicht zu weinen und ich versteckte mich auch nicht irgendwo. Nein, ich griff nach der Waffe, die auf dem Couchtisch lag und zog das Magazin heraus. Es war mit mehreren Schüssen gefüllt.

»Was war das?« Meine Stimme zerriss die Stille, die sich bildete, nachdem der Lärm vergangen war. Pablo hatte sich nicht gerührt und auch Helena stand noch an ihrem Platz. Als wäre nichts geschehen, nahm sie das oberste Blatt – die Bilder von Reeds Mom und meiner eigenen – und steckte es in den Schredder. Schon nach wenigen Sekunden waren von ihren Gesichtern nur noch kleine Schnipsel übrig. Ich schluckte bei dem Anblick. Ein Kloß bildete sich in meinem Hals. Er drückte gegen meine Luftröhre und erschwerte mir das Atmen. »Sieht aus, als hätte San Rivera die Akten schon gebracht.« Es dauerte einen Moment, doch dann begann Pablo schallend zu lachen, während mir das Blut in die Adern gefror. Und? Das konnte nicht alles sein. Er würde sich nicht so freuen, wenn das schon alles war und auch die Geräusche sprachen dagegen. Er hat doch nicht ... Nein, Santiago hatte Reed bestimmt nicht einfach ... Nein! Sie hatten zusammengewohnt, verdammt! Reed dachte, Santiago wäre sein Freund. Jemand, dem er vertrauen konnte.

»Was ist passiert?« Tränen schossen mir in die Augen. Ich wollte nicht fragen, weil ich nicht wusste, ob ich die Antwort ertragen konnte, aber ich brauchte Gewissheit. Er konnte nicht, nein, durfte nicht tot sein. Das war falsch. Es war ... ein Albtraum. Mein Kinn zitterte. Mir wurde eiskalt, obwohl ich immer noch die Jacke trug, die Reed mir besorgt hatte. Sie roch nach ihm und das liebte ich.

»Sprengstoff, Claire. Reed Rivera ist nicht länger ein Problem. Noch ein Anruf im Gefängnis und auch sein Bruder wird kein Problem mehr sein. Alvaro hat vom Tod seines letzten Verwandten erfahren und hat sich daraufhin selbst gerichtet.« Wieder ein Lachen. Pablo feierte seinen Sieg. Ein weiterer Toter und er hatte Spaß daran. Ich schluckte erneut, aber ich wurde den Kloß im Hals nicht los, der immer wieder anwuchs, bis er gegen die Innenwände meines Halses presste. Ich schnappte nach Luft, aber jeder Atemzug war eine Qual, als würde mein Körper aufhören wollen zu atmen, zu leben, zu existieren.

»Was?« Ich schüttelte langsam den Kopf, als seine Worte in mein Gehirn vordrangen. Sie hatten Reed getötet. Das rechteckige Ding war Sprengstoff gewesen und damit hatten sie ... Ich schluchzte. »Nein, Reed ...« Schmerz pulsierte in meinem Herzen und wurde mit meinem Blut durch den ganzen Körper befördert, bis die Qualen mich vereinnahmten. Er liebte mich. Das waren seine letzten Worte gewesen und ich hatte nicht geantwortet. Er war in dem Glauben gestorben, dass ich ihn verlassen wollte. Eine Träne lief über meine Wange. Doch sie war nur die erste von vielen. Eine nach der anderen quoll über mein Lid und zeigte den Schmerz in meinem Inneren. Die Waffe in meiner Hand wurde immer schwerer. Meine Finger bebten, doch ich krallte mich an das Metall, als wäre es mein Rettungsring. Es half vielleicht nicht gegen die Qual, aber das Gefühl der Pistole sorgte dafür, dass ich nicht durchdrehte.

»Sollen wir auf San warten?«, fragte Pablo an Helena gewandt und zog bereits sein Telefon aus seiner Hosentasche. Ein Anruf und wieder würde jemand sterben. Ich wimmerte leise und presste die Augen zusammen, weil ich es nicht ertrug, das Gesicht meines Bruders zu sehen.

»Sicher, ich hole den Champagner«, erklang Helenas Stimme und das gleichmäßige Summen des Schredders stoppte. Gleich darauf war das Klackern von Absätzen zu hören. Schnelle Schritte, die sich entfernten und wiederkamen. Erst als ich sie wieder nah bei mir vernahm, öffnete ich die Augen und wischte mir die Tränen von den Wangen. Auch Helena hatte ein Lächeln aufgelegt. Sie strahlte Pablo geradezu an, doch als sie ihren Kopf in meine Richtung drehte und mir auch ein Glas, das sie aus der Küche geholt hatte, feierlich überreichen wollte, verblasste ihr Grinsen.

»Claire? Alles klar?« Ihr Blick fiel auf die Waffe in meinen Händen und dann wanderte er nach oben in mein tränennasses Gesicht. Meine Sicht war verschwommen, sodass ich zuerst nicht sah, wie sie pikiert die Lippen verzog, doch sobald ich blinzelte, bemerkte ich es, während wieder eine Träne über meine Wange lief.

»Nein, es ist gar nichts klar.« Meine Stimme war nur ein Wispern, aber es klang so aggressiv, dass ich selbst überrascht war. Das war nicht ich. Zumindest kannte ich mich selbst so nicht, doch all der Schmerz verwandelte sich in etwas Düsteres, Furchterregendes, das mir Angst machte. Sie feierten, weil sie einen Menschen getötet hatten. Einen Menschen, den ich geliebt hatte.

»Claire?« Pablo nahm Helena eines der Gläser ab und stellte es vor sich auf den Tisch, auf dem immer noch ein kleiner Teil der Akten lag. Noch mehr Bilder waren darauf zu sehen, aber ich kümmerte mich nicht darum. Ich würde noch genug Zeit haben, sie mir anzusehen, wenn das hier vorbei war. Und ich würde es beenden. Heute noch.

»Auch ich hatte Schießunterricht als Kind, schon vergessen?« Ich hob die Waffe in meinen Händen, ohne wirklich zu wissen, was ich tun würde. Tatsache war, dass der Mann vor mir immer noch mein Bruder war, also würde ich ihn nicht umbringen. Ich zweifelte sowieso daran, dass ich irgendjemanden töten konnte. Aber ich würde mir diese Akten nehmen und Pablo wegen Korruption anzeigen. Für Alvaro, dessen Leben ich nun in den

Händen hatte. Und dadurch auch für Reed. Er hätte alles getan, um seinen Bruder zu beschützen.

»Und? Hättest du Rivera lieber erschießen wollen?« Pablo schnaubte, als wäre es das Lächerlichste, was er je gehört hatte. Dabei war ich im Schießen gar nicht schlecht. Dad hatte darauf Wert gelegt, und ich hatte geübt und geübt, bis ich es gekonnt hatte. Ich war ehrgeizig gewesen und mein Bruder nicht.

»Nein, ganz bestimmt nicht. Ich habe ihn geliebt und tue es noch.« Wieder verließ ein Schluchzen meinen Mund und ich legte einen Finger an den Abzug der Waffe. Niemand musste verletzt werden. Nicht mehr als sowieso schon. Ich brauchte einfach die Akten und dann würde ich gehen. Mit zögerlichen Schritten ging ich auf den Tisch zu, um sie mir zu nehmen, aber Pablo wich nicht zurück. Er baute sich hinter dem Tisch auf und stützte seine Handflächen auf der Tischplatte ab.

»Was? Bist du irre? Hat er dir den Verstand herausgefickt?«, spie er und sah mich an, als wäre ich durchgedreht. Vielleicht hatte er recht und ich stand wirklich kurz davor, doch das war mir egal. Ich wollte Gerechtigkeit. Alle Angehörigen der Opfer verdienten eine Erklärung. Die Kinder des toten Polizisten, Alvaro, ich, und wer weiß wie viele Geschädigte es noch gab, die unter all dem gelitten hatten. Aber das war Pablo egal. Er wollte den Namen seiner, meiner, unserer Familie schützen, der sonst in allen Schlagzeilen landen würde. Doch das war kein Argument, um weiterhin Menschen abzuschlachten.

»Die Frage ist nicht, was er getan hat, Pablo, sondern was du getan hast.« Er hatte angefangen. Dad und er. Sie hatten eine schlechte Entscheidung getroffen und damit einen Stein ins Rollen gebracht, der uns alle unter sich begraben hatte. Das Gewicht zerquetschte uns unter sich und ließ nichts von uns übrig als eine Spur aus Blut und Leid. Und Trauer. Ich zumindest glaubte, daran zu vergehen. Mein Herz protestierte bei jedem Schlag.

»Das, was ich tun musste«, entgegnete Pablo, hob seine Handflächen an und knallte sie auf den Tisch. Die Blätter darauf verrutschten. Ein paar segelten zu Boden, wo sie unbeachtet liegen blieben.

»Glaubst du das wirklich, oder sagst du es, weil es sich gut anhört?« Auch ich erhob nun die Stimme und schrie. Der Ärger, der sich in mir aufgestaut hatte, bahnte sich einen Weg nach draußen und wollte über Pablo hinwegfegen. Ihn umwerfen, damit er liegen blieb und niemandem mehr wehtun konnte. So, wie er mir wehgetan hatte.

»Du verstehst das nicht, Claire. Sie sind Monster«, rief Helena dazwischen und hob beschwichtigend die Hände. Sie wollte einen Schritt auf mich zu machen und mir die Waffe abnehmen, doch ich wich aus und drückte warnend den Abzug. Ein

Schuss löste sich. Die Kugel flog in die Luft und landete in der Decke, wo sie stecken blieb. Helena keuchte überrascht. Kurz blitzte Angst in ihren Augen auf. Schutz suchend trat sie näher zu Pablo.

»Sie sind eine Familie. Sie erzählen sich alles und arbeiten Hand in Hand, um Unrecht wiedergutzumachen. Wählen sie dabei den falschen Weg? Ja, ganz bestimmt. Aber deshalb sind sie immer noch hundertmal besser als wir.« Zumindest in meinen Augen. Reed hatte alles getan, um Alvaro aus dem Gefängnis zu befreien und ihm Leid zu ersparen. Und was hatte mein Bruder gemacht? Er hatte zugelassen, dass ich verschleppt wurde. Pablo hatte riskiert, dass Reed mich tötete und das nur, damit er seine Rache bekam.

»Leg die Waffe weg, Claire«, befahl Pablo, aber ich dachte gar nicht daran. Freiwillig würden sie mir die Akten nicht überlassen. Da war ich mir sicher. Dafür hatten sie es schon zu weit kommen lassen, also würde ich ihnen so lange drohen, bis sie mir gaben, was ich wollte. Ich durfte nur nicht nachgeben. Es ging schließlich nicht nur um mein Leben, sondern auch um Alvaro. Einen Mann, den ich nicht kannte, aber der Reed die Welt bedeutet hatte. »Ich werde nicht tun, was du oder irgendjemand anders sagt. Das habe ich lange genug. Jetzt tanzt ihr nach meiner Pfeife.« Erneut feuerte ich einen Warnschuss ab. Diesmal traf die Kugel einen Meter neben

Helena und Pablo die Wand. Helena zuckte zusammen. Ihre Hand krallte sich in Pablos Oberarm. Tränen bildeten sich in ihren Augen, während sie auf die Kugel starrte, die im Putz feststeckte.

»Du wirst nicht auf uns schießen. Jeder weiß das, Claire. Gewalt ist nicht deine Welt. Du erträgst sie nicht«, höhnte Pablo und setzte ein siegessicheres Grinsen auf. Das wäre der Moment, in dem ich die Waffe fallen lassen würde und ihm sagen würde, dass er recht hatte. Wenn ich noch dasselbe Mädchen wäre, das mit Steven ausgegangen war, weil Helena das wollte. Aber diese Frau war ich nicht mehr. Sie hatten sie zerstört. Sie alle. Ich hatte in den letzten Stunden so viel Leid gehört, dass ich unmöglich weiterhin der kleine Engel sein konnte. Meine Seele war beschmutzt und das schmerzte, aber es machte mich auch stark. Was hatte Reed einst gesagt? Blutsverwandtschaft machte noch lange keine Familie. Auf Pablo und mich traf das leider zu, auch wenn ich lange die Augen davor verschlossen hatte. Ich hatte ihm gehuldigt wie einem König, wie einem Gott, nur um zu kompensieren, dass ich ihm gar nichts bedeutete.

»Du kennst mich nicht«, zischte ich und atmete einmal tief durch. Ein Atemzug. Mehr brauchte es nicht, damit ich meine Entscheidung traf. Ich zielte, drückte den Abzug und trennte mich mit einem Schuss von all den Dingen, die mir nicht gut getan hatten. Die toxische Beziehung zu meinem Bruder, meiner betrügerischen Freundin und einer Kindheit voller Lügen.

»Oh mein Gott!« Pablo keuchte. Zeitgleich ertönte der Schuss. Die Kugel bohrte sich in seinen Oberschenkel und blieb dort stecken. Sofort rutschte sein Bein weg und Pablo konnte sich nur mit Mühe und Not an der Wand hinter ihm abstützen. Doch er schwankte gefährlich. Seine Hose sog sich mit Blut voll. Er brüllte vor Schmerz und griff mit der freien Hand nach der Wunde, sodass er das Gleichgewicht verlor.

»Claire!« Helenas Schrei erschütterte mich bis ins Mark. Er war so durchdringend, dass mein Trommelfell zu schmerzen begann und ich kurz versucht war, mir die Ohren zuzuhalten. Doch ich kämpfte gegen den Drang und hielt die Waffe aufrecht, während ich beobachtete, wie Pablo stürzte und Helena sich neben ihn fallen ließ. Blut sprudelte aus der Wunde am Bein. Pablos Gesicht wurde blass. Seine Pupillen waren riesig, als er zuerst sein Bein und dann mich anstarrte.

»Es läuft folgendermaßen. Ich werde mir jetzt diese Akten nehmen und gehen. Sie werden der Polizei übergeben – irgendwem, der nicht korrupt ist, damit dieser Fall auf rechtlichem Weg geklärt werden kann. Und danach will ich niemanden von euch je wiedersehen.« Niemals. Ich würde es machen wie Mom. Vielleicht würde ich sie sogar suchen und meine Schwester kennenlernen, aber ich würde auf keinen Fall hierbleiben, wo mich alles an diesen grauenvollen Tag erinnerte. Und an Reed. Ich würde irgendwo ein neues Leben anfangen und betete, dass ich auch ohne ihn glücklich werden würde.

»Nur über meine Leiche und wenn ich uns alle in die Luft sprengen muss«, schrie Pablo und wollte sich aufrichten. Vermutlich, um an irgendwelche Sprengsätze zu kommen, die er in einer der Kisten hatte. Doch er war zu schwach. Schon nach der Hälfte fiel sein Oberkörper wieder auf den Boden und er atmete angestrengt, bevor er wegen einer Bewegung erstarrte, die ich nur aus dem Augenwinkel erahnen konnte. Ich drehte den Kopf und blieb ebenfalls geschockt stehen.

»Deine Leiche? Das lässt sich einrichten«, mischte sich plötzlich eine tiefe Stimme ein und aus der Küche trat eine große Gestalt mit einer Waffe in den Händen, die er sofort in Pablos Richtung schwenkte. Sah wohl so aus, als hätte Helena das Küchenfenster offengelassen. Aber wieso kam Santiago durch ein Fenster ins Haus? Meine Augen wurden groß. Mein Mund klappte auf. Natürlich, weil es nicht Santiago war. Ungläubig starrte ich auf die Stelle des Neuankömmlings. Ich registrierte die Tätowierungen, die Ringe und das dunkle Haare, doch mein Kopf konnte nicht verarbeiten, was ich sah. Das war unmöglich. Er war tot, oder nicht? Pablo hatte gesagt ... Aber vielleicht war auch das am Ende nur eine Lüge.

»Reed?«

FÜNFZEHN

REED

»Du siehst unglaublich heiß mit einer Waffe in den Händen aus, Kätzchen. Wenn ich dich das nächste Mal ficke, dann lasse ich dich eine halten.« Meine Stimme klang wie das Knurren eines Tieres. Nicht nur, weil ich diesen Arschlöchern Angst machen wollte, sondern es wirklich stimmte. Das war ein Bild, das nur ein Gott hätte malen können, und ich wurde von einer Sekunde auf die andere wieder gläubig, nur um Claire haben zu können. Es war die Hölle gewesen, sie mit Santiago aus dem Wagen steigen zu sehen, aber noch schlimmer war es, als Santiago allein zurückgekommen war. Es war wie die Bestätigung dafür gewesen, dass Claire nicht mehr zurückkommen würde. Sie hatte sich entschieden. Für ihren Bruder. Und diese Erkenntnis hatte sich tief in mein Herz gebohrt, sodass ich fast nicht mitbekommen hätte, wie dieser Verräter versuchte, die Akten auf den Rücksitz zu legen und sich dann immer mehr vom Auto entfernte, statt einzusteigen und gleich mit mir zu fahren. Doch ich hatte es bemerkt. Zum Glück.

»Das nächste Mal?« Tränen liefen über Claires Gesicht. Ihre Hände um die Waffe zitterten. Leise Schluchzer kamen aus ihrem Mund, während sie mich aus großen Augen ansah, als wäre ich ein Geist. Vermutlich hielt sie mich für einen. Ich hatte schon hart damit zu kämpfen gehabt, sie aus einem Auto steigen zu sehen und zu wissen, dass sie nicht mehr wiederkommen würde. Wie musste es dann erst für sie sein, zu glauben, ich wäre tot? Ich wollte es mir gar nicht vorstellen.

»Nicht weinen, Kätzchen. Es geht mir gut«, murmelte ich und ging mit erhobener Waffe an Pablo und Helena vorbei, um zu ihr zu gelangen. Sanft drückte ich einen Kuss auf ihren Haaransatz und lächelte beruhigend. Zeitgleich betrachtete ich aus dem Augenwinkel Garcia und seine Komplizin. Falls sie eine falsche Bewegung machen würden, wären sie sofort tot, auch wenn der Tod für die beiden viel zu gnädig wäre.

»Sie sagten ... und der Knall ...« Claires Mund verließen unzusammenhängende Satzteile, die ich mir erst mal zusammenreimen musste, bevor ich verstand, was sie sagen wollte. Aber das machte nichts.

Wir hatten Zeit. Pablo und Helena waren unbewaffnet. Sie hatten nicht damit gerechnet, in so eine Situation zu geraten. Sie hatten gedacht, ihr Plan wäre gut. Und ja, das war er gewesen. Aber eben nicht gut genug. Sie hatten nicht mit Claire gerechnet und das wurde ihnen nun zum Verhängnis. Gleichzeitig verspürte ich unendliche Erleichterung, dass Claire die Waffe nicht auf mich richtete, sondern auf ihren Bruder. Bedeutete das, dass sie verstand, wieso ich all das getan hatte? Warum ihr Dad hatte sterben müssen? Ich hoffte es. Vielleicht hatten wir doch noch eine Zukunft.

»Santiago ist vermutlich schon tot und wenn nicht, wird er sehr bald im Knast landen. Vielleicht hätte er daran denken sollen, dass ich kein Idiot bin und es auffällig ist, wenn man alle paar Sekunden auf seine Armbanduhr sieht, während man sich mit mir unterhält. Er wird den Fehler auf jeden Fall kein zweites Mal machen.« Und ich auch nicht. Ich hatte ihm vertraut, weil er Alvaros Freund gewesen war, und hatte nie an seinen Worten gezweifelt. Dabei waren die Anzeichen da gewesen. Er hatte mir den Plan von Claires Entführung erst vorgestellt, auch wenn er dann behauptet hatte, dass es nie funktionieren würde und er dagegen wäre. Er hatte mir diesen Floh erfolgreich ins Ohr gesetzt und auch später hatte er mir nur häppchenweise Informationen gegeben. Hier eine Informantin, da ein Komplize. Und er hatte mich nie gedrängt, Claire umzubringen. All das hätte mich vorsichtiger werden lassen müssen, aber das hatte es nicht. Weil meine ganze Konzentration immer auf Claire gelegen hatte. Ich hatte Santiago nicht infrage gestellt und dafür meine Zeit mit Claire genossen. Ich war ein Vollidiot gewesen. Aber das war nun vorbei. Meine Beziehungsprobleme – und ja, ich hoffte, dass sie genau das waren – würden warten müssen, bis wir Helena und Pablo das Handwerk gelegt hatten.

»Die richtigen Akten liegen hier. Bei den anderen fehlt die Hälfte«, meinte Claire plötzlich und ich fragte mich, ob sie die dringend benötigte Aussprache ebenfalls verschieben wollte, oder ob sie schon eine Entscheidung getroffen hatte. Ich suchte in ihren Augen nach einer Antwort, fand jedoch keine, weshalb ich mich dem Berg an Akten zuwandte, der auf einem Tisch verteilt lag.

»Gut zu wissen.« Mein Mundwinkel zuckte unkontrolliert, als ich mir die Unterlagen genauer ansah. Sie waren durcheinander und kein Datum passte zum anderen, aber auf den ersten Blick waren alle Infos auf diesem verdammten Tisch. Ein Leben, eine Familienfehde und so viele Morde. Alles war auf ein paar Blättern Papier aufgelistet und Pablo hatte sie die ganze Zeit gehabt. Ich schüttelte den Kopf. Einfach unglaublich. Wie konnte man so ein großes Arschloch sein? Es hätte alles verhindert werden können, wenn Pablo seinen Cousin festgenommen hätte. Oder ihm wenigstens die Waffe entrissen und irgendwo an einem sicheren Ort aufbewahrt hätte. Aber dafür war es jetzt zu spät und nun bekam er die Rechnung dafür präsentiert. Nicht von mir, sondern von seiner eigenen Schwester. »Das war ein schöner Schuss«, lobte ich mein Kätzchen und starrte auf das Blut, das über Pablos Unterschenkel lief und auf den Boden tropfte. Ähnlich wie bei Steven damals. Obwohl seitdem kein Monat vergangen war, kam es mir vor wie eine Ewigkeit. Wie ein anderes Leben und das war es ja auch gewesen. Ein Leben ohne Claire.

»Danke.« Claires Wangen färbten sich rot und sie senkte den Blick, während sie sich über die Lippen leckte. Die Geste war so unschuldig, aber sie brachte mein Blut in Wallung und fuhr direkt in meinen Schwanz. Sollte ich sie doch gleich hier an Ort und Stelle ficken, während sie mit der Waffe auf ihren Bruder zielte? Kurz überlegte ich, ob ich das Risiko eingehen sollte, doch dann setzte mein logisches Denken wieder ein und ich dachte an Santiago, bei dem ich unvorsichtig genug gewesen war, um nicht zu bemerken, dass er bei vier Durchsuchungen von Pablos Haus angeblich nichts gefunden hatte. Und ich hatte mir auch nichts gedacht, als er die Lichtung mehrmals *unbeabsichtigt* angezündet hatte. Ich war schon nachlässig genug gewesen. Mein Schwanz musste also warten.

»Claire! Tu doch was!«, rief Helena ängstlich und drückte sich enger an Pablo, als könnte er sie jetzt noch beschützen. Doch das war lächerlich. Er konnte nicht einmal mehr sich selbst retten. Das Spiel war vorbei und ich hatte es gewonnen. Wir.

»Richtig! Wie dumm von mir.« Claire sog scharf die Luft ein und sah von den beiden zu mir und wieder zurück, als würde sie überlegen, auf wen sie die Waffe richten sollte. Kurz keimte Angst in mir auf und ich musste schlucken, doch dann lächelte Claire mich an, lehnte sich zu mir hinüber und drückte mir einen kleinen Kuss auf die Lippen. Er war kurz, dauerte kaum eine Sekunde, aber er bedeutete die Welt für mich. »Es tut mir leid«, hauchte sie und lehnte ihre Stirn für einen Moment gegen meine. Tief atmete sie meinen Duft ein, bevor sie sich wieder gerade hinstellte und den Lauf ihrer Waffe in der Richtung von Helena und Pablo beließ. Jederzeit bereit abzudrücken.

»Ich bin derjenige, der gelogen hat. Du musst dich also nicht entschuldigen«, entgegnete ich und wollte sie an mich ziehen, um sie richtig zu küssen. Doch stattdessen griff ich mit meiner freien Hand nach den Akten und nahm sie an mich. Ich schnappte mir einfach alle. In den nächsten Tagen und in der Abgeschiedenheit meiner Lichtung würde ich genug Zeit haben, sie genauer zu durchforsten. Die Frage war nur, hatte Santiago ihnen von meinem Zuhause erzählt? Vermutlich nicht und wenn, würden die beiden nicht mehr dazu kommen, meine Festung zu stürmen und mich festzunehmen. Sobald wir im Auto sitzen würden, würde ich Creak und Steal schreiben, dass sie den Standort des Stützpunkts verlegen mussten.

»Was geschieht jetzt mit den beiden?«, fragte Claire und sah mich an, als würde sie von mir eine Antwort verlangen, weil sie nicht wusste, was zu tun war. Was sie wohl sagen würde, wenn ich die Zwei einfach erschoss? Würde sie dann immer noch nicht ihre Waffe gegen mich erheben? Ich wusste es nicht und würde es auch nicht herausfinden. Das hier war Claires Aktion, nicht meine. »Du hattest doch eine gute Idee. Sie bleiben hier und wir bringen die Akten zu jemandem, den es wirklich interessiert.« Mein Ton wurde grollend, während ich die zwei kauernden Gestalten am Boden betrachtete. Jetzt hatten sie endlich bekommen, was sie verdienten und es war erst der Anfang. Ab jetzt sollten sie bei jedem Schritt, den sie machten, Angst haben und ich würde es genießen, dabei zuzusehen.

»Er will es so aussehen lassen, als würde dein Bruder sich selbst umbringen«, wisperte Claire und wieder lief eine Träne über ihre Wange. Zu erfahren, was ihr Bruder für ein Mensch war, musste viel für sie sein, aber dass ihre Freundin auch noch mit drin steckte, war eindeutig mehr, als irgendwer verkraften konnte. Alle Menschen um sie herum hatten sie belogen, ihr etwas vorenthalten oder dafür gesorgt, dass sie an diesem Punkt gelandet war. Wir alle waren für ihre Tränen verantwortlich und dafür hasste ich die beiden vor uns noch ein wenig mehr als sowieso schon.

»Ich weiß. Aber mach dir keine Sorgen, ich habe das geregelt.« Zumindest hoffte ich, dass es gereicht hatte, Santiago die Fresse zu polieren, ihn in den Wagen zu zerren und sein Handy auf die Rückbank zu schmeißen, sodass es mit ihm explodierte. Wenn niemand ihren Kontaktmann im Gefängnis anrief, würde dieser Alvaro in Ruhe lassen, bis ich denjenigen gefunden hatte und ausschalten würde.

»Dann gehen wir jetzt einfach?« Claire wirkte unsicher und das Zittern ihrer Hände wurde stärker. Sie wollte nicht schießen, aber sie wusste genauso gut wie ich, dass wir nicht das Risiko eingehen konnten, dass sie uns folgten. Zum Glück hatten die Idioten jedoch ein halbes Polizeirevier mitgenommen und im Raum verteilt. Irgendwo in diesen Kisten musste es auch Seile, Kabelbinder oder Handschellen geben.

»Ich würde sie festbinden, damit wir einen Vorsprung haben. Wir haben außerdem kein Auto. Sollen wir seines nehmen?« Ich nickte in Pablos

Richtung, während ich auf die erste Kiste zuging und sie nach Materialien zum Fesseln durchsuchte. Schon in der zweiten Kiste wurde ich fündig und förderte zwei Seile zutage, die ihren Zweck erfüllen würden. Beide händigte ich Claire aus und richtete meine Waffe an ihrer Stelle auf Helena und Pablo, damit Claire sie fesseln konnte. Sie nickte nur und ging tatsächlich zu ihrem Bruder und ihrer Freundin hinüber. Doch statt anzufangen, sie an den Heizkörper, der sich an der Wand hinter ihnen befand, zu fesseln, griff sie ungefragt in Helenas Hosentasche, die daraufhin zu zappeln begann. Aber auch das half Helena nichts. Claire fand, was sie suchte und hielt triumphierend einen Autoschlüssel in die Höhe.

»Helenas Wagen ist neuer und hat eine bessere Beschleunigung«, erklärte sie, steckte den Schlüssel in ihre hintere Hosentasche und legte das erste Seil um ihren Bruder, der sich nicht mehr rührte. Inzwischen hatte er viel Blut verloren. Sein Gesicht war blass und er hatte die Augen zwar geöffnet, aber ich bezweifelte, dass er wirklich mitbekam, was um ihn herum geschah. Es war auch egal. Er würde noch früh genug erfahren, was er verpasst hatte.

»Claire! Du musst Pablo helfen! Du hast einen Eid ...«, schrie Helena entrüstet und zog an dem Seil, um Claire zu behindern, doch ein Warnschuss von mir in die Luft genügte, damit Helena starr wurde und sich fester an Pablo krallte.

»Halt die Klappe, Helena!«, befahl Claire und zog den ersten Knoten im Seil fester zusammen, bevor sie noch einen machte, um Pablos Hände zu fixieren. Helena schluchzte, traute sich aber nicht, den Mund noch einmal aufzumachen. Ich schluckte. Mein Schwanz rieb unangenehm gegen meine Hose. Fuck, das war heiß. »Scheiß auf den Eid. Reeds Mom hatte auch niemand geholfen. Auch Pablo nicht.«

»Ich liebe dich, Claire«, hauchte ich und beugte mich dabei über Claire, um ihre Arbeit genauer zu betrachten. Sie machte das wahnsinnig gut. Ein weiterer Grund dafür, dass ich so für sie fühlte, wie ich es tat. Ich liebte sie. Das war einfach und gleichzeitig auch nicht, aber ich konnte es nicht ändern. Es hatte schleichend begonnen, während ich sie in ihrem Alltag beobachtet hatte und nun konnte ich mir ein Leben ohne sie nicht mehr vorstellen.

Claire unterbrach für einen Augenblick ihre Fesselkünste und wandte mir ihren Blick zu. Ihr Gesichtsausdruck wurde ernst und dann verließen die schönsten Worte ihren Mund, die ich mir vorstellen konnte. »Ich dich auch.« Sie lächelte mich an, nickte und erst dann fesselte sie Helena und Pablo weiter.

»Sehr gut, dann lass uns hier verschwinden. Du möchtest doch mitkommen, oder?« Ein kleiner Funken Unsicherheit blieb trotz ihrer liebevollen Gesten, und mein Gehirn wollte es nicht glauben, bis sie es sagte. Claire atmete schwer aus und machte noch einen Knoten in das erste Seil.

»Ich will bei dir bleiben, Reed. Aber lässt du mich auch wieder gehen, wenn ich es nicht mehr will? Ich fange gerade erst an zu verstehen, was all das bedeutet«, murmelte Claire und schlang das letzte Seil um Helena, um sie an Pablo zu fesseln, sodass sie beide nicht von der Stelle kamen. Helena schrie, zeterte und wünschte uns den Tod, aber Claire ignorierte sie einfach. Anders als ich. Das Geschrei ging mir auf die Nerven, sodass ich das Tischtuch nahm, das auf dem Couchtisch lag und es Helena in den Mund stopfte. Ihre Augen füllten sich mit Tränen. Sie hatte Angst, aber ich verspürte keinen Hauch von Mitleid.

»Es bedeutet, dass du die Frau eines Mörders bist.« Meine Frau, um genau zu sein, und das klang wie Musik in meinen Ohren. Es war berauschend. Ich konnte mir nichts Besseres vorstellen.

»Und ist das gut oder schlecht?« Unsicher erhob Claire sich und blickte mich fragend an, doch darauf kannte ich selbst keine Antwort. Für mich war es gut, weil es hieß, dass ich Claire behalten konnte. Aber für sie? Keine Ahnung. Ihr ganzes Leben hatte sich in kürzester Zeit schlagartig verändert und es würde eine Weile dauern, bis sie sich daran gewöhnt hatte. Ich würde ihr auf jeden Fall helfen, damit sie das tun konnte, was sie liebte, und wenn ich ehrlich war, war es sicher nicht das Schlechteste, eine private Ärztin für meine Männer und mich zu haben.

»Wenn es das ist, was uns glücklich macht, wie kann es dann schlecht sein?« Ich drückte die Akten fester an meinen Körper und musterte Claire genauer. Dabei hörte ich die drei kleinen Worte von ihr wieder und wieder in meinem Kopf, bis mein Verstand es endlich realisierte. Wir hatten eine Zukunft und sie begann genau jetzt.

»Bist du denn glücklich?«, wollte Claire wissen und betrachtete ihr Werk. Die Seile waren in mehrfachen Knoten ineinander verschlungen. Es sah nicht besonders hübsch aus, aber es würde halten und nur darauf kam es an, auch wenn wir das in Zukunft üben würden. Ich grinste bei der Vorstellung. Vielleicht würde ich mich auch einmal von Claire fesseln lassen. Natürlich nur, damit sie die ganze Arbeit machen musste. Mein Schwanz zuckte. Ja, das war definitiv eine Idee, die ich im Hinterkopf behalten würde. »Zum ersten Mal seit Moms Tod.« Und während ich es sagte, wusste ich, dass es stimmte. Alles würde gut werden. Nicht perfekt, immerhin würde nichts auf der Welt Mom und Dad zurückbringen, aber Claire im Gegenzug zu bekommen, machte es erträglicher.

EPILOG

CLAIRE

Vier Monate später

»Und du bist wirklich Pablo Garcias kleine Schwester?« Wieder warf Alvaro mir einen skeptischen Blick zu und hob die linke Augenbraue, wodurch er Reed noch ähnlicher sah als sowieso schon. Sie hatten dieselben störrischen Haare, die strahlenden Augen und das schiefe Grinsen, das ich so liebte. Im Dunkeln oder wenn man die beiden nicht kannte, war die Verwechslungsgefahr früher bestimmt groß gewesen. Doch nun hatte sich das geändert. Die Schnittwunden in Alvaros Gesicht, die er durch ein paar Reibereien im Knast davongetragen hatte, hoben ihn deutlich von seinem Bruder ab. Sie waren tief, verkrustet und würden als schwulstige Narben enden. Die Wunden mussten brennen wie die Hölle, aber er beschwerte sich nicht. Ganz im Gegenteil. Er lachte befreit, als Reed den Wagen, in dem wir saßen, weiter beschleunigte und immer mehr Abstand zwischen uns und das städtische Gefängnis brachte. Dabei stellte ich mir die Frage, was aus mir geworden war, ebenfalls immer wieder und wieder, während ich über meinen Nacken strich, der nicht länger nackt war. Die Stelle, die erst gestern tätowiert worden war, ziepte noch ein wenig und obwohl ich es selbst nicht sehen konnte, zeichnete das Motiv mich doch als das aus, was ich jetzt war. Keine Garcia, sondern eine Rivera. Na gut, nicht offiziell – noch nicht. Aber der Ring an meinem Finger zeigte, dass ich es bald sein würde. Ich war keine Schwester eines Polizisten mehr, sondern bald eine Ehefrau. Die Frau eines berüchtigten Mörders. Reeds Frau. Und das fühlte sich großartig an.

»Wie oft willst du jetzt noch fragen?« Reed stimmte in das Lachen seines Bruders ein und lenkte den Wagen auf die Autobahn. Zeitgleich senkte sich mein Adrenalinspiegel und mein pochendes Herz beruhigte sich. Das war knapp gewesen, aber wenigstens war Alvaro jetzt frei, auch wenn man ihn suchen würde, weil er aus dem Knast ausgebrochen war. Mit unserer Hilfe. Die Akten waren hilfreich gewesen und hatten gezeigt, dass Pablo und sein Netzwerk eine Schuld an der ganzen Misere trugen. Leider machten sie aber auch deutlich, dass Reed und Alvaro Dad getötet hatten. Das war ein Verbrechen. Ein gerechtes, aber doch eins, weshalb Alvaro nicht freigelassen, sondern lediglich in ein anderes Gefängnis gebracht worden war – eines, das nicht korrupt war und in dem er nicht umgebracht werden würde. Trotzdem wollte Reed ihn nicht in diesem Loch versauern lassen. Ich verstand das, also half ich ihm. Es war eine Straftat und es gab Momente, in denen ich an mir und meinem Urteilsvermögen zweifelte. Wusste ich überhaupt noch, was richtig und was falsch war? Aber dann gab es Augenblicke wie diesen, in denen Reed unbeschwert lachte und mich von der Seite ansah und das war alles, was ich brauchte, um wieder an etwas zu glauben, nachdem ich das Vertrauen in die Justiz verloren hatte. Ich glaubte an die Liebe. An uns. Und daran, dass man manchmal das Falsche aus den richtigen Gründen tun musste. Für die Familie. Ein letztes Mal strich ich über die Tätowierung. Es war ein Auge mit einem umgedrehten Kreuz darin. Ein Lächeln bildete sich auf meinen Lippen.

»Komm schon, du musst zugeben, dass diese Geschichte absolut abgedreht klingt.« Alvaro schnaubte belustigt und lehnte sich durch die Mittelkonsole zu uns vor, sodass er besser durch die Windschutzscheibe sehen konnte, als wir die nächsten Ortsschilder passierten, und jeder im Wagen schien sich merklich zu entspannen. Niemand verfolgte uns, kein Blaulicht war zu sehen und keine Sirene zu hören. Wir hatten es geschafft. Es war also doch eine gute Idee gewesen, mich als Gefängnisärztin auszugeben und Alvaro mit Verdacht auf Blinddarmdurchbruch herauszubringen, weil er dringend operiert werden musste. Tja, medizinische Versorgung durfte schließlich auch Gefängnisinsassen nicht verwehrt bleiben. Mein Grinsen wurde breiter und ich erwiderte Reeds Blick, der mich dankbar ansah.

»Das ist nicht krasser als die Tatsache, dass wir dich gerade aus dem Knast geholt haben.« Reed lachte lauter, legte den nächsten Gang ein und nahm die Hand vom Knüppel der Gangschaltung, um sie auf meinem Oberschenkel zu platzieren. Seine Finger waren schwer, aber ich genoss das Gefühl seiner Berührung, das meinen ganzen Körper kribbeln ließ.

»Richtig. Danke dafür übrigens, auch wenn du dir für meinen Geschmack zu viel Zeit gelassen hast.« Alvaro schlug Reed spielerisch gegen die Schulter und zwinkerte mir zu, sodass klar war, dass er es nicht wirklich so meinte. Wir hatten ihn gerettet, in zweifacher Hinsicht, und hatten dafür nicht einmal ein Jahr gebraucht. Schön, Reeds Männer hatten auch an nichts anderem gearbeitet, als daran, mit uns einen Plan zu entwerfen, der funktionieren konnte, und der Krankenwagen, der versuchte, mit uns mitzuhalten, verdeutlichte die Loyalität, die alle Männer gegenüber den Brüdern empfanden. Na ja, bis auf einen.

»Es war dein Freund, der mich sabotiert hat, schon vergessen?«, rief Reed entrüstet und hob eine Augenbraue, als würde er seinen Bruder tadeln wollen. Doch Alvaro grinste nur. Er konnte es auch. Während er sein Leben in Freiheit genießen konnte, waren alle anderen ins Gefängnis gewandert. Sogar Helena, die weitaus tiefer in die Sache verstrickt gewesen war, als ich gedacht hatte. Aber im Gegensatz zum Rest hatte sie die Chance, die Gefängnismauern irgendwann wieder von außen zu sehen. Wortwörtlich, um genau zu sein. Für Polizisten war der Knast kein Zuckerschlecken und irgendwer hatte Pablo die Augen zerstochen, nachdem er einen Fuß hinter Gitter gesetzt hatte. Und Santiago war sogar tot. Ein Unfall. Zumindest laut den Behörden. Aber ich wusste es besser. Ich kannte Reed. Nichts war je Zufall, nicht in diesem Fall. Sie hatten eine Nachricht damit schicken wollen und das hatten sie geschafft. Die Welt erzitterte, wenn der Name der Riveras fiel.

»Schön, ich hätte seinen Hintergrund besser checken sollen, schon kapiert. Konnte ja niemand damit rechnen, dass sein Visum ausgerechnet von dem Politiker ermöglicht wurde, der unser Leben ruiniert hat.« Alvaro zuckte mit den Schultern und wandte zerknirscht den Kopf ab. Dabei war er der einzige Leidtragende an diesem Fehler gewesen. Zum Glück. Die wenigen Minuten, in denen ich gedacht hatte, ich hätte Reed für immer verloren, zählten zu den schlimmsten meines Lebens. Bisher hatte ich immer von Dad geträumt, wenn ich in der Nacht Angst hatte. Heute war das nicht mehr so. Jetzt sah ich immer Reed, der auf verschiedenste Arten starb. Ich roch sein verbranntes Fleisch, sah sein mit Blasen übersätes Gesicht und schmeckte Blut in meinem Mund. Es war furchtbar, aber wann immer ich schweißnass erwachte, warteten Reeds Küsse und seine Schläge darauf, mir einzutrichtern, dass es ihm gut ging. Er war stark und er lebte. Er war bei mir und ich liebte jede Sekunde unseres neuen Lebens.

»Na ja, ruiniert ist vielleicht das falsche Wort«, flüsterte Reed und seine Finger drückten meinen Oberschenkel fester. Zärtlich legte ich meine Hand über seine und betrachtete sie gemeinsam. Immer noch waren sie so unterschiedlich wie sie nur sein konnten, aber nun fiel es durch die roten Ringe nicht mehr auf. Sie hatten etwas Gleiches und dadurch gehörten sie zusammen.

»Trägt sie da einen unserer Familienringe?« Verblüffung mischte sich in Alvaros Stimme. Seine Augen weiteten sich, als er zuerst auf meine Hand und dann weiter hinauf in mein Gesicht starrte. Er blinzelte. Einmal. Zweimal. Als glaubte er, er würde es sich einbilden. Aber nein, der Ring war genau da, wo er hingehörte. Zu mir und zu Reed.

»Sie gehört zur Familie, Alvaro.« Reed schnalzte mit der Zunge, beschleunigte den Wagen weiter, um ein anderes Auto zu überholen, und warf seinem Bruder durch den Rückspiegel einen angespannten Blick zu. Die Luft im Auto wurde schwerer. Sie drückte auf meine Schultern und meinen Brustkorb, sodass mir kurz das Atmen schwerfiel. Dieser Moment war wichtig. Das wusste ich. Reed und ich hatten darüber gesprochen, was wir tun würden, wenn Alvaro es nicht akzeptieren würde. Aber das wünschte ich mir nicht. Es würde Reed verletzen. Trotz all des Blutes, das vergossen worden war, hatte er ein großes Herz, das nur für seine Familie schlug. Einen Teil davon zu verlieren, würde ihn verändern. Aber meine Sorge war unberechtigt. Alvaro sah lächelnd zwischen Reed und mir hin und her, bis er bei mir stoppte und mir zunickte. Nur ein einziges Mal, aber das reichte. Ich entspannte mich und atmete befreit aus.

»Schön, und was hat unsere Familie jetzt vor?«, fragte Alvaro, als wäre die Sache damit entschieden. Vielleicht war sie das auch. Ich war jetzt ein Teil von ihnen. Fertig. Aus. Ende, obwohl es erst der Anfang war. Wir würden noch viele schwierige Situationen meistern und uns wahrscheinlich unser ganzes

Leben lang bedeckt halten müssen, damit uns die Polizei nicht fand. Aber das war es wert. Jeder Augenblick mit Reed war mehr, als ich mir je erträumt hatte. Weil er mich liebte und mich genauso gebraucht hatte wie ich ihn. Wir ergänzten uns perfekt und die Welt hörte auf zu existieren, wenn Reed die Schlafzimmertüren hinter uns schloss. Also was interessierte es mich, was die Welt zu uns zu sagen hatte?

»Wir fahren erst mal nach Hause.« Reed richtete seinen Blick von seinem Bruder wieder auf die Fahrbahn. Es war noch früh, sodass kaum Autos unterwegs waren. Wir würden also in Windeseile zu Hause sein und es gab einiges zu feiern. Darauf freute ich mich schon. Ein Schmunzeln schlich sich auf meine Züge. Ja, das würde gut werden. Dabei konnte ich schon jetzt nicht angenehm auf dem gepolsterten Autositz sitzen, ohne dass mein Hintern brannte. Dennoch rutschte ich aufgeregt auf dem Stoff herum und genoss das Spannen meiner Haut, das mich daran erinnerte, dass ich zu Reed gehörte.

»Ernsthaft? Ich komme gerade aus dem Knast. Wie wäre es mit saufen, kiffen und vögeln? Dein Mädchen soll bitte nicht die einzige Frau sein, die ich heute zu Gesicht bekomme. Auch wenn es ein schönes Gesicht ist.« Alvaro lachte und ich begann auch zu kichern. Inzwischen wusste ich aber, dass er recht hatte. Früher hatte ich nicht gedacht, dass ich außergewöhnlich hübsch wäre, doch Reed zeigte mir jeden Abend das Gegenteil. Für ihn gab es nur mich. Seine Augen waren immer auf mich gerichtet, egal wie schön die anderen Frauen um uns herum waren, und das genoss ich. Es gab mir das Gefühl, wertvoll zu sein. Wie ein Juwel, das er für nichts auf der Welt verkaufen würde.

»Das verschieben wir auf morgen oder übermorgen. Oder nie. Du bist gerade aus dem Knast ausgebrochen und ich habe keine Lust, dass du wieder eingebuchtet wirst, weil du den Schwanz gelutscht bekommen willst.« Reed verdrehte die Augen, setzte den Blinker und fuhr auf eine andere Spur, um die nächste Ausfahrt zu nehmen, die uns nach Santa Fe bringen würde. Je näher wir unserem Zuhause kamen, desto stärker wurde das Kribbeln an meinem Hintern und meine Mitte begann, sich zusammenzuziehen. Ich freute mich schon darauf, Reed in mir zu spüren und immer wieder in seinen Armen zu kommen. Darauf verzichten zu müssen, stellte ich mir wie Folter vor. Vielleicht hatte ich deshalb Mitleid mit Alvaro.

»Also Pornos und Chips. Das wird ein aufregender Abend«, murmelte er und lehnte sich in seinem Sitz nach hinten, sodass ich ihn nicht mehr sehen konnte. Dennoch wusste ich, dass er trotz der Wunden im Gesicht bestimmt jede Menge Frauen finden würde, die bereitwillig seine Gesellschaft annehmen würden. Sehnsüchtig sah ich auf das Schild an der Ausfahrt und dann zu Reed. Ihn könnte ich überall jederzeit haben. Das hatte er in den letzten Wochen bewiesen. Egal, ob in Schwimmbädern, im Flugzeug oder auf irgendwelchen Partys. Wenn Reed mich wollte, nahm er mich. Egal, wo wir waren. Also sprach nichts dagegen, noch einen Ausflug zu machen. Ich grinste, als das Pulsieren in meinem Schoß immer stärker wurde.

»Wir könnten den Staat verlassen und mit den gefälschten Ausweisen in diesen Club gehen, in dem wir letzte Woche waren«, bot ich an und zog meine Hand von Reeds Fingern, um sie stattdessen auf seinem Schenkel – ganz nah an seinem Schritt – zu positionieren. Sofort zuckte es unter dem Stoff seiner Hose. Er musste an dasselbe denken wie ich. Unser letzter Ausflug dorthin war ... aufregend gewesen. Er hatte mich mit Fesseln an einem Kreuz fixiert, das sich gegen meinen Busen drückte, während ich nicht hatte sehen können, wie Reed meinen Hintern bearbeitete. Reeds Atmung wurde schwerer. Er sah mich erstaunt an und Blut schoss mir in die Wangen. Ich errötete. Obwohl Reed bereits jeden Millimeter meines Körpers kannte und wir Dinge ausprobiert hatten, die ich nicht aussprechen konnte, war ich immer noch beschämt, wenn ich meine Bedürfnisse und das, was ich wollte, äußerte. Reed sah es und grinste. Immer.

»Bitte keine Studentenbar mit Komasaufen.« Alvaros Stimme klang, als hätten wir ihm gesagt, dass er gleich wieder in den Knast musste, was Reed noch breiter lächeln ließ. Ja, Studenten hatten in ihrem Alter in diesem Club bestimmt nichts zu suchen und wenn stimmte, was Reed über seinen Bruder erzählt hatte, würde Alvaro seinen Spaß haben.

»Der Club geht eher in Richtung Sexorgie«, murmelte Reed und warf seinem Bruder über die Schulter einen Blick zu, während er wieder die Spur wechselte und die Abfahrt nach Santa Fe doch nicht nahm. Sah so aus, als würden wir wieder einen Ausflug machen. Zum Glück hatte ich meine schwarze Unterwäsche an, die Reed so mochte. Und vielleicht fand ich noch etwas anderes als Überraschung, wenn wir einen Stopp einlegten, um Alvaro neu einzukleiden.

Alvaro rutschte wieder ein Stück nach vorne, um mich ansehen zu können. Ein überraschtes Glitzern lag in seinen Augen und er musterte mich von oben bis unten, bis seine Mundwinkel sich hoben. »Und du bist wirklich Pablo Garcias kleine Schwester?«, fragte er zum wer weiß wievielten Mal und brach in Gelächter aus. Doch diesmal schaffte ich es, ernst zu bleiben und wanderte mit meiner Hand näher an Reeds Schritt, wo der Stoff inzwischen vor Vorfreude ausgebeult war.

»Jetzt nicht mehr«, hauchte ich und beugte mich

zu Reed, um meine Lippen auf seine Wange drücken zu können. Gern hätte ich ihn richtig geküsst, aber nur weil ich mit einem Verbrecher zusammen war, war ich noch lange nicht lebensmüde und würde uns nicht für einen Kuss umbringen. Trotzdem machte ich mir gedanklich eine Notiz, dass beim nächsten Mal Alvaro fahren sollte.

»Ich liebe dich«, flüsterte Reed zurück und trat das Gaspedal durch, als könnte er es nicht erwarten, ans Ziel zu kommen. Ich auch nicht, aber ein wenig würde ich mich noch gedulden müssen. Aber wir hatten Zeit. Eine Ewigkeit, wenn es nach mir ging.

»Ich weiß. Ich dich auch.«

Ende

DANKSAGUNG

Liebe Leseherzen!

Wieder ist eine Geschichte beendet. Meine zehnte im Federherzverlag, um genau zu sein. Überrascht? Ja, ich auch. Als ich vor eineinhalb Jahren den Vertrag unterschrieben habe, hätte ich mir nicht einmal erträumen lassen, welche Bücher mit der Hilfe des Verlags entstehen würden. Deshalb gilt mein uneingeschränkter Dank diesmal vor allem dem großartigen Team um mich herum. Jane, Corinna, Nikolina, Kristina, Christina, Rebekka, Lucia, Jenny, Anna und alle anderen, die im Hintergrund für uns Autorinnen arbeiten – ihr seid großartig. Danke für zehn Bücher. Für zehn unglaubliche Geschichten. Und für zehn Chancen, die ich ohne euch nicht gehabt hätte.

Mein ganzer Dank gilt natürlich auch meinen Testleserinnen. Danke, dass ihr mir immer noch zur Seite steht, auch wenn ich unmenschliche Schnelligkeit von euch verlange. Allie (tut mir leid, dass du Reed mit den anderen Leserinnen teilen musst, obwohl du ihn angeleckt hast), Bella, Flo, Jennifer, Jenny, Laura, Lexi, Laura, Liv (danke für deine lustigen Kommentare! Ich muss immer Tränen lachen), Mira (keine feiert meine Geschichte so sehr wie du. Vielen Dank), Sonja, Yvonne, Toni (bei dir habe ich manchmal das Gefühl, du willst mich mit deinen Kommentaren töten. Zumindest sterbe ich immer tausend Tode, weil ich so lachen muss), Quynh – Danke für eure Unterstützung.

Außerdem gilt mein Dank meinen Kolleginnen, deren Bücher ich immer verschlinge, weil sie so unglaublich gut sind. Jedes davon! Ausnahmslos!

Und ein großes Danke auch an die Frau, die endlich wieder zurück ist, um mich zu unterstützen und alles zu korrigieren. Anna, vielen Dank. Ich bin froh, dass unsere Zusammenarbeit so gut funktioniert und freue mich auf die nächsten zehn Bücher mit dir.

Ach, und danke auch an Eva. Ich habe keine Ahnung, mit wie vielen Buchbetreuerinnen ich inzwischen gearbeitet habe, aber bei dir hat es sich angefühlt, als wäre es nicht unser erstes gemeinsames Buch. Ich hoffe, dass du mir lange erhalten bleibst.

Dankeschön auch an meine Familie. In dem Moment, in dem ich diese Zeilen schreibe, warten wir auf unser neuestes Familienmitglied und wenn ihr diese Zeilen lesen könnt, wird mein dritter Neffe endlich auf der Welt sein. Ich kann gar nicht beschreiben, wie dankbar ich dafür bin. Für jeden von

Sammle Herzpunkte und sichere dir

kostenlose Wunschbücher

Du hast Lust, Feedback zu den Verlagstiteln des Federherz Verlages zu geben? Du möchtest dabei Punkte sammeln, von denen du dir in regelmäßigen Abständen Wunschbücher aussuchen kannst?

Dann mach mit beim Herzlesen. Alles, was du dafür brauchst, ist ein Konto auf unserer Federherz-Homepage. Sobald du dieses hast, kannst du direkt damit loslegen, Herzpunkte zu sammeln.

Wir freuen uns, bald mehr von dir zu lesen!

Dein Federherz Verlag

euch. Weil ich nirgendwo glücklicher bin als in dem großen Wohnzimmer mit dem kleinen weißen Tisch, dessen überklebtes Brandloch eine ganz eigene Geschichte erzählt. Danke. Für jede Sekunde, die ich mit euch verbringen darf. Ich liebe euch und das werde ich auch immer tun.

Und zuletzt gilt mein Dank selbstverständlich euch. Danke, dass ihr dieses Buch ehrlich gekauft und damit mich unterstützt habt. Und für die, die es nicht haben: Ich bin sicher, es gibt für Menschen wie euch ein eigenes Abteil in der Hölle.

Ich hoffe, euch hat die Geschichte gefallen. Aber selbst wenn nicht, lasst mir gerne eine Bewertung oder Rezension da. Ihr glaubt gar nicht, wie viel euer Feedback und eure Unterstützung mir bedeutet. Danke dafür!

Eure Liz